絞首人

シャーリイ・ジャクスン

佐々田雅子 訳

HANGSAMAN

文遊社

ロープを緩めて、吊るす人、
ほんの少しの間でいいの、
ほんとの愛がくるはずだから、
はるばるやってくるはずだから。

わたしの子どもたち、
ローレンス、
ジョアン、
サラへ

絞首人

アーノルド・ウエイト氏——夫であり、親である律儀な人物——は、朝食のコーヒーのお代わりを飲んだあと、例によって椅子に深くもたれ、いくらか不信の混じった目で妻と二人の子どもを見た。その椅子は、冬であれ夏であれ、頭を反らせば日の光がまだ薄くはなっていない髪に差しかかるように置かれていた。それも無邪気で無頓着な風情で——無頓着というのは、ウエイト氏本人と同じく、信じてそうしつづけているわけではないと日の光にもわかっていたからだった。ウエイト氏が向きなおって妻子を見やると、日の光もともに動き、その果てにテーブルや床で砕けて、さまざまな模様を描きだした。

「おまえの神さまは晴れを授けるのがいいと思われたようだ」氏は朝食のテーブルの端にいるウエイト夫人に向かって習慣のようにいった。「雨を授けるのが」とか「雪を授けるのが」ということもあり、「雷雨を見舞うのがいいと思われたようだ」ということもあった。その儀式が生まれたきっかけは、娘が三歳のときにウエイト夫人がした不注意な発言だった。幼いナタリーが母親に、神さまってなあに、と聞いた。すると、ウエイト夫人は、神さまは世界をつくったの、その中の人間も、お天気も、と答えたのだ。ウエイト氏はそういう言いぐさを忘れてしまうような人ではなかった。

「神さまか」けさ、ウエイト氏はそういって笑い、「わたしが神さまかな」と付けたしした。

ナタリー・ウエイトは十七歳だったが、もう十五になったころから、ほんとうの自覚が生じたと思っていて、日々聞こえる両親の声と、二人の理解しがたい行動が及ばない別の音と視界の世界の片隅で生きてきた。この二年というもの——ある晴れた朝、突然に自分が一変して、ナタリーと呼ばれる人物、それは地上の一点に釘付けにされ、感覚だの脚だの真っ赤なセーターだのを与えられ、恐ろしくあいまいに生きている人物だったが、それを横目で見るようになってから――ナタリーは心の奥深くに実の父が近づくことさえ許さず、完全に独りで生きてきた。ナタリーは数々の異国をめぐり、そこに住む人々の声を絶えず耳にしてきた。父が話しかけてくるときには、同時にかすかな笑い声が聞こえてきたが、それはおそらくナタリー以外の誰にも聞こえないものだった。

「さて」ウエイト氏は神さまとしての立場をさておいて習慣のようにいった。「ナタリーがうちを出ていくまで、あと二十一日しかないんだな」ときに「バドがまたいってしまうまで、あと二週間しかないんだな」となることもあった。ナタリーは弟が高校に戻った一週間後に、大学での最初の年を迎えるために出発することになっていた。二十一日を三週間と見れば、果てしない先と思われることもあった。一方で、それはあまりに早く過ぎ去って、しかるべき心算をして大学にいくだけの余裕がない、それまでにそれなりの自己を形づくるだけの余裕がないというほどの束の間のように思うこともあった。父が選んでくれた大学は三十マイルしか離れていないにしても、ナタリーはそこへいくのをひどく恐れていた。ただ、救いも二つあった。一つは、どんな場所でもしばらくすると我が家のようになるというこれまでの経験からの確信。だから、一カ月ほどたてば、大学にも馴染んで、むしろ家のほうが馴染みが薄くなると見込んでいるのにも、それ相応の根拠はありそうだった。二つ目の救いは、いやになったらいつでも退学して実家に居つけばいいという考えで、それが繰り返し浮かんできた。ただし、こちらの見通しはあまりに恐ろしく、それについて真剣に考えてみたときには、家を出ることへの恐れすら、ほとんど喜びに変わるほどだった。

そういう事情のもと、日曜の朝の九時半、ウエイト家はそろって朝食をとっていた。ウエイト氏は頭に差しかかる日の光の感触を独り楽しんでいた。バドは椅子に座ったまままもじもじしながら、あと十四日で高校に戻らなければならない十五歳の少年の深い諦念の溜め息を漏らしていた。ウエイト夫人はコーヒーカップにじっと見入りながら、夫に向け、いつもの柔らかくもどこか物足りなげな口調でしゃべっていた。「カクテルのオリーブですけど」夫人はいった。ことさらに夫を挑発しようとしているようでもあった。というのは、ウエイト氏がしばらくにらみつけたあと、語気を強めてこういったからだ。「それはわたしがみんなのカクテルをつくらなくちゃならないってことか？　二十人分のカクテルを？　カクテルを？」

「だって、お茶を飲んでくださいなんて、まさかいえないでしょう」ウエイト夫人はいった。「あの人たちには」

　空想にふけっていたナタリーは、自分に迫ってくるひそかな声に耳を澄ませていた。それは刑事の声だった。母の声の優しいうねりを縫って、刑事は鋭く厳しい口調でしゃべっていた。「いったいどんなふうに」刑事は容赦なく問い詰めてきた。「ウエイトさん、あんた、どんなふうに説明するのかね？　バラ園にいた時刻と死体を発見した時刻とのずれを？」

「いえません」ナタリーは唇を動かすことなく内心で返事した。うつむいたのは恐怖を家族の目から隠すためだったが、同時に刑事の目から隠すためでもあった。「いいたくないんです」刑事にそういった。

　ウエイト氏はあきらめずに説きつづけていた。「おまえがカクテルを出すんだ」氏はいった。「いつもおまえがつくってるじゃないか。それに、ふつうのハイボールならみんなが自分でつくれる。それで何とかなるだろう」相手を納得させるべくそう付けたした。

「わたしがあの人たちを招待したんじゃありませんよ」ウエイト夫人がいった。

「わたしも招待しとらん」ウエイト氏がいった。

「電話はしましたけど」夫人がいった。「あなたがリストをつくったんですからね」

「あんた、わかってるね」刑事が声なき声でいった。「この時間の食い違いはだ、あんたに非常に深刻な結果をもたらすかもしれないってことが」

「わかっています」ナタリーはいった。告白することも考えた。告白すれば、放してもらえるかもしれない。

ウエイト氏は再び論点を変えた。今では本人も妻も相手を知り尽くしていて、厄介な夫婦関係をあまり熱のない言い争いに置き換えていた。頻繁に攻守ところを変える無目的でひっきりなしの口論は、二人にとってすっかり馴染みになっていたが、それはヴィクトリア朝の家族間のぎこちない共感の表現にも通じる情愛を示しているともいえた。「ほんとに」ウエイト氏がいった。「みんな、こなかったらいいんだが」

「やめようと思えばやめられますよ」妻がいつものようにそういった。

「わたしもたまにはちゃんと仕事を終えていたいもんだ」ウエイト氏がいった。氏はテーブルを見まわし、コーヒーカップをのぞきこんでいる妻、皿を見つめているナタリー、おそらく思春期の夢に恍惚としながら窓の外をながめているバドに次々と目をやった。「この家じゃ、ほかの誰かを見ている人間が一人もおらんな」氏はいらだたしそうにいった。「わたしの仕事が二週間遅れているのを知っているか?」氏は妻に問いただし、指を折って挙げていった。「月曜までに四冊書評をしなければならん。この家じゃ、わたしのほかには誰も読んでいない本ばかりだ。それからロビン・フッドについての記事がある——本来なら三日前に仕上がってなきゃならなかったんだが。それに、自分の読み物、きょうの新聞、きのうの新聞。それに加えて」氏は重々しく付けたした。「それに加えて、あの本もだ」

本の話が出ると、家族はそろってウエイト氏をちらりと見たが、癇癪を起こしたりする恐れのないテーブルの皿やカップのほうに視線を戻した。

「お手伝いできたらいいんですけどね」ウエイト夫人がわざとらしくいった。

「あんた、わかってるのかね?」刑事が皮肉っぽくナタリーに問いかけてきた。「頑固に黙りこくって、捜査の進行を遅らせてるってことを?」

「ねえ」バドが唐突にいった。「ぼくはそういうことやらなくてもいいよね?」

ウエイト氏は眉をひそめたかと思うと、出し抜けに笑いだした。「じゃ、代わりに何をするつもりなんだ?」

そう尋ねた。その声に非難の調子があったとしても、家族はもういつものことなのでそれを聞き流していた。

「何か」バドは無愛想に答えた。「何でも」

ウエイト氏はテーブル越しに妻を見やった。「このわたしの息子は」馬鹿丁寧に説明した。「文筆生活が大嫌いで、文芸関係者のカクテルパーティーに出るよりも〝何か――何でも〟のほうがいいっていうんだから な」そこで一つ警句が浮かんだらしく、それを用心深く披露した。「文芸のカクテルパーティーは、ある人間にはほとんど魅力がない」手探りしながら、ゆっくりと話した。「文学にはあまりに暗く、飲酒にはあまりに若い人間にはだ」

家族は考えこんだ。ウエイト夫人は首を振った。

「思春期っていうのは――」夫人がようやく切りだすと、ウエイト氏がそれを引き取った。「人が文学にはあまりに暗く、飲酒にはあまりに若い時期だ」

「文学にはあまりに年取っていたら?」ナタリーが尋ねた。

バドが笑った。「あまりに賢すぎて、そういう方面にはいかないさ」

みんなが笑った。思いがけなく家族らしいやりとりをしたことで踏ん切りがついて、みんながそれぞれ自分の道を進むべく行動を起こした。皮切りはウエイト氏だった。まだ笑いがおさまらないうちに、妙にいやらしくからみあう二匹の蛇の形のリング(〝テーブルに出すべきではないしろもの〟とウエイト夫人はいっていた)にナプキンを通すと、腰を上げて、「失礼するよ」と妻に断り、そのまま立ち去った。一瞬遅れてバドが椅子からすっと立ち、独特の滑るような優雅な動きで父より先にドアに行き着いた。「どうぞお先に」父のためにドアを押さえながら、バドがもったいぶっていった。ウエイト氏も大仰（おおぎょう）にお辞儀をして「ありがとう、きみ」といった。二人はいっしょに廊下を遠ざかっていったが、ナタリーとウエイト夫人の耳にバドの声が聞こえてきた。「ほんとはさ、泳ぎにいくつもりなんだ」

　母と二人置き去りにされるのではないかという恐れから、ナタリーは無口になった。母が口を開きかけたとき（ナタリーに向かって「失礼するわ」というつもりだったのか、ナタリーと二人置き去りにされるのが同じように苦痛だったのか）、ナタリーは早口で「今、ちょっと用があるの」といって、少々もったいをつけながら椅子の後ろのフレンチドアを通り抜け、庭へ続く緩やかな段を下りていった。

　実のところ、ほかの幾つかの場所ほど庭が気に入っているというわけではなかった。たとえば、ドアに鍵をかけて自分の部屋に独りこもるとか、真夜中に小川のほとりの草地に腰を下ろすとか、まったく自由に選べるならば、ギリシャの神殿で柱にもたれて、あるいはパリで革命時代の護送車に乗って、あるいは海に突きだした大岩に上ってじっとたたずむというほうがよかった。しかし、何といっても庭は手近だったし、父も朝がたにバラの間をそぞろ歩きする娘の姿を見るのを好んでいた。

「じゃ、年齢は？」刑事がいった。「職業は？　性別は？」

　うららかな朝で、庭もそれを楽しんでいるように見えた。草はナタリーの足もとでとびきりの緑になろうと努めていたし、色濃く芳しいバラの花は恋人が何人いても贈れそうな数があったし、空は青く澄みわたって、まるで一粒の涙も知らぬげだった。ナタリーはひそかに微笑み、薄手の白いシャツの下の肩をぎこちなく動かし、両肩の水平な線からはるか下の足までの自分の体をしっかり意識した。その結果、形はないが密で固い空気に、薄くてしなやかな何かに、鋼鉄にうっすら当て物をしたような何かに、肩をもたせかけているような感じになった。ナタリーは満足して深呼吸した。

「さあ、話してくれないか?」刑事が迫った。その声はまだ強固な自制のもとにあるとはいえ、わずかに甲高くなっていた。「あんた、警察の力に、正当に構成された権威の力と重さに、つまりこのわたしにだ、独りで対抗できると思っているのかね?」

かわいらしい震えがナタリーの背中を下っていった。「わたし、人生を通じて絶えず危険にさらされているのかもしれません」ナタリーは刑事にいった。「でも、わたし、芯は強いんです」

「それが答えなのかね?」刑事はいった。「じゃ、あんたは姿を見られているといったらどうなんだ?」

ナタリーは顔を上げ、挑むように空を見やった。

「家政婦だよ」刑事は声を落として意地悪く責めるようにささやいた。「家政婦が証言したんだ――宣誓のうえで。いいかね、ウエイトさん、宣誓のうえでだ――あんたが家に入るのを見かけてから優に十五分はたったあと、あんたの悲鳴がして家の者が書斎に駆けつけてみると、あんたが殺された恋人の死体を見下ろしていた、と。さて、ウエイトさん、どうかね?」

「何もいうことありません」ナタリーはそういうのが精いっぱいだった。

「それじゃ、今、あんたの話はどういうことになるのかね?」刑事は仮借なく追及を続けた。「ウエイトさん、庭に独りでいたというけっこうな説明はどういうことになるのかね?」

「何もいうことありません」ナタリーはいった。

「教えてくれないか、ウエイトさん」刑事は容赦なく追及を続けた。無情な顔をナタリーの顔に突きつけるようにして猫なで声でいった。「あんたは家政婦の話を疑っているのかね?　家政婦は嘘をついているというのかね?　家政婦には時間をはかることなどできないと思っているのかね?」

「十時よ、ナタリー」ウエイト夫人がフレンチドアから声をかけてきた。

「今いく」ナタリーは返事した。ほとんどいつも歩く代わりに走っているので、緩やかな段も大きく一跳びして上がり――まるで鹿みたい、と空中で思った――フレンチドアを通り抜けた。「わたしのノート、どこ?」そばを通りしな、母に尋ねたが、立ち止まって返事を待つわけでもなかった。ノートは、その朝、朝食に下りてきたとき、廊下のテーブルに置いてそのままにしてあった。ナタリーはノートを手にすると、書斎のドアをノックした。

「お入り」父がいった。

ナタリーが入っていくと、父は顔を上げ、机の向こうから微笑みかけてきた。「おはよう、ナタリー」父が型どおりに挨拶し、ナタリーもそれに応えた。「おはよう、お父さん」それはこの小さな会合をもって一日を始めるという二人のフィクションだった。といっても、書斎での会合に先立って、いっしょに朝食をとったり、それぞれの朝の務めをこなしたりするのがふつうだったが。ナタリーはベッドルームの窓から朝の光景をながめ、それについてそそくさとメモを書きつけ、髪が無造作に肩に落ちかかるよう梳(と)かしつけてから、お気に入りの秘密の小さなロケットをつけた。父は目覚めると、鏡に映った自分の姿をあらため、その日最初の煙草を吸ってから、一応の身支度をするようだった。

「けさはとても元気そうだな」父がいった。ナタリーがまじめな顔で「きょうはいろんなこと考えてたの」というと、父はうなずいた。

「それはそうだろう」父はいった。「さんさんと輝く日の光、おまえが背負っている十七年の歳月、おまえの肩の上で大きくなるばかりの悲しみ――人は考えるものだからな」

書斎での朝、ナタリーは父の発言を笑っていいのかいけないのか迷うことがたびたびあった。父の弁が冗談なのかどうかを判断するのはいつもむずかしかった。父にしてみれば、自分の冗談に笑わないというのは相手のマナーに問題があるということであり、ナタリーにしてみれば、自分がただ一人の聞き手なので、相手は自分の反応を見るしかないということだったからだ。今、ナタリーは真剣だった。父の気配からするとこれは冗談だとほのめかしているようでもあったが、自分が十七年の歳月を背負っているという指摘に、にわかに無限の時間という感覚をおぼえたからだ。もう十七年――自分が幼児として少女として能天気に遊んで費やしてきたのと同じだけの歳月――がたつと、三十四歳といういい年齢になることを考えてみれば、これまで生きてきた十七年というのはやはり非常に長い歳月だった。三十四にもなれば結婚しているだろう。たぶん――その考えは胸が悪くなりそうだったが――自分の子どもに意味もなく悩まされているだろう。疲れ、やつれはてているだろう。ナタリーはその執拗にからみついてくる考えからいつもの方法で逃れ――生きながら焼かれるという甘美で鋭利な感覚を想像して――促すように父のほうに向きなおった。

「さてと」父はそういうと、机の上の書類に視線を落とした。「ノートを持ってきたかい?」

ナタリーは無言で机越しにそれを差しだした。そのとき必ずといっていいほど狼狽する一瞬が生じた。自分が書いた文章がいやでも脳裏に浮かび、父にそれを読まれるかと思うと書斎から逃げだしてどこかにいってしまいたいという思いで身がすくんでしまうのだった。その一瞬が過ぎるのを待って、ナタリーはノートを手渡しながらこういった。「ゆうべ、仕上げたの。みんなが寝てしまってから」

「また徹夜して書いたのかい?」父は優しくいうと、ノートのページをゆっくりめくって内容を吟味しはじめた。

「寝たのは三時ごろ」ナタリーはいった。父はものを読むとき親指をなめて湿らす人間を嫌い、多くの一般読者にはそういう品のなさがつきものだとしていたが、自分がナタリーのノートのページをめくるときに唇を舌で軽く湿らせていることにはたぶん気づいていなかった。もっとも、唇を湿らせはしても、指を口に持ってくることはしなかったが。

「こういうのがずっとわたしの好みでね、ナタリー」父はそういって、あるページで手を止めた。「木々についてのここのところだ。〝空を背景に整列〟というのはいいね。とてもいい。それからお母さんについてのところ」父はくすくす笑いながらもう一ページめくった。「お母さんの目に触れないことを祈るがね」そういうと、子どものような笑みを浮かべてナタリーを見上げた。

「お母さんはわたしのノートなんか興味がないわ」ナタリーはいった。

「そうだな」父はいった。「わたしの記事にだって興味がないがね」父は声をあげて笑うと、その埋め合わせのようにこういった。「お母さんほど共感は薄いけれども、役に立ってくれる人間はほかに見つけようたって見つからないだろうな」

今度はナタリーが大笑いした。それは母についての実に正確な見かただった。

「さてと」父がいった。ノートの今開いているページで手を止めると、わざとらしくためらいながらナタリーを見上げて微笑み、さらに向きを変えて机の上の煙草の箱から一本抜きだして、手の込んだやりかたで火をつけた。「ちょっと心配だな」父はいった。「最後まで読みとおせるかどうか」

「それ、それまでにやらなくちゃならなかった課題の中ではいちばんむずかしかったわ」ナタリーがそういったとたんに、父は眉をひそめてナタリーを見つめた。ナタリーは少し考えてからいった。「それ、これまでにやらなくちゃならなかった課題の中ではいちばんむずかしかったわ」

「どんなに注意してもしすぎるということはない」父はそういうと、両肩をぴんと張り、ノートのほうに首を突きだした。

父が読んでいる間に、ナタリーは最初の緊張が去ると（毎朝、父にノートを渡すことで一歩を踏みだした。それでもう後戻りはできなくなり、あとはノートが返ってくるのを待つしかなかった）、毎朝そうしているように、あらためて書斎を見わたした。そこは深い満足がもたらされる場所だった。ぐるりと部屋をめぐる棚に並んでいる本は、必ずしも父によってではないにしろ、すでに目を通されたという満たされた様相を見せていた。革張りの椅子には父の大きな尻の跡がつき、傍らの灰皿にはけさの灰がこすりつけられていた。部屋は使いこまれ、古びてはいたかもしれないが、打ち棄てられたという印象は微塵もなかった。父が目配りの利く性分から注意を行きわたらせているために、部屋はすっかりくつろいで、今は何にも乱されることがないという風情だった。

「これはいい」父が出し抜けにいった。からから笑うと、繰り返していった。「これはいい。ほら、こういっているところだ。〝世界が自分ほど知的であるとは限らないという事実に彼はいつも驚いているようだった。自分自身が思っているほど知的ではないかもしれないと気づいたならば、もっと驚くだろうけれど〟言葉が多すぎるがね、ナタリー。文章の前半で酔ってしまって、あとは上がった道を下りるという具合で付けたしただけなんじゃないか。もっとすっきりいえると思うがね。だが、しっかりはしている。とてもしっかりしている。それに、わたしは好きだね。〝彼は気前のよさで評判が高かった。もっとも、彼が貧者に施しをしたということを実際に知っている者はいなかったけれど〟というところが。ほんとによくがんばったな」ナタリーが予想したとおり、父は椅子の背にもたれかかって上機嫌でナタリーを見た。「わたしは大満足だよ」父はそういいきった。それから再びノートを読みにかかり、ときおり笑いを漏らした。

「もちろん」少し間をおいてから父はいった。「わかってはいるだろうが――実際、課題を出したときにこういったと思うんだが――おまえがここに書くことについては異議を唱えるわけにはいかん、と」

ナタリーがいった。「わたし、それにつけこんだのかもしれない」

父はうんうんとうなずいた。「そうだろうな」

父は再び読みはじめ、ナタリーは書斎を見まわした。もちろん、死体はあそこに、悪魔研究の本が並んだ本棚と窓の間にある。窓には、引いてしまえばどんなむごい仕業も隠せる厚地のカーテンがかかっている。自分は死体から五フィートと離れていない机で、隅に手をついて体を支え、突き上げてくる悲鳴で蒼白い顔をゆがめることになるだろう。両手、ドレスの前、靴についた血、あるいは足もとのカーペットに浸みこんだ血、あるいは机についた手の下の血、あるいはそこの紙に染みとなってついた血について説明することはできないだろう。


「あ、いかん」父はいった。「うまくないな、ナタリー。これは絶対に認めるわけにはいかん」

「でも、それ、手直ししたのよ」ナタリーは言葉を選びながら悪戯っぽくいった。「いっておきたいんだけど、うまいっていうのは多分に傲慢なことでしょ。最近はほんとに傲慢な人なんてめったにいないから、そういう人がかえっていい印象を与えているのよ。そういう考え、気に入ってるんだけど」

「それは変わってるな」父は考えながらいった。「だが、おまえはそんなことをいうには若すぎるんじゃないか」ノートを少し押しやって、机の端から離し、自分の肘をつく余地をつくった。「さてと」父はいった。

ナタリーは腰を下ろして父を見まもった。

「まず」父は注意深く言葉を選びながらいった。「描写の問題についてはおまえがどう攻めてこようと反論しなければならないだろうな。どんな描写をしても何かを描写しているとはいえなくなることがある――これは前にもいったがね――もし、それが浮いてしまっていたら、つまり、ほかと結びついていなかったらだ。それを何かに結びつけて、有効にするべきなのだ。だが、おまえはきょうの課題ではそれを怠っているようだ」

「でも、お父さんはいったんじゃなかった――」ナタリーがいいかけたが、父が手をあげて制した。父は話の腰を折られるのを嫌った。

「いいかい」父は先を続けた。「おまえがこの描写で表そうとしているものを十分に理解しているとは思えない。ほかの状況でなら、おまえのせっかくの苦心も意味がなくなってしまうだろう。ただ、わたしはおまえを試す目的でこれをやらせたんだ。そして、おまえは期待に応えてくれた」父はそこで間をおいて、考えこんだ。「わかってくれ」ようやくそういった。「おまえの解釈のあら捜しをしているわけじゃないんだ。いうまでもないが、おまえはわたしについてであれ何であれ、まったく自分の好きなように書いていい。わたしはおまえが書きたいことを書くのを見て、もっと書くように励ましたいと思っている。ただ、おまえがいい書き手になろうというなら、自分自身のモチーフを理解しなければならない」

父は言葉を切り、また手の込んだやりかたで煙草に火をつけた。それからノートの上で両手を組みあわせ、まっすぐにナタリーを見た。煙草が灰皿の中できれいに燃え、その煙の筋が父の顔の一方の側を縁どり、窓の直線がもう一方の側を引きたたせていた。

「わたしは自惚(うぬぼ)れの強い人間ではない」父はゆっくり切りだした。「買いかぶりを真に受けたりもしない。実際のところ、わたしの描く自画像はおまえが描くものよりもはるかに厳しいだろうな。たとえば、おまえはわたしの狭量さを口にすることはない。書いたものの中ではそれをにおわせているのに」――父はノートをあらためた――「わたしが〝行動の前に言葉ありき〟の人間だという事実についてのところだが。おまえはわたしの顕著な特徴の一つを見逃している。それはしばしばわたしの足を引っぱっている愚直さだ――わたしの場合、正直さが一徹すぎて、かえって誇ろうにも誇れないイメージを持たれてしまう。おまえがわたしのことを誇り高い人間といってくれるにしてもだ。わたしは正直というイメージのゆえに、多くの同輩よりも低いところに目標を置くことになった。それは自分の欠点をよくわきまえているからだ。その結果、多くの面で世俗的な意味での成功には恵まれていないというわけだ。みんなは自分の短所を自覚しないまま、やみくもに突っ走ることができた。一方、わたしはいつも自分を疑ってためらってしまい、チャンスを逃してしまったんだ。おまえはそれに触れていないが――そして、わたしは今も変わらず愚直を振りまわしているわけだが――わたしは家族に対して親切であるべきなのに、必ずしもそうとは限らない。というのは、それを犠牲にしてまで自分の感情に入りこんでしまうからだろう――ただ、より苦い真実をいえば、わたしは豊かな感情に恵まれた人間ではない。だから感傷的にもなれないし、豊かな人間にもなり得ないんだ」父はその調子でおはこになっているその話をいつまでも続けそうな気配だったが、はっと我に返って苦々しげにいった。「わたしは一言いうたびにどんどん自分をさらけだしているな。わたしは正直で**は**あるんだがね、ナタリー、ときどきそれが恥ずかしくなるよ」

「わたしも自分が正直なときはいつもそうよ」ナタリーはいった。

「おまえもか?」父は興味深げに尋ねた。「おまえは自分がどんなときに正直かということがわかるかね?」

「ふつうはね」ナタリーはいった。「そんなことをいったり考えたりする自分に驚いたら正直っていうことじゃない」

父は笑ってうなずいた。「おまえはわたしが教えるのと同じくらい教えてくれるんだな」二人ともしばらく口をつぐんで、それぞれの美点を数えていた。やがて父が内緒めいた口調でまた話しはじめた。「ナタリー」父は重々しくいった。「女の子が成長期のある時点で父親を嫌うようになるのは自然なことだというのはおまえにもわかっているね。それでだ、おまえも人生のこの時点になってわたしを嫌うほどに成長したということを認めよう」

「そんな」ナタリーはそういって父を見つめた。「もちろん、わたし、お父さんを嫌ってなんかいないわ」ナタリーはいった。議論の文脈から当然のようにそういったので、間を置かず「大好きよ」と続けようとした。

父は悲しげに首を振った。「おまえが産まれたとき、それからバドが産まれたとき、お母さんにはわからなかったにしても、わたしにはわかっていたんだ。二人ともわたしたちに反抗する時期がきて、わたしたちが体現しているものを嫌い、わたしたちから自由になろうとして戦うだろうとね。それはきわめて自然な反応だから、わたしは今、自分が苦しみや痛みを感じていると思うのさえ恥ずかしい。そうなって、ようやく考えもしたんだ。その時期はゆっくりやってくるものなのに、わたしはこれまでも今も覚悟ができていないとね。ナタリー、それが自然なのだということを忘れてはいけないよ。それにだ、わたしに対する嫌悪は、個人としてのおまえが個人としてのわたしを嫌うということを意味しているわけではないが、順調に育っていく子どもは両親を嫌わずにはいられない段階を通過するということもだ。それが今、おまえが差しかかっている段階なんだ」ナタリーが口を開こうとすると父は再び手をあげてそれを制し、相手が落ちつくのを見て、その手をノートのページに落とした。話しながらノートに触れ、ナタリーがその朝の課題に取り組んだページをぱらぱら繰った。

「ただ、それはだ」父は考えながら先を続けた。「――おぼえておいてくれ、これはおまえにとってと同様、わたしにとってもほんとうに新しい経験なんだが――それはわたしがおまえを助けたり、忠告したり、あるいはおまえに共感したりすることができないということを意味するものではない。おまえが成長途上の女の子であり、わたしが年寄りである以上、わたしたちが認めなければならないということを意味しているだけなんだ。そして、子どもの側の憤りと結びついた基本的な性的対立がわたしたちを隔て、その結果、わたしたちは今までそうだったようにお互いに正直でいられるとは限らないということを」

もし、そういうことになっているなら、何でわたしにいうのだろう？　ナタリーがちらりと考えていると、遠くから刑事の詰問の声が聞こえてきた。「自分が殺しましたと自白する気になったかね？」

しばらくの間、父はナタリーをじっと見つめ、ナタリーには出しようのない答えを待っているようだった。ナタリーはすぐに我に返り、父がいったことへ立ち戻った。その中に、たとえば自分が何をいったらいいのか示唆するようなものがあっただろうか？　父は質問をしてきたのだろうか？　自分が訂正しなければならない間違いをいったのだろうか？　自分が謙虚に否定するのを聞こうとして、べた褒めしたのだろうか？

「さてと」父はようやくそういって溜め息をついた。「それは詰めて議論するまでもないだろう。おまえはじきにわたし以上にそれをよく知ることになるだろうし、わたしがおまえから学ぶことになるだろうからな」

父は椅子の背にもたれかかり、黙想でもするように机をじっと見下ろした。その目はナタリーのノートの行から行をぼんやりと追っていた。

「上出来だ」父はそういって笑った。「うん、ナタリー」父は力なくうなずいた。

それは放免だった。それ以外のものとは思えなかった。立ち上がったとき、ナタリーの心はすでに庭へ、ランチへ、一日のこの先の長さへと飛んでいたが、父がいらだったように机の向こうからノートを押してよこした。

「おまえは午後のパーティーに出るんだろう？」父が尋ねてきたが、〝おまえ〟と強調されたことでナタリーはバドがいかないといっていたのをはっと思いだした。

「出るつもりだけど」ナタリーがもぐもぐといったのは、バドが一家の行事に縛られないと公言する勇気をどこで見つけたのかを不思議に思っていたからだった。

「できたらお母さんを手伝ってやってくれ」父がいった。「お母さんは客をもてなすのが苦手だから」父はナタリーに微笑みかけたが、心はすでにもっと重要なことに、自分の仕事である深く入り組んだ考察に向かっていた。「基本的に人間嫌いなんじゃないかな」そう付けたしたときには、ナタリーはドアのほうへ歩きだしていた。

ウエイト家の人々は平日は世間一般と変わりなく暮らしていたが、毎週日曜日は自由奔放なスタイルで過ごしていると自任していた。ウエイト夫人は日曜にはメイドの手を借りることはなかった。日曜日、一家はウエイト氏が勝手にありあわせ料理（ポットラック）と称するもので客をもてなしたが、ポットをあずかるのはウエイト夫人だった――ウエイト家がメイドを温存しておける理由はそれに尽きた。ウエイト氏は日曜の午後、自分を喜ばせてくれそうな人を自宅に招くのが習慣のようになっていて、夫人は気の置けない客に各種の軽食を出すよう望まれていた。それには通常、相当数の客――ウエイト氏は誰と誰を呼んだのか呼ばなかったのか思い出せなかったからだ――のためのあれこれの小さなサンドイッチやカナッペ、そのあとのビュッフェ形式の夕食が含まれていた。夫人は日曜の就寝時刻をきっかり八時と自ら定めていたので、その時間が迫って夫人が引き下がると、ナタリーとバドも日曜日の束縛から解放され、ウエイト氏はパーティー好きな客とともに腰を落ちつけるのだった。

毎週日曜日、ナタリーは父と話したあと、母と二人、その日のもてなしの準備のためにキッチンで午前を過ごした。ウエイト夫人はそれを娘にとってはいい訓練と考えていた。ナタリーは母のことを父に話していたとき、こういったことがあった。「お母さんたらキッチンを〝婦人専用〟って表示してある部屋みたいにして使ってるのよ」

事実、キッチンは家の中でウエイト夫人が独占している唯一の場所だった。ベッドルームですら、夫がわざわざいっしょに使おうと主張したので自分独りのものではなかった。夫は食卓もいっしょに囲み、リビングルームのラジオもいっしょに聞いたが、ポーチに座るのやバスタブを使うのは自分に優先権があると思っていた。しかし、キッチンには〝不向き〟であるとどこか楽しげに認めたので、夫人は週に一日、娘が立ち入るのを別にすれば相当時間を邪魔されずに過ごすことができたのだ。たぶん夫人はキッチンを共用するその時間、自分とナタリーはある種の母娘(おやこ)関係で結びついていると感じたのではないか。その関係というのは、女としての知識を相手に伝える一方、女らしいスローガンや女性的な皮肉によって、少なくとも当面は家族を男対女に分かつかもしれないものだった。いずれにしろ、ナタリーと二人だけのキッチンは、夫人が何くれとなくおしゃべりをする唯一の場所だった。夫人はよそではほとんどおしゃべりをしないので、キッチンでの会話が週に一度の詠唱のようなものになっていたからだろう。あるいは夫人が回顧や愚痴を何度も繰り返しながら、週の間に考えたり、いいたい、感じたいと思ったり、推し測ったりしたことすべてを公表する掲示板のようなものにしていたからだろう。ナタリーはそういうときの母に感心した。リビングルームでの母との会話はどんな軽いものであれ何とか避けようとしていたのだが、キッチンでの会話は相手が思っている以上に楽しんで自分の役に立ててもいた。

けさ、ウエイト夫人はキャセロールを使った日曜の料理で奮闘していた。それは信じられないほど複雑で微妙なものだったが、配慮もなければ礼も欠く酔った人々にほんの二、三時間でむさぼり食われてしまう運命だった。ナタリーがキッチンに入っていくと、母はサイドボードに身を乗りだし、包丁で肉をきれいに薄切りにしていた。「ナタリー?」母は振り返りもしなかった。「お父さんの話、聞いてあげたの?」相手がほんとうにナタリーで、家が火事だと夫が知らせにきたわけではないと確かめもせずにそう続けた。「お父さんの話、聞いてあげたの？　お父さん、ぼけてるから、ほんとに」母は息を詰めて骨のまわりを繊細に切り分け、それからまたこういった。「ときどき、お父さん、きっとひどいぼけになるって思うことがあるわ。自分のうぬぼれをみんなが真に受けると思ったり。妄想よね」母は満足げに断言した。「妄想。うちの父なんか、彼がくるといつも笑ってたもの、ほんとに。妄想よ、ナタリー。まあ、エセルったら、お皿をわたしが置いたとおりに置いてくれないかしらね。大きなお皿の内側に小さなのを。こんなおかしな並べかたして、お皿をしまう人がいるなんて信じられないわ。あの人、寸法とか安全とかを考えないでいっぺんに積み重ねるんだから。笑ってしまうわ。ときどき思うんだけどね、お父さん、わたしの名前がチャリティーだからっていうだけでわたしと結婚したんじゃないかしら。あの当時、お父さんみたいな人たちの間じゃ『バッファロー・ギャルズ』（訳注―トラディショナルソング）みたいな歌を歌って、ヴァージニア・リール（訳注―フォークダンス）を踊るのが流行ってたんだけど。たしかに慈善ね。うちの父は彼がどういう人かわかってたんだわ」

ナタリーの日曜の朝の仕事は、サラダの野菜から始まるのがふつうだった。レタスやニンジン、トマト、ラディッシュを最終的にサラダに仕上げるべく、洗い、きれいにして冷水にくぐらすのだった。今、ナタリーはレタスの葉を両手いっぱいに持ち、流しに向かい、蛇口からほとばしる冷水が鮮やかな緑のレタスを縫って流れ落ちていくのを見まもっていた。それは両手が凍えてくるまでは、信じられないほど美しい見ものだった。

「お父さん、ひどく怠け者だから自分じゃ何もやらないくせに」母がいった。「だいたい、大の男がニューヨークでスクエアダンスなんかやる？　それでうちの母を思いだすわ。ほんとに口やかましい人でね。いつもそこらじゅうで声がしてたわ。ときどき思うんだけど、お父さんはうちの母のおかげで得したんじゃないかしら。母も死ぬ前には父がいなくなってたから、かなり静かになってたけど。わたし、ずっと不思議に思ってきたんだけど、人はどうやって幸せな結婚をして、毎日毎日それを続けられるのかしら。わたしには母は幸せには見えなかったけど、でも、もちろん、ほんとのところはわからないわ。ナタリー、あなたは幸せな結婚をするようにね」母はてのひらに包丁をのせたまま向きなおって、真剣な目でナタリーを見つめた。「幸せな結婚をするのよ、いい。あなたが何を考えたり、したりしているのか、相手に悟られないようにして。そういうことなのよ。うちの母はその気になれば何でもすることができたでしょうに。望むこと何でも。父は母にそうさせたでしょうね。たぶん、そうとは自覚しないままで。でも、当然のことだけど、父が死んだときには、母はもう年をとりすぎてたわ」母は肉の薄切りを取って、オーブン皿に並べはじめた。「実家の日曜日を思いだすわ」そう言葉を継いだ。

「卵、固ゆでにする?」ナタリーがさりげなく聞いた。

母はキャセロールやレタスに意見を聞きたいとでもいうようにキッチンを見まわしながら考えた。そしてようやく、こういった。「そうしたほうがいいかしらね、ナタリー。何人くるのかわかったためしもないし」母は苦笑しながら先を続けた。「うちの実家の日曜日もお客が何人くるのか見当がつかなかったわ。ときどき、こちらから祖母のところにいったり、わたしの姉妹のところにいったりはしてたけど。姉妹はみんな、わたしより先に結婚してたの、ナタリー、参考のためにいっておくとね。それはともかく、みんな、一言予告してくれればよかったのに。そうはせず実家に押し寄せてきたのよ。だから見当がつかなかったの。みんな、鳥の群れみたいだったわ——一人がどこかに向かって出ていくと、ほかもそれについていくっていう具合で。大きな男たちと小さな女たちがね。わたしのおじたち——思いだすと、おじたちが日曜の午後、あるときはあちらの家で、あるときはこちらの家で座っていた姿が目に浮かぶわ。たとえばチャールズおじ。あのおじさんが実家のダイニングルームの赤い椅子に座ってたのをいつも思いだすわ——何しろ大勢がテーブルについたから、椅子を運びこまなきゃならなかったんだけど——でなければ、おじさんの自宅の暖炉のそばに置いてあった茶色のモヘアの古い椅子に座ってたのを。おばさん——ええと、何て名前だったかしら、ナタリー？　チャールズと結婚してたのは？」

「ヘレン」ナタリーがいった。

「そう、ヘレン」母がいった。「そういえばヘレンおばはあの椅子が嫌いでね。ただ、わたし、ずっと考えてたんだけど、おばさんがあんなにがみがみいったのは、奥さんっていうのは連れ合いの古馴染みのものをいやがるものだと思ってたからじゃないかしら。それに、おじさんがあんな椅子を手放さないのに文句をいわなかったら、自分の沽券に関わると思ってたからよ。ただ、おばさんもそれほど深刻に気にしてたわけじゃないと思うけど」母は皿の料理用バターの一片に包丁をこすりつけてから、タマネギを切りはじめた。「そう、変わったアフリカのお面とか」母はいった。「安っぽくて汚らしい銀の装身具とか。古いブルースのレコード。もし聞きとれるにしても歌詞なんか知りたくもないというようなものね。とにかく、おじさんがあの椅子に座ってたのをよく思いだすわ。若い娘はみんな——もっとお水を足して、ナタリー——夫と暮らすほうがいいと思うから、今、自分が住んでるところがいやになるんじゃないかしら。それでどうなるかといったら、夫とだって同じことなんだけど、ふつうはね。わたしがお父さんと会ったとき、自分は本をたくさん読んだといってたわ。お父さん、エンゲージリングの代わりにメキシコの銀のブレスレットをくれたの。わたしは古くてしょうもない——しょうもないって言葉を教えてくれたのもお父さんで、何だったらほかにもたくさんそういう言葉をあげられるけど、わたしもそんなことするほど若くはないと思ってるから——それで、しょうもない椅子に座ってるおじたちを見まわして、結婚することが自分の望んでいたすべてなんだと思ったわ。もちろん、今は日曜のディナーにくるのがよその人たちというだけで、それと変わりないんだけど。お父さん、煙草よりきついものを吸ったら、あしたは一日中、具合が悪いんじゃないかしら。それじゃ、ポテトサラダにかかりましょうか。きのう、エセルにポテトを余分にゆでておくようにいっておいたから」

ナタリーは奥歯に軽く圧力を加えると、母の声に伴うリズミカルな旋律のようにちくちくする痛みを誘発させせられるのに気づいた。虫歯ができたのを母にいうつもりはまったくなく、前日以来のその心楽しい体の異変をひそかに楽しんでいた。

「そういえばアイスクリーム」母がいった。「わたしたち、いつもアイスクリームを食べてたわ」

「教えてくれ」刑事が身を乗りだし、しつこくいった。「どういうふうにやったのか教えてくれ。あんたに不利な情報は抑えてもらえると当てにしていいかもしれないぞ」

「わかりません」ナタリーは声に出さずに答えた。「おぼえていないんです」

「約束しよう」刑事は重々しくいった。「わたしは信用のおける合理的な人間だ。全面的に信頼してもらっていい」

「おぼえていないんです」ナタリーはいった。

「当然、おぼえているはずだ」刑事はいらだった。「誰だってあれだけのことを乗りきれたとしたら、おぼえていないわけがないからな」

「ナタリー」母がいった。しばらく両手を休めて、目の前の壁を見つめていた。「あなたがいなくなったら、わたし、どうしよう?」

ナタリーは当惑しながら、ゆで卵の火を小さくした。「でも、ちょくちょく帰ってくるから」あまり意味のない返事をした。

「母親っていうのは娘がいないとほんとに寂しくなるのよ」母はいった。「とくに一人娘の場合はね。母親は世界中の何よりも寂しくなるのよ」

　ナタリーにとって母のいちばんいやなところは、真剣な話をわざとらしいと思われる言葉で表現する昔からの癖だった。真情を見透かされ、云々（うんぬん）されたあげく無視されるのに慣れてしまった母は、ずっと以前からそれを冗談として述べることで自衛するようになっていた。そのかまととめいた雰囲気に、ナタリーもウエイト氏もあからさまに嫌悪感を表明されたほうがまだましだと、いらだつばかりだった。それでナタリーは――自発的に愛情を表明して母を助けようと思うことも間々あったが――にべもなく、こういった。「何かやることが見つかるわよ」

　母は黙りこくった。キャセロールを慎重にオーブンにのせ、銀器に注意を転じてから、ひどくおずおずと口を開いた。「実家でみんなの分のお皿がないときは、おばたちの誰かにお皿を持ってきてと頼んだものだったわ……」


　日曜日のランチは間に合わせのものだった。家のオーブンでは、夫の友人たちのための特別な食事と、夫が当然のように思っている滋味豊かなランチを同時につくることはできなかった。その事実をウエイト夫人は何年も前から言い聞かせて受けいれさせていた。ウエイト氏はたいしたことのない問題では、ほとんど躊躇（ちゅうちょ）することなく友人より自分を優先したが、自分の歓待ぶりとそれについて予想される月曜日の会話という観点から、不満はあっても自分の楽しみを二の次にするのにやぶさかでなかった。ただ、それは妻の無能ゆえの一時の方便であり、次の日曜にはしっかりしたランチがとれるだろうと懲りずに信じていた。お決まりのできごとをお決まりの文句で迎えるのが習慣になっていたので、ウエイト氏は日曜のピーナッツバターのサンドイッチを見ていつものようにこういった。「これは大の大人の食べ物じゃないな」日曜日ごとに、ウエイト夫人はそれに応酬した。おそらく最初は一週間かけて考えついたのだろうが、いつもこう答えていた。「あなたがディナーをつくるなら、わたしがランチをつくります」

ナタリーは父と隣りあわせにキッチンテーブルの前に立ち、まわりで遂行された仕事を黙って観察した。朝に使われた皿はすでに洗われ、朝食用のカップとソーサーは片づけられ、代わりに客用のカップとソーサーが出されていた。今のランチとディナーには使わずじまいの家族用のナプキンは、月曜日に再び用に供されるべくキッチンのマントルピースに載せられていた。キッチンの馴染みの品々――エセルが流しのそばに置いている植物、小さなやかん、プラスチックの柄のついた卓上食器類――は、来客の準備の前にすべて後ろへ押しやられたり脇に置かれたりしていた。両親が口げんかばかりしている間、ナタリーは今から何千年か後の考古学の探検の場へ自分の身を転移させた。探検隊は突然このキッチンにやってきて、やかんのまわりの地層を慎重に掘っていた――「これは調理鍋かもしれない」誰かが知ったふうにいうと、ほかの誰かが付けたした。「尿瓶でもおかしくはないな。われわれは当時の人々の習慣についてはまだ何もわかっていないんだから」さらなる発掘で――たぶん三、四日後、探検隊の若手と古参の間の激しい論争のあと、一方の側が先に進むのがより賢明と主張して、というのは、ここは発見には不毛な場所で、そのうえ空気も悪かったので――ナタリーの頭蓋骨が出てくるかもしれなかった。そして、貴重なナタリーの頭を手にした隊員はそれを引っくり返しながらためつすがめつして、こういうかもしれなかった。「ほら、この歯を見てくれ。彼らは何か歯科の技術を知ってたんだな、少なくとも――いいかい、この一本は金を詰められてるように見える。彼らに何か金の知識があったかどうか、おぼえてるかい？ うん、これは前頭部の盛り上がりからすると男だろうな」その時点では、当然のことながら自分の人生は終わっているのだ、とナタリーは安堵しつつ考えていた。ナタリーにはもう不安などありそうもなかった。自分が見知らぬ男の手の中の頭蓋骨でしかない以上、道を間違える可能性などあり得なかった。「それにだ」キッチンの端のほうから別の声がした。「ほら、ここ、この恐ろしく奇妙な幾つかの物——装飾品だと思うんだが。それから、ここを見て、この二つの頭蓋骨——ほら、ここを見て。彼らには子どもがいたんだ」

庭はナタリーの専用といってよかった。もちろん、家族も庭を使いはしたが、ナタリーは庭を自分の人格が機能する場と見ていて、あてがわれた楽しみの合間に庭で十分も過ごせば気分が一新すると感じていた。芝生の裾のほうで草の上に座り、背中を木にもたせかけると、物柔らかな風情の野原からはるか彼方(かなた)の山々までがながめられた。それは何かが栽培できる場所という母の希望を差し置いて、父が賢明にも絵のような風景を選択したおかげだった。そういういきさつから、家の裏手にはウエイト夫人の家庭菜園が設けられたが、あまり手入れが行き届かず、定番の作物でも形の悪いラディッシュや色の悪いニンジンを産するだけだった。家の敷地のその他の部分——三エーカーほど——は、牧草地や空閑地、立ち木へとそのまま続いていた。ナタリーの庭は家の正面にあり、庭師が手入れをしていたが、その庭師も菜園には関わろうとしなかった。地所のその方角は崖のような地形で——ずっと後ろに下がってみれば崖に見えた——あやふやに終わっていて、その下を州道が走っていた。家の後ろ、さらに菜園の後ろでは、木々が伸び放題に伸びていたがウエイト氏はそれを大目に見ていた。ナタリーはまだ小さかったころ、庭と崖からのながめに深く心をとらえられる前、木々の間で海賊やカウボーイ、騎士ごっこをして遊んでいた。しかし、今はわずかに甲冑の騎士とどこかでつながっているという理由から草地に立つ木には親しみを感じていたが、暗くひっそりして訴えてくるもののない下方の木々は顧みることがなかった。

ナタリーにはときどき、彼方の山々のながめに感極まってこみあげてくる涙を吸収することも、あるいはそれを溜めこむ能力をひろげることもできなくなって、ただただ涙を押し殺したり、草の上にじっと横たわったりすることがあった――もちろん、家の窓からは見えないところでだったが。自分が見出した野原と山々のながめには立ち去りがたいものがあったが、それを自分の中に受けいれて活かすよう自らに課した。つまり、それを現実であると同時に非現実である何かの担い手として、現実であり非現実でもある家族の襲撃に対抗することを課したのだ。ナタリーにはぼんやりとではあったが自分で認識している時点があった。そこにはその年齢相応の精神の機能もあったと思われたが。ともかくもそれはそこで服従が終わって自己管理が始まる時点だった。そういう時点に達して通り過ぎたあと、ナタリーは独立して機能する個人になり、自分が信じる可能性を確かめることができるようになったのだ。ときどき、とてつもない痛みを伴う悲嘆とともに、壮大でありながら抑制された創造の意図や、激しく身を焦がす思春期のあこがれに圧倒され、自らの創造力の限界にショックを受けて、自身を固く強く抱き締め、無言で何かを叫んでいることもあったが、それはいうならば「わたしに任せて、わたしにやらせて」ということに尽きた。

そんな感情がナタリーにとって何か意味を持つとしたら、自分でも当惑するような詩、机の中に隠しておくような詩の創作につながる衝動としてだった。実際に書く詩と内包している詩のギャップは、本人にも解決不能なものだった。

日曜の午後、両親がその日の客のことで議論している間、ナタリーは草の上に横たわり、腕枕をして、目の前の野原や山々への思いにふけっていた。ナタリーにとって、山々の背後の太陽は、ありふれた驚異やカレンダーのような構図、大人の世界の誇張した典型的光景にはまだなっていなかった。ただ、山々の背後の太陽の不出来な写真ばかりを目にしてきたので、太陽そのものが滑稽で不要なものであるかのように見えていた。今、太陽の圧力から解放された山々は影になって暗く、まだ太陽に照らされている野原は明るい緑だった。ナタリーは腕枕をしていながら、自分が知る限りの何よりも軽く走っているように、すばらしく滑らかなステップで世界を横切っているように感じていた。足は地面をかすめていた――ナタリーはそれを強く感じていた――髪は音もなく後ろに流れ、長い脚はアーチを描き、息は喉の中で冷たくなった。世界で最初に目覚めたもの、最初にぼんやりとあらわれたものが足音も立てずに無人の地をよぎり、山々に登り、まだ湿っている草に両手で触れていた。

　大きな胸をした豊かな山々が感情の高まりの中でナタリーに手を差し伸べ、ナタリーが近づくのを静かに迎えて受けいれた。口を草に押し当て、太陽をのぞいたせいで目に涙を溜めたナタリーは山々を引き寄せて、こうささやいた。「お姉さん、お姉さん」その呼びかけに山々は身動きして応えた。

　ナタリーは弟のバドが家から出て庭に入ってくるのを目にして、その出現に一瞬どきっとした。弟が自分にあまりによく似ているように見えたからだ。弟は自分がいるのを知らず、座って山でもながめようとしているのだろうと思ったが、実は自分を捜しにきたとわかった。弟は大声で呼んだ。「ナット？　ナット？」

「ここよ」ナタリーが声をかけると、弟は振り向いたが、姉の姿が木々に隠されていたため、なおこういいながら近づいてきた。「どこにいるのさ？」

　弟が気づいて傍らに腰を下ろすと、ナタリーは弟が初めてここにきたと察して少し得意になった。弟がしばらく崖のほうを見やってから口を開いたからだ。「もう戻ってきて着替えをしたらってお母さんがいってた」

「あなたは泳ぎにいくの？」ナタリーは尋ねた。

弟は何かいおうと心に決めているようだった。見たことのない表情を浮かべていることから、それは機会があったらいおうとずっと前から決めていた何かなのだと知れた。弟の顔がそれほど近しく見えるのは、自分の顔にそっくりだからなのか、それを一日に三度、テーブル越しに見ているからなのかは判断のしようがなかった。「あのさ」弟はようやくそういうと、いらだたしげに草を引き抜いた。「きょうの午後はこれにつきあうつもり？」

「わからない」ナタリーはいった。「どっちでもかまわないわ」

「なぜかっていうと」弟はいった。何かはっきりしたことをいえば自身のプライバシーをさらすことになるので、口ごもって真っ赤になっていた。「姉さんを泳ぎに連れていきたいからさ」弟はいった。

「駄目よ」という以外に答えようがなかったが、そう答えることもできなかった。ナタリーは弟を見ないように努めたが、ちらちらと目に入る弟の顔は――自分とほんとうにそっくりと思ったが――姉を泳ぎに連れていくといってもべつにうれしそうではなかった。それでナタリーがじっと見つめていると、弟は振り向いて顔をしかめた。「どうなの？」弟はいった。「いきたいの、いきたくないの？」

「うーん」ナタリーはいった。今度は自分が草を引き抜いた。「いかないんじゃないかな」ナタリーはいった。「お父さんがいてほしいと思ってるみたいだから」急いで付けたした。

「わかった」弟はほっとしたようだった。「お父さんはいてほしいだろうね」

弟は何を考えているのだろう、とナタリーは思った。「どっちにしても」弁解するようにいった。「重要な人たちがくるから。何人かは」

「その人たち、何ができるのさ？」弟は馬鹿にしたようにいった。「詩？」

どちらもしばらく黙っているうちに、二人に当たっていた陽光は過ぎ去り、冷たい風が下方の野原から崖を吹き上がってきた。弟は身をよじって立ち上がると、こういった。「お母さんが戻って着替えをしなさいっていってる」そして家のほうに歩きだした。「急いだほうがいいよ」なお肩越しに声をかけてきた。「みんな、もうじきやってくるからさ」

「さてと」ウエイト氏はにこやかにいった。時刻は四時になり、オーブンにはキャセロールが入れられ、パントリーには日曜の酒が並べられ、冷蔵庫では氷がつくられ、細長いリビングルームは用意が整えられていた。灰皿はウエイト氏の友人たちが煙草を投げ捨てそうな場所の付近に置かれ、椅子は彼らが一時的に腰を下ろすのに備えて配置されていた。彼らが議論の最中に参照するのを望みそうな本（『ユリシーズ』、C・S・ルイス、『オルガスムの機能（ザ・ファンクション・オブ・オーガズム）』、最新の英国のホモセクシャル小説、『ホット・ディスコグラフィー』、『金枝篇』の要約版、大辞典）は窓辺の小型の本箱に移されていた。緑の革で装丁されたウエイト氏自身の何冊かの本——自分が書き著した本や記事が収録されている本——は、言及しようとしている本とは対照的にマントルピースの上に慎ましやかに隠されていた。「さてと」ウエイト氏は馬や犬や猟場を見わたす地方の大地主のように満足げにいった。そして猟場の番人にいうかのように付けくわえた。「よさそうだね、すべて」

「準備万端みたいですけど」ウエイト夫人は神経質になっている様子だった。夫人は疲れを知らずに女主人役を務めた自分の母親から、女主人たる者の覚悟を受け継いでいるようだった。なぜか肝心なことが忘れられ（そもそも誰もパーティーに出たいとは思っていないからではないだろうか？）、その結果、煙草の箱に煙草が入っていないと不意に判明したり、雑誌がどれも古い号だったり、テーブルの上の埃が見逃されていたり、あるいはディナーの最中に、ワインのことを失念していて買いもせず冷やしもしないまま店の棚にさらしていると夫婦同時にはっと気づいて、夫人が打ちひしがれた顔を呆然としている夫に向けるという事態もあり得るという覚悟を。

「キャセロール、サラダ」ウエイト夫人は指を折りながらいった。何かを数えるようでもあり、決まった所作で自分の指がしてきたことすべてが思いだされるというようでもあり、めったにしない所作で忘れられていた事実が示されるというようでもあった。「コーヒー、パイ。ロールパン。煙草、キャンディー、プレッツェル。皆さんに煙草をカーペットに捨てさせないようにしてくださいね。今のままでもかなりひどいんだから。ナタリー、あなたもう着替えたの？」

ナタリーは母の死角に入って答えた。「ブルーのドレスを着たわ」

「よかった」母はいった。「髪は梳かしたの？」

わたしが髪を梳かすの忘れているかもしれないなんて。ナタリーは笑いたくなった。何といったって、わたしは十七なんだし、たとえ大人ばかりにしてもパーティーはパーティーだし。それに、あんなに長い時間、鏡を見ていて……

「あなたは着替えたの？」ウエイト夫人がいった。長年をともに過ごしても、夫をどういう名前で呼んだらいいのか今もってわからなかった。

「もちろんだよ」ウエイト氏はいった。さらに、こう付けたすところだった。パーティーはパーティーだし……氏はけばだったツイードのジャケットを選んで着ていたが、実際、いかにも文学者らしく見えた。そのジャケット姿だと、どんな身のこなしも様になった。それは二挺拳銃と長靴(ちょうか)にもひけをとらなかった。氏は活劇の独自の解釈にのっとった装いをしていた。

呼び鈴(りん)が鳴った。

「あらまあ」ウエイト夫人がいった。「キャセロール、ロールパン、コーヒー……あなたが出る？　それともわたしが出ましょうか？」

「わたしが出る」ウエイト氏がいった。夫人が独りで戸口にいけるとは思えないと強くにおわせるような口調だった。氏が玄関のほうに姿を消すと、夫人はナタリーに向かっていった。「ちょっとキッチンを見てくるわ」そして反対方向に駆けだした。

ナタリーは玄関とリビングルームの間の通路に立って考えた。これはパーティーであって、もうこの場にいる以上、自分の名前がナタリーだということを忘れてはいけない。


最初の客には当惑させられた。迎えに出てみると、ヴァーナ・ハンセンという恐ろしく太った女とその弟のアーサーとわかった。ハンセン家はウエイト家にもっとも近く、地所もかなり広かった。ウエイト氏は近所のよしみということで二人を招待していたが、まさかほんとうにくるとは思っていなかったのだ。一つには二人がパーティーの趣旨にふさわしい客ではなかったので――いってみれば認知したうえで招待したわけではなかったので――一つにはリビングルームのどの椅子もヴァーナを支えきれないと本気で思っていたので、ウエイト氏は芝生の錬鉄製の椅子に二人を座らせた。それはリビングルームの椅子よりは頑丈で、しかも高価ではなかった。氏はナタリーに二人の相手をさせておいて、飲み物を取りにいった。ナタリーは「わたしの娘で家内の補佐です」と紹介され、パーティーへの心がまえも整わないうちに、気がついてみれば芝生の錬鉄製の椅子にヴァーナと向かいあって座っていた。アーサーは庭の水まきについて訳のわからないことを一言二言いってから、ぶらぶらと立ち去っていった。ナタリーは自分を奮いたたせると、両手を組みあわせ、ヴァーナに向かって明るくいった。「今ごろって気持ちのいい時間じゃありません？」

ヴァーナは少しの間ナタリーを見つめていたが、飲み物を取りにいったウエイト氏が姿を消した戸口のほうにちらりと目をやって溜め息をついた。「そうね」短くいった。「すると、あなたがナタリー？」

「はい」ナタリーはいった。

「お父さんがね、あなたのこと話してたわよ」ヴァーナはいったが、その口調からすると、ウエイト氏とはすでに何度か会っていて、その際、氏が後ろめたそうに娘の名前を口にしていたらしいということがうかがえた……「あたしたち、お友だちってことね、ナタリーちゃん」ヴァーナは付けたした。座っているといっそう太って見えたが、周囲の広々とした芝生には似つかわしく、貫禄さえ漂わせていた。ナタリーは一方では自分のことを〝ナタリーちゃん〟などと呼ぶ人間について判断を下しかねていたが、一方ではヴァーナの物腰が気さくで親しみやすいのに強い印象を受けていた。ヴァーナは人生の努力のすべてを傾注して問題のすべてを解決し、その結果、成功者となって、今はよその家の滑らかな芝生の真ん中にでんと座り、それほど幸運でない他人を〝ナタリーちゃん〟などと呼んでいるように思われた。

「あなたが面倒な前置きをすませるのを手伝ってあげましょうか」ヴァーナは目を半ば閉じて考えながらそういった。「あたしはね、会話の糸口っていうのが嫌いなのよ。みんながお互いにできるだけさりげなく年齢を聞いたり、名前を聞いたり、近ごろどう、なんて聞いたりするのがね」目を開けて出し抜けにそう付けたした。実際そのとおりだったが、ナタリーが自分の流儀に慣れていないので、これは説明が要ると急に気づいて、前置きというのを敷衍したようだった。「あたしはね、人間好きなのよ」ヴァーナはいった。その言葉をデザートとして食べているような響きがあった。「まず、あたしが自分自身について考えられることを全部話すから、そのあと、あなたが自分のことを話して」ヴァーナは再び目を開けてにっこりした。ナタリーはこの恩着せがましさにどう応じたものか、何か思案はないかと懸命に自分の心を探りはじめた。「あたしはあなたより年上でしょ、ナタリーちゃん。たぶん十五ぐらいはね——経験でいったら相当なものよ。

あたし、大勢の人を知ってたわよ。よく知ってた。その人たちの心も罪も知ってたわよ」

ナタリーは不遜にも「それはとってもおもしろかったでしょうね」といおうと思ったが、やめておいた。

ヴァーナは物憂げに溜め息をついた。「あたし、前はね、イーディスって名前だったのよ」唐突に打ち明けた。

ナタリーは目をぱちくりさせた。

「アーサーは名前を変えないだろうけど」ヴァーナはいった。「あいつめ」

「わたしもときどき名前を変えたくなることがありましたけど」ナタリーは嘘をいった。

ヴァーナは身を乗りだそうとしているのか、重たげに体をもぞもぞさせた。「そうしなさいよ」ヴァーナはいった。「その気があるなら、ぜひそうしなさい。新しい名前が生んでくれる違いにびっくりさせられるから。例えばイーディスにしてみたら。それでね、あたしがイーディスだったころ、あたし、下品で醜くて思いやりもなかったのよ。よく馬鹿笑いしてたわ。他人を額面どおりにしか見なかったし。誰かにこういわれたことがあったの。〝イーディス、あなた、自分にもっと気をつけなさいよ〟それはあたしもそう思ってたけど。信じられないでしょ？　でも、そのときはまだイーディスだったから。ヴァーナじゃなくて」

「アーサーは何で名前を変えたくなかったんですか？」

ヴァーナは大きく肩をすくめた。「あいつめ」ヴァーナはいった。「あいつはね、ずっと変わらずにいるのが好きなのよ。今でもあえてってほどじゃないけど、同じがいいと思ってるの」ヴァーナは軽く笑った。それは明らかにヴァーナとしての笑いだった。「ナタリーちゃん、あなたね、本質的な自分を発見するまでのほほんとしてちゃ駄目よ。それはおぼえておいて。あなたの心の奥底のね、いろんな恐れや不安やちょっとした思いで覆い隠されてるどこかに、輝く色のきれいで混じりけのない本質があるんだから」

それはしばしば自分について薄々感じていたこととあまりに近かったので、ナタリーは温かい感覚のうねりに押し流されるまま、ヴァーナのほうに向きなおってもぐもぐといった。「ヴァーナ、どうしてわかったんですか？」

ヴァーナは悲しげに微笑んだ。「わかるのよ、お嬢ちゃん」ヴァーナはナタリーの頭上のどこかに視線を据えて静かにいった。「あふれんばかりの生への愛から、自由の身への望みと恐れから、我らは束の間の祈りもて感謝す……（訳注―A・C・スウィンバーンの詩『プロセルピナの庭』）」

「はい、どうぞ」ウエイト氏が快活にいってヴァーナに飲み物を手渡した。ヴァーナは意外にも黙ってそれを飲んだ。

「ああ」ウエイト氏がナタリーにいった。「おまえの飲み物を持ってこなかったな」

ナタリーは驚いた。十六歳のとき、父から酒と煙草を許可するといわれてはいたが、その後、父から酒を振る舞われたことなどなかったからだ。母がおもしろがって自分のシガレットケースをくれたので煙草はすでにおぼえていたが、アルコールにひそむ恐怖はまだちらりと盗み見しただけだった。今、ナタリーは自分の極秘の日記の中の秘密の一節を多少の羞恥とともに思いだし（それはこう始まっていた。〃わたしの場合、カクテルを飲んだりしても、ちょっとだけではすまない悪習になるとはまず考えられない。芸術的な職業に関心のある女性なら、自分の仕事以外の何らかの刺激に身を任せたりすれば、繊細で鋭利な理解の刃を鈍らせてしまうように思われるからだ〃その日記は最終的に出版されることを目指して書いていたが、当然のことながら、まずは慎重に読み返してみるつもりでいた）、恥ずかしげに父にいった。「そのうち試してみるから」

「好きにしなさい」父は穏やかにいった。

「ワインってすてきなものよ」ヴァーナが励ますようにいった。「ナタリーちゃんとあたしはね」ヴァーナはウエイト氏に向かっていった。「あなたがきたとき、魂についての話をしていたのよ」

「ほんとですか？」ウエイト氏はそういうと、娘のほうに向きなおってじっと見つめた。「ナタリー、ほんとかい？」氏は尋ねた。

「この子はとても才能に恵まれた子ね」ヴァーナはウエイト氏の腕に手を置いて注意を引きながらいった。

「この子は選ばれた子よ」ヴァーナはウエイト氏に空のグラスを返した。「あたし、このナタリーちゃんのこと、いろいろ考えさせられそうだわ」

「彼女、そのうち帰ると思う？」ウエイト夫人がナタリーにささやいた。二人は戸口に並んで立っていた。芝生ではウエイト氏とヴァーナが穏やかに語りあっていた。はるか遠く、庭の端のほうにはアーサーの姿が見えた。こちらからはタンポポのように見えるものを熱心に観察していた、「彼女、ほんとに頭がおかしいんじゃないかと思うんだけど」ウエイト夫人がいった。

　ナタリーは今、自宅の戸口に母親と並んで立つ娘を装っていた。もし、自分が汚れなく、両親に守られ、愛されて、この家にかくまわれている十七歳であるように見せるべく精いっぱい努めるなら、たぶん……

　背後の玄関でかすかな動きがあった。ナタリーはアーサーに目をやったまま、それには知らん顔で立っていた。

「彼女、お父さんを午後いっぱい、あそこにいさせるつもりよ」ウエイト夫人が切羽詰まったようにいった。「わたしにはわかってるんだから」

「正直いうと」ナタリーは声に出さずにいった。「お母さんが何をいってるのか、わたしにはわからないんだけど」

「あんた」刑事がいった。「ほんとにこの人らの娘だってふりをしてるのか？　この人らが認めるだろうと思ってるのか？」

「刑事さん」ナタリーは声に出さずにいった。「これはわたしの母です。あそこにいるのは父です」

「じゃ、もし、わたしが二人に聞いたらどうだ？」刑事は問い詰めた。「他人の寛大さにすがれると思うなんて、あんた、大馬鹿に違いないな」

「次にくる人たちには」ウエイト夫人がいった。「中に入ってもらうようにいうわ。それに彼女も今度腰を上げたら、うちに帰ろうと思うんじゃないかしら」

「で、あんたの名前は？」刑事がいった。

「わたしの名前は――」ナタリーは無言の話し合いの中でためらった。名前を変えようか、変えまいか？しかし、そのためらいはナタリーに不利に働いた。刑事は笑いだした。

「うん？」嘲弄するようにせっついた。「あんたの名前は？」

ウエイト氏が芝生に置かれた椅子から立ち上がり、ヴァーナの空のグラスを受け取って、ウエイト夫人とナタリーがたたずんでいる戸口のほうにきた。

「ナタリー」ウエイト氏はヴァーナに背を向けて声をかけ、にやりとした。「彼女に聞いても、おまえのことはほとんどわからないね」

「あの人たちをここから追いだしてもらわないと」ウエイト夫人がささやいた。

ウエイト氏はすでに社交のモードに入っていた。それでいつもの妻に対する態度も忘れて、やや狼狽した様子を見せた。「なぜ？」氏は尋ねた。「アルコールはたっぷりあるだろう？」

ウエイト夫人はどうしようもないという身振りをした。次々にやってくる客を夫人は屋内でもてなすつもりでいた。一方、あまりに無責任に手をひろげたウエイト氏は、くるものは拒まずで、そういう客を外の芝生に座らせるつもりでいるようだった。しかし、芝生は片づけもされず、椅子も四脚しかなかったので、ダイニングルームからもっと多く持ちだす必要があった。すると客が屋内に移ったときには足りないということになる。というのは、客に自分の椅子を運んでくれと頼まない限り、椅子は外に置きっぱなしで、もし雨が降ってきたらダイニングルームの椅子は……当然、客は床に座ることになりそうだった。「もういい加減にしてよ」ウエイト夫人が狂ったようにいった。

「まあ落ちついて」ウエイト氏はいった。「みんなに楽しい時間を過ごしてもらうのは実に簡単なことで、びっくりするくらいだから」

「たぶん、あなたには簡単なんでしょうけど」ウエイト夫人はいったが、夫はそれを聞いていなかった。新しい客を迎えようと手を差し伸べながら立ち去っていた。


ナタリーがある時点で芝生にいる人々を数えてみると十四人だった。それ以上の人数が招待されているのは明らかだったので、話してみたいというような誰かがあらわれるのを待っているよりも、母の手伝いにいくほうが妥当と思われた。

キッチンではウエイト夫人がほぼつくり終えたカクテルを流しの板の上に並べ、今はいらいらしながらクラッカーにクリームチーズを塗っているところだった。

「みんな、何もかもほとんど食べちゃったのよ」夫人はナタリーが入ってきても振り向きもせずにいった。

「お父さんが一人残らず呼んだっていうのを信じないといけなかったのね」

ナタリーは母の手からナイフを取ってクリームチーズを伸ばしはじめた。「みんな、楽しんでるみたいだから」ナタリーはいった。「心配しないで」

ウエイト夫人は自分の飲み物を手に取って一口で飲み干すと、棚に並んで出番を待っている瓶のほうに向かった。その一本のキャップをねじって開け、中身のウイスキーをグラスに注いだ。「どうしたらいいのかほんとにわからないわ」夫人はいった。「わたしがどんなにがんばって準備したって、いつもお父さんの友だちが多すぎて、どうしても出すものが足りなくなるんだもの」

ナタリーは皿にもう一枚クラッカーを載せ、その上にさらに積み重ねようかと思ったが、それではあまりに多すぎると判断した。「わたし、向こうにいって、これ渡してくる」ナタリーはいった。「お母さんはここでじっとしていて」

ナタリーはまだ何も飲んでいなかったが、ヴァーナのそばを通るとそのたびごとにカクテルを〝ちょっと一口〟勧められていた。このあと、パーティーの最初の興奮がおさまったころ、魅力的な――しかも禁じられていなかった――アルコール飲料を少しばかり試してみようとひそかに決めてはいたが、まだ自分の仕事への義務感が優先していた。ということでチーズを塗ったクラッカーの皿を持って芝生に出ていったとき、自分の落ち度ではなかったが、大きな椅子に座っていた男の足につまずいた。幸い、クラッカーは無事だった。「あ、わたしが悪かった」椅子の男が謝った。

ナタリーは皿のバランスをとるのに気をとられて、うなずくのが精いっぱいだった。

「我が娘よ」手助けしようと近づいてきたウエイト氏がいった。「もう誰かがおまえを落としたのか?」

ナタリーは父のパーティーで父とやりあっても意味がないと経験から知っていたので、黙ってにっこり微笑んだ。そういう場では家族でさえ、あざとい警句から逃れることはできなかった。ナタリーは椅子の男にクラッカーの皿を差しだした。「これをお膝で受けるところでしたね」

ウエイト氏がナタリーのすぐ後ろにきて、肩越しに椅子の男にいった。「これはわたしの娘です」

「お嬢さんはスタイルがいいですな」椅子の男がいった。男が左右の手で一枚ずつクラッカーを取るのを見届けると、ナタリーは周辺の一団のまわりをそろそろと進みはじめた。一人ずつ皿を差しだし、相手の足もとに気をつけながら質問に答えていった。

「ナタリー、大学へはいついくの？」

「それにしても大きくなったじゃないか。自分が恐ろしく年寄りに思えるよ」

「お父さんと長年いっしょにいたあとじゃ、教育にはあまり期待していないんじゃない？」

そのうち父のところに行き着いたので、ナタリーは父の手の下に皿を置いた。父はナタリーを見上げて微笑んだ。肌の浅黒いきれいな女が父の隣に座っていたが、ナタリーには誰なのかわからなかった。父がその若い女にいった。「これはわたしの娘、ナタリーだ。美人になりそうだとは思わないかい？」父と若い女はいっしょに笑った。父は笑いながら、皿のクッキーを断った。

そのあと、ナタリーが部屋の遠くのほうにまわっていったところで、ほかより一段と高く響く父の声が聞こえてきた。

「――人糞の神聖ということですが」ウエイト氏は述べた。「わたしの私生活から説明させていただきましょう。ナタリーがまだ赤ん坊で芝の上で遊んでいたころの話です。母親は犬の糞を無視し、猫の――」

「それを踏まないように気をつければいいだけのことでしょ」ウエイト氏の隣のきれいな女がいった。

「それを踏まないように気をつければいいだけのことです」ウエイト氏は同意した。「しかし、幼いナタリーが芝を汚したときには、母親は苦労して丁寧にペーパータオルで拭きとって――」

「わたしがほんとにいやなのはそのことだけじゃないの」ウエイト夫人は上体を起こし、ナタリーの両手を取って、真剣に目をのぞきこんだ。これが究極の真実なのだと告げようとしているようだった。母は用いたことのない言葉や信ずべき言葉、むら気と嘘の人生で価値が損なわれていない言葉を見つけられず、今知っている限りの言葉をもって、やはり、これが究極の真実なのだと告げようとしているようだった。「そのことだけじゃないのよ」母は頬を涙で濡らしながら真剣な口調で繰り返した。「それはただ――ねえ、いい、ナタリー。これがわたしに与えられた唯一の人生なの――わかる？　つまりね、これがすべてなの。で、わたしが今どうなっているかを見て。自分の時間の大半を何に費やしてるかといったら、昔はよかったと懐かしんだり、またよくなるのかしらと疑ったりすることばかり。もし、わたしがいつかこのまま、何もろくなことがないまま死んだら――それでいいはずはないわよね？　わたしはだまされていたんじゃ、とは思わない？　そんなふうに感じるようになって、これじゃいけないと、よくないところを直して、あの人をお行儀よくさせて、昔そうだったみたいにすべてを楽しく幸せにしようと思うんだけど――だけど、わたし、もう疲れちゃったわ」

　母は頬を涙で濡らしたまま、またベッドに仰向けになった。自分がいっていることの真意をナタリーに理解させようと懸命になっていた間は泣かなかったが、今、ナタリーにおどおどした笑みを向けられ、なだめるようにさすられると、やはり理解されなかったと悟って、再び力なく泣きだした。「何度もいったけど」母はようやく悲しげにいった。「何度もいったけど、結婚する相手には気をつけなさい。お父さんみたいな人には絶対に近づいちゃ駄目よ」

「ちょっと表に出て庭を散歩しない？」ナタリーは何を提案しているのかほとんど自覚しないままに誘っ

た。「裏口から出ていけるから」

「すべて始まりはいいのよ」母は顔をゆがめて恐ろしいほどの嫌悪の表情を浮かべた。「とても簡単にいきそうに思えるの。うまくいきそうと思えるの。すべて望んでいたとおりに始まるの。とても簡単にいきそうに思えるし、すべてが単純で楽に見えるんだけど、そのうち突然、誰もよく知らないようなものに直面しているのに気づくの——でも、それは悪いものじゃないし、うまくやれば好きなようにできるんじゃないかともね。それで自分は力を手に入れたと思ってしまうの。自分の中でしっくりくるという理由だけでね。みんな、自分の中でしっくりくれば、すぐにでも世界をつくり変えられると思ってるのよ。つまりね、わたし、あの人が自分たちはどういう人間かっていうことを話すのをよく聞いて、あの人を信じるようになったの」

「お母さん……」ナタリーはいった。

「ああいう人たちはまず嘘をつくのよ」母はいった。「そして自分たちのことを信じさせるの。それから約束したものをちょっとだけくれるの。ほんのちょっとだけ。でも、こちらが何かを手に入れたと思えるくらいのものを。そのあと、ほかのみんなと同じようにこちらもだまされたって気がつくんだけど。そう、ほかのみんなと同じように。で、独立して力を持って命令を下す代わりに、ほかのみんなと同じようにだまされるの。それからみんなに何が起きて、どうしてだまされたかに気づきはじめるの。みんな、一つの〝わたし〟しか知らないんだけど、それを〝わたし〟といってるのよ。その一人以外、誰にしてもほかに〝わたし〟になれる人なんていないの。だから、みんな、自分に行き詰まるのよ。それで、自分がだまされたと気がついても、またまだされて、たぶんいちばん悪いことはほかでもないわ、こういえなくなることなのよ。〝わたしはだまされたけど、それでも何とかやっていくわ〟とね。なぜかっていうと、それを信じていないからよ。それがなぜかっていうと、次の機会に望みをつなぐだけのものを見せられるからよ。たぶんちょっとは利口になって、ちょっとは……」

「お母さん」ナタリーはいった。「お母さん、お願いだからやめて。わけのわからないことといって」

「わけのわからないことなんていってないわ」母はいった。「ほかの誰よりもまともなことをいってるの」

「お母さん、もういいって」ナタリーはいった。「ちょっとお酒を飲みすぎて、何も食べてないからでしょ。コーヒー持ってきてあげようか？」

「自分の娘にも」母は苦々しげにいった。「自分の娘にも話が通じないなんて。わたしが死んだら話を聞いてくれるんでしょうけど」

「じゃ、どうしたら——」ナタリーはいいかけたが、いってもしかたがないと気づいた。「コーヒー持ってきてあげようか？」ナタリーは尋ねた。「すぐに持ってこられるわよ。下はすごく盛りあがってるみたいだし」階下では自分がいなくてもパーティーが支障なく進行している、とナタリーは思った。みんなが笑ったり騒いだりしている一方で、自分は静寂の中に座り、かぼそいぼそぼそという声を聞いていた。

「いい？」母はそういうとにわかに起きなおり、上体を肘で支えて、ナタリーをきっと見据えた。「よく聞きなさい」母はいった。「あなたはわたしの娘で、わたしがこういうことをいう権利を持ってる世界でただ一人の人間なのよ。あと一週間したら——あと一時間したら——もう遅すぎてあなたにいおうとすることさえできなくなるかもしれない。だから今、しっかり聞いておいて。

ここ何年もの間、お父さんはわたしを追いはらおうとしてきたの。追いはらわないにしても——わたしが家をうろうろしていようが、お料理をしていようが、あのぷっくりした口で何かいわれて〝はい、あなた〟って返事をしようが、気にもしないの。あの人が望むのは、あいつと張りあうのは無理だとか、あいつにはかなわないとか、そんなふうにみんなに思わせることなの。だから、気をつけなさい——あなたが大きくなりすぎると思ったら、その瞬間から追いかけてくるから」

「お母さん、ちょっと表に出たほうがいいと思うけど」ナタリーがいらだっていった。

「ここにいて」母は言葉を継いだ。「こうなったのはわたしには誰もついていなかったからなのよ。いい？　彼は相手をいちばん怖がらせる方法を選ぶの。なのにわたしには誰もついていなかった。わたしがお父さんと駆け落ちしてから、実家はわたしのことをわかってくれなかったしね。わたしは横になっても眠れずにうちの母のことを思ったものだけど、そのときにはわたしも変わっていたから母にとってはもういないも同然だったの。あの人はあなたを怖がらせる方法を見つけるだろうけど、それはあなたには誰もついていないからじゃないの。だって、あなたの母親はあなたを拒んだりしないから。しないわよ、ナタリー」母はそういって、何かを乞うようにナタリーの袖を引っぱった。「しないわよ、けっしてしないわよ。わたしはそれがどういうことかわかってるの、ナタリー。わたしはずっとあなたをあいつらから、悪いやつらから守ってあげるわ。だから、けっして心配しないで、ナタリー。あなたの母親はずっとあなたの力になるから」

　苦しいほどの困惑で金縛りになり、ナタリーは顔を背けることもできなかった。ナタリーは母を見つめ、母はナタリーを見つめた。ナタリーは前々から母が酔ったこういう機会をとらえて何か同情的なことをいおうと思っていたが、適切な思いやりのある言葉を見つけられなかった。そのとき突然、ウエイト氏が階段の下から声をかけてきた。「ナタリー。下りてこないか？」

　ウエイト夫人は泣きだし、枕に顔を埋(うず)めた。「かわいそうな子」夫人はいった。「母のない子」

　ナタリーは酔いのようなものにとらわれた。でも、これが酔いのはずがない、と息を切らしながら思った。キッチンで弱いカクテルをこわごわすすってみただけなのに。そうではなくて、とナタリーはほぼ確信した。何か起きようとしていることの先触れのかすかな動揺なのだ。いったんそういう考えが兆すと、ナタリーはもうそれに間違いないと思った。きょう、午後、今、たった今、信じられないような何かが起きようとしている。きょうはあとになって思いだし、振り返り、考えるような一日になりそうだ。あのすばらしい日……あれが起きた日。

「じゃ、もう一度、順を追って事件を見なおしてみようか」刑事がうんざりしたようにいった。刑事は上体を後ろにそらし、上着のボタンを外した。ナタリーには芝生の人々よりもはっきりと刑事が見えていたが、彼はどんなにうんざりしていようと、望むものを引きだすまではやめはしないだろうと思った。「最初の最初から始めよう」刑事はいった。

「知ってることは全部話しました」ナタリーは声に出さずにいった。芝生の向こうには身を乗りだしてにこやかに話している父の姿が見えていた。浅黒くきれいな娘のウエストに無造作に腕をまわしていた。誰かが歌いはじめた。歌のところどころで多くの人が話すのをやめて歌に加わった。ウエイト氏ときれいな娘までが笑いながら歌っていた。

「一つは一つでただ一つ、いつまでたっても変わらない（訳注―英国のフォークソング『グリーン・グロウ・ザ・ラッシュズ・オー』）」みんなが歌った。

「次は二つね、オー」一人が歌う声がざわめきの中からはっきり聞こえた。

芝生では至るところでみんながおしゃべりをしていた。ほかの誰かが話している声に負けまいと声を張り上げたり、お互いにちらちらと盗み見したり、あからさまに眉をひそめたり、しゃべったり、笑ったり、またしゃべったりするという具合だった。ナタリーの耳にも、芝生に足を踏み入れた瞬間のように、いかにも〝パーティー〟らしい音のうねりが出し抜けに押し寄せてきた。そのうねりは生じては動き、渦巻き、束の間、一人一人の声が聞こえたかと思うと、笑い声が他を圧するように響き、さらにグラスがカタカタ鳴るかぼそい音が交じった。それはあまりに繊細で、より重厚な音を縫って直接聞こえてくるようだった。そういう音のうねりがあまりに騒々しく衝撃的だったので、ナタリーは思わず後ずさりし、はっと気がつくと、さっきクラッカーの皿を持ってきたときに自分をつまずかせた男の足をまた踏みそうになっていた。

「きょうはお互いに殺しあいをすることにでもなっているのかな」男はそういって笑った。男のまわりには誰もいなかったが、ナタリーはその声が騒音を突き抜けて明瞭に聞こえてくるというおかしな事実を頭の片隅で認識していた。今も聞こえているパーティーのやかましい物音にもかかわらず、男が何をいっているかがはっきりとわかったのだ。男と二人きりでいるかのように、あるいはあの刑事の声と同じく頭の中で男の声がしているかのように。


二つ、二つ、ユリほど白い少年二人、グリーンの服着てる、オー。

一つは一つでただ一つ、いつまでたっても変わらない。


「まあ、座りなさい」男が愛想よくいった。「疲れたの?」隣の空いた椅子に腰を下ろすと男がそう聞くので、ナタリーはうなずいた。

「さてと」刑事もいった。ナタリーは刑事を黙らせることができなかった。その声は椅子の男の声に劣らずはっきりと聞こえた。「けさ、あんたは庭にいたんだろう? それはだいたい何時ごろだった?」

「おぼえていません」ナタリーはいった。「今は独りにしてもらえませんか。考えてみたいんです」

「考える?」刑事はいった。「考える? 自分が深刻な問題に直面しているという事実を考えるとでもいうのかね?」

「楽しんでいらっしゃいますか?」ナタリーは椅子の男に向かって唐突にいった。きょうの午後、耳にした多くの人たちの礼儀正しいやりとりが頭をよぎり、半ば上の空で微笑みながら、「楽しんでいらっしゃいますか?」などという馬鹿げたことをいってしまったのだ。

「楽しんでるよ」男はまじめな顔でいった。「きみは?」

「楽しんでます」ナタリーはいった。「一つは一つでただ一つ」みんなが歌っていた。「いつまでたっても変わらない」

男が興味ありげに見つめてくるのでナタリーはいらいらした。男は父の家——ナタリー自身の家——に居座って、ナタリーをじろじろ見て、今にも笑いだしそうだった。なお悪いことに、年をとっているということが見てとれた。さっき思ったよりもずっと老けていた。目や口のまわりには細かな見苦しい皺があり、手は細く骨ばっていて、しかも少し震えていた。ナタリーは今後ずっと変わることのないだろう公式のようなものを思い定めた。「わたしはきれいな手をした男の人が好き」独り言をいった。「きれいな手というのは男の中でも特別な美しさだわ」ナタリーは父の手がどんなふうだったか思いだそうとしたが、その手で何かをする——フォークを持ち上げたり、葉巻を持ったりする——ところしか思いだせなかった。ナタリーは部屋の向こうにすばやく視線を走らせたが、父の手を見ることはできないとわかった——一方の手はポケットの中で鉛筆を探っていたし、もう一方の手はきれいな娘のウエストにまわされていたからだ。

「——それでうかがったわけだよ」男がそういった。自分が話した物語にどういう評価を下すか待っているというようにナタリーをじっと見つめていた。ナタリーはなお男へのいらだちを感じながらも、にっこりと微笑んでみせた。「きてくださってうれしいです」そういったが、それは母がいいそうなおざなりでもあった。

「わかってるね?」刑事が重々しくいった。「あんたはほとんどずっと姿を見られてるってことを」

椅子の男が煙草を差しだしたので、ナタリーはそれを受け取った。取りそこねたりしないよう、男が持っていてくれるマッチを吹き消したりしないよう、これまでおおっぴらに吸ったことがあまりないとは絶対に見えないよう心から望みながら。「お父さんがいってたが」男はマッチを持ったままでいった。「きみはなかなかの書き手なんだって」それは「ガールスカウトのパトロールリーダーなんだって」とか「代数では学年で一番なんだって」といっているような口調だった。母がいいそうなことよりも大学に入る前の不安な女の子がいいそうなことをいわせようと意図しているようでもあった。

ナタリーはやり返そうと思って、大学に入る前の馬鹿な女の子のような口ぶりでいった。「あなたも書いてみたいと思っていらっしゃるんじゃないですか?」相手が目をぱちぱちさせたので、ナタリーは図星だったと察し、ここにナタリーありという思いに新たなわくわくする喜びを感じた。相手の男はその大半が女と思われる多くの人間と話してきて、多くの答えを聞き、ほとんどどんな意味でも読みとることができそうだったが、そういう男を相手に会話をする間も冷静さを失わず、男のあてこすりにも気づき理解し利用する世慣れた女といってもよさそうだった。でも、おそらくいつか、とナタリーは思って自分を戒めた。わたしも今以上に長く会話を続ける術を身につけるだろうけれど、話の途中で立ち止まって考えることをしなくなるだろう。

「――小説を?」男がいった。

これはまずかった。会話がずいぶん進んでいて、今、ナタリーが何かいえば、これまでに築いた立場が無になりそうだった。何の話でしたかとあらためて聞いたりすれば、馬脚をあらわすことになりそうだった。知らんふり、立ち去るふり、背中を向けるふりをするわけにもいかなかった。今さら前に立ち戻って、楽しんでいますかと聞いたりするわけにもいかなかった。「お話、聞いていなかったんです」ナタリーは涙ぐむほど怯えながら、唐突にいった。「お話を聞かずに自分のことを考えていて」

四つは福音もたらす四人組、
三つ、三つ、競争相手の三人組、
二つ、二つ、ユリほど白い少年二人、グリーンの服着てる、オー。
一つは一つでただ一つ、いつまでたっても変わらない。

「自分のことをどう考えていたの?」男が尋ねた。

刑事が身を乗りだしてきた。「あんたは自分のきわめて危ない立場を少しは考えてみたのかね? ナイフはどうなんだ?」

「何てすてきなんだろうって」ナタリーはそういって微笑んだ。さあ、これで腰を上げて立ち去ることができるわ、と思った。善は急げだ。それで腰を上げようとしたが、男のほうが先に立ち上がってナタリーの腕をつかんだ。

「自分が何てすてきなんだろうって」男は独り言のようにいった。「自分が何てすてきなんだろうって考えていた」

腕をつかまれたナタリーは、その馴染みのない奇妙な感触に、背筋を冷たいものが駆け下るのを感じた。男はナタリーの腕を引っぱって、満たされたグラスを並べたトレーのほうに向かい、一杯を取ってナタリーに手渡し、もう一杯を自分のために取った。

五つは扉に描いたしるしが五つ、
四つは福音もたらす四人組、

場所を移る二人にみんなが歌いかけた。

「ついてきなさい」男がナタリーにいった。「それをもっと詳しく聞きたいんだ」

「それに血は?」刑事が嚙みつくようにいった。「血はどうなんだ、ウエイトさん? 血をどう説明するんだ?」

「一つは一つでただ一つ、いつまでたっても変わらない」

「あんたはこれから逃げられない」刑事がいった。声を落とし、聞こえるか聞こえないほど低くいった。「あんたはこれから逃げられないんだ」

見知らぬ男はナタリーを芝生の人だかりから連れだし、草地を横切って進んだ。すぐに人々とその声(「六つは肩で風切る六人組……」)は、夜の帳が下りた庭のはるか後方の背景の物音に溶けこんだ。二人はゆっくり歩いていった。ナタリーは新たな静寂の中での自分の声が信じられず、口を開くのが恐ろしかった。今も耳が背後の物音に同調していたので、いったん声を発したら、それは叫びになってしまいそうだった。あっという間の二、三分のうちに、隣を歩いている男は照らされた芝生の一つの影から暗い庭のもう一つの影へとたちどころに変化した。ナタリーの男に対する最終陳述、さっきの「楽しんでいらっしゃいますか?」——それは今、前よりもいっそう不適当に思われた——は取り返しがつかず、もはやいうべきこともなくなっていた。

ようやく男が口を開いた。ほかの物音の支えがないと、その声は弱々しく、今までよりもさらに老けこんだように聞こえた。

「それじゃ」男はいった。「自分自身の何がそんなにすてきと思っているかを教えてくれないか」

ある人間がほかの人間を見るのに、とナタリーは思った。どこまで間違うことがあるのだろう？　たぶん短い時間のうちに彼の頭の中でわたしが大きくなって、今、彼は自分が腕をつかんでいると思っているナタリーとかいう相手と話しているんだわ。ナタリーは足もとの草、髪を軽くかすめる低木、腕をつかんでいる男の指を感じた。今はもう午後ではなかった。時間はナタリーの下からこっそり去っていた。ナタリーが灯りのもと、頭の中ではまだ五時であるかのように振る舞っていた間に、時刻はずっとずっと晩くなり、夕餉どきをはるかに過ぎ、余光もはるか以前に消えて、周囲はいつしか闇に包まれていた。ナタリーは自分が手にしたグラスを落とさないように注意して運んでいるのに気づくと、立ち止まってそれを上げ飲み物をすすった。

「さあ、教えてくれないか」男は執拗に迫った。

「それには答えられません」ナタリーはいった。

「きみはわかっているのか？」男はおもしろがっているようだった。「何ともけしからんことをいったということが？　きみは説明を拒否できないのに」

わたし、何をいったのかしら、とナタリーは思った。思いだそうとするうち、足が草の上をさまようように、心がその日聞いたり話したりした無数の言葉の上をさまよっているのに気がついた。こんな混沌の中から何か一言を選びだして答えるなんて無理だわ、と思った。男は難題を吹っかけてきた。「わたしたち、どこにいるんですか？」ナタリーは尋ねた。

「何かの木の近くだ」男はいった。

すると、ナタリーが昔、甲冑の騎士に出会った木々のあたりにきたということだった。ひっそりと生長してきた木々が前方に見えた。林といってもいいほどの本数があった。その木々に行き着く前には、まだ足もとの小道が見えていた。完全に闇に閉ざされているというわけではなかった。月もなく家の灯りもここまでは届かないので、どこをどう伝ってか光が差しこんでいるようだった。ナタリーは一瞬、光が自分の足もとから発しているのかと思った。

「子どものころ、よくここで遊んでいたんです」ナタリーはいった。

小さな林に入ってみると、木々はほんとうに黒々とひっそりしていた。ナタリーはとっさに思った。中に踏みこんで闇に包みこまれたまさに今、危険はここ、この場にある。

わたしは何をしたのだろう？ ナタリーは木々の間を黙って歩きながらいぶかった。木々の恐ろしい沈黙、夜になるのを待っていたといわんばかりにますますつのる沈黙、そして木々のまっすぐに起こした頭や、そのひそやかな我慢強い手が自分を引きずりこんだ闇が、いやでも意識された。

傍らの男が話しかけてきたときには、ほっとした。沈黙にとらわれながら、警戒心の強い木々の間をさまよう中で、もう一人の人間、生ある者がいた。

「ここに座ろう」男がいった。ナタリーは無言のまま男と並んで倒木に腰を下ろした。下ろすと同時に顔を上げ、無窮の空間に目をやった。視線は木々の抱きとめる手、静まることなく揺らぐ頭を過ぎて進み、空の沈黙の中に達した。そこには無関心な星々が居座っていた。

「きみが自分自身の何がそんなにすてきと思っているのか教えてくれないか」男がいった。押し殺したような声だった。

ああ、どうしよう、とナタリーは思った。あまりに胸が悪く、それを声に出していうところだった。彼はわたしに触ろうとしているのだろうか？

翌朝、ナタリーは目を開けると、明るい日差し、澄んだ空気、ベッドルームのカーテンの穏やかな動き、床に模様を描いて踊る光に直面した。そのまま静かに横たわって、明瞭な意識が戻ってくるまで、ときどき訪れる単純明快な一瞬ごとに朝の風情を味わっていた。そのあと日が翳り、突然の冷気で再び目を覚まされたが、なぜなのかはっきり理解しようともせず、頭を枕に埋め、半ば声に出していった。「やめて、お願いだから、やめて」

「もうあのことは考えない。どうってことはないんだから」ナタリーは独り言をいい、頭の中で呆けたように繰り返した。どうってことはない、どうってことはない、どうってことはない。必死になるあまり、大きな声をあげた。「わたしはおぼえてない。何もなかったの。おぼえてるようなことは何もなかったの」

自分が病んでいるということがだんだんとわかってきた。頭が痛み、めまいがし、思わず目を押さえようとして顔に近づけた両手をはっとして引っこめた。「何もなかった」ナタリーは繰り返した。「何もなかった、何もなかった、何もなかった、何もなかった」

「何もなかった」ナタリーはそういって窓のほうを、失われた一日のほうを見やった。「わたしはおぼえてない」

「もうあのことは考えない」ナタリーは椅子に置いた自分の服にそういった。その服を見て思いだした。ベッドについたとき、それがびりびりに裂けているのに気づいて、朝になったら直さなくてはと思ったのだ。それにドレスのボタンが落ちてベッドの下に転がりこむのを見て、こう思った。朝になったらボタンを拾って、すべてのことにちゃんと向きあおう。そうすれば、朝のうちにあのことはなくなってしまうだろう。

もしベッドから起きだしたら、それは事実ということになりそうだった。ベッドから出なかったら、自分はほんとうに病気、たぶん精神錯乱ということになりそうだった。死んでいるかもしれなかった。「もうあのことは考えない」ナタリーはそういい、頭の中で果てしなく繰り返した。あのことは考えない、あのことは考えない、あのことは考えない。

いつか、とナタリーは考えた。あのことはなくなってしまうだろう。六十歳になり、六十七歳になり、八十歳になって思いだすだろう。たぶん、昔、こんなことがあった（いつ？　どこで？　誰が？）と思い起こし、たしかにわたしは悲しいほど愚かな女の子だったと懐かしさに微笑むだろう。

でも、どんなに心配なことか、とナタリーは思った――そのときまでにあのことが再び起きるのではないか？「もうあのことは考えない」ナタリーはいった。「あのことは考えない、あのことは考えない」

起きるのよ、とナタリーは思った。わたしはいつか、あっという間に、とてつもない速さで六十九歳とか八十四歳になって、ものを忘れ、悲しげに微笑み、思うだろう。わたしは何て女の子だったのだろう、何て女の子……わたしはあるときのことを思いだす。あれはわたしの身に起きたのか？　それともどこかで読んだのか？　あんなことありうるのだろうか？　それとも本で見つけただけのことなのか？　わたしは九十歳の老女となって、記憶を引っくり返して探りながら、忘れてしまったというだろう。その記憶は――ああ、神さま――時間の経過で薄れ、そして熟しているだろう。「お願い」ナタリーはベッドの端に腰掛けて祈った。「ああ、お願い、お願い」

その朝の、そしてその日のもっとも恐ろしい瞬間――存在すること自体が恐ろしく、両親の横目づかい（疑い深い？　訳知りの？　悟りの早い？）と弟の鬱陶しいおもしろがりようが恐ろしく、思いだす言葉と思いだせない行動が恐ろしく、陽光と冷たいむかつくような時間が恐ろしい――その朝であれ人生のどの朝であれ、もっとも恐ろしい瞬間は、鏡に映った自分を、傷ついた顔と過ちを犯した哀れな体を初めて見るときだった。

ナタリーは珍しく古い服を着て朝食に下りていった。毎日の生活の多くは前日に着ていたブルーのドレスで過ごしていたので、古いセーターとスカートという格好はいかにも奇妙で、ナタリーのどこか風変わりな一面をあらわす服装とも見えた。それは選ばれた女優に着られるのを待って、倉庫に何週間も保管されてきた服のようだった。

闘技場に足を踏み入れた剣闘士なら、さほどの関心もなく足もとの砂に目をやるだろう。その砂は均しかたがぞんざいで、今も残る小さな盛り上がりやこすった跡が、その前の犠牲者の束の間の交戦の記録を留めているだろう。ナタリーはテーブルに近づいて、前日の朝食のときに自分で折りたたんだナプキンが無造作にリングに通されているのをぼんやり見やった。母は疲れた顔をして、ほかの誰も見ていなかった。父は充血した目をして顔をしかめていた。みんなそうなのね、とナタリーは思いながら、テーブルを見まわした。

「おはよう、皆さん」ナタリーはぼそぼそといった。

「おはよう」母がだるそうに応じた。

「ああ、ナタリー」父が無愛想にいった。

「やあ」弟がいったが、その声だけが格別に元気だった。彼が何をしていたのかは誰も知らないけど、とナタリーはちらっと思った。

うちは繊細さに欠ける家族だから、とナタリーはまた思いつつも、自分の倦んだ心に辟易した。「卵は結構です」礼儀正しく母にいって、目玉焼きの皿には目もくれなかった。「ありがとう」トーストをまわしてくれた弟にそういったが、弟は相手が空腹ではないかと気づかう様子を見せたわけでもなかった。

家族の鈍感ぶりにナタリー自身の不安な心の動きも鈍くなり、顔からも表情が失われていった。その顔はけさの恐れを何か宿しているにしても、たった一人の旅人が踏査した一本の難路しか記されていない国の地図のようだった。それでも、かすかとはいえ緊張が緩んだあと、あの「お願い、お願い、お願い」という声が、なお脳裏をよぎって狂おしくこだましていた。

「もしわたしが知っていることを彼女が知ったら、彼女はどうするだろう？」ナタリーはまつげの下から母を見つめながら自問した。「もしわたしがしたことを彼女がしたら、彼女は何を知るだろう？」すると脳裏深くからこだまが返ってきた。「お願い、お願い、お願い」ウエイト夫人は自分なりの女らしさというものをナタリーに言葉で教えようと前々から望んでいたが、自由に使いこなせる得手もなく、深く溜め息をつくばかりだった。朝食のテーブルの沈黙、それは前には家族あげての沈黙だったが、今は家族あげての小休止、発言の準備段階になっていた。でも、誰が話をしようとしているの？　ナタリーはいぶかった。もちろん、わたしではない。信じられないことだったが、仮に自分が話をするとなれば、何があったのかを話すことになりそうだった。しかし、それはどうしても話したいからというのでも、彼らにも話しておきたいからというのでもなく、ただの自己顕示欲からでもなかった。いずれにしても、彼らはナタリーの想像力の中で存在しているに過ぎないとすれば、世界が変わる中で彼らも変わっていた。世界の変化に伴って彼らの顔も変わり、心も狭くなっていたということなのだ。

死んでいればよかった、とナタリーは具体的に思った。

ウエイト氏が椅子に深く背をもたせかけると、長い間持ちこたえてきたかすかな日の光が無差別に氏の髪にも触れた。「おまえの神さまは」氏は妻に向かって苦々しげにいった。「われわれに堕落した暗黒の一日をやろうと思われたようだな」

清新のうちに始まるものも最後には陳腐になってしまう。その大学もたしかにその例外ではなく、いつしか若者の訓練はもっぱら年長者に委ねられ、教育における新機軸は反乱と結びつけて考えられるようになっている。一方で、単なる学習のプロセスに過ぎなければ辟易させられるばかりで、どんな表現法や哲学をもってしても、いわゆる人格形成期における待機の場として有効なものにすることはできない。アーノルド・ウエイトにとって議論を重ねたのちに一人娘を送ることに決めた大学は、そういう非常に悩ましい組織の一つだった。それらはまったく同じ進歩的で高尚な原理に基づいて神々しい学問の場としてつくられながらも、それぞれが細部ではわずかな差異をもって原理を適用していた。その大学の若い創立者たちは、教育とは学問よりも姿勢の問題であると公言していた。さらにこうも付言していた。学問とは厳密にいえば大人の世界で分別を持って生きることに慣れるプロセスである。彼らは学者らしい皮肉をもって指摘した。大人とは突然に出くわすことになる厄介なものである。その結果として、彼らはこう結論を下した――そして、これは大学要覧の中でまだ見つかるかもしれないが、最初のテーゼの多くは理事たちによって修正され手加減された――少年少女にとって大学にいくのは激烈な体験に類するものでなくてはならない。

教育という観念を実践に移そうとしている大学では、教えられるべきことについて何かがなされる前に、ある程度の混乱が生じるのはやむを得ないだろう。たとえば学生は自由であるべきか？　教員は自由であるべきか？　あるいは自由の概念は教育上の理想として棚上げし、代わりに効用の概念を導入すべきか？　学生に訳のわからない情緒的な学問をさせてよいものか？　たとえばギリシア語のような？　あるいは幾何学るべきか？　結婚についての課程を設けるべきか？　大学は研修中の精神分析医に対していかなる態度をとるべきか？

その大学はかれこれ十五年にわたり存続してきた。創立者たちは初め、学生の総体から男を、教職員から女を除くことで問題を半減させられると考えていた。彼らがアパートの一室でビールを飲みながら本音で語らううちに大学というアイデアが初めて日の目を見たのだが、みんなが形式ばらないやりかたをよしとした。十回の講義よりも多くの情報が一回のさりげない会話から引きだされるとか、教育とはつまるところ公平なやりとりであって義務であるのと同じく楽しみであるべきだ、と。〝成熟〟とか〝持続〟とか〝人生〟とか〝現実的〟とか〝洞察力〟とか〝人間性〟といった言葉がむやみに使われた。大学の建物はこけら板と〝独創的な建材〟でつくると決められた。モダンダンスと教室での俗語の解禁が豊かで普遍的な文化の雰囲気をかもしだすのではないかと思われた。何かを学びたいという人間なら誰でも受けいれるべきだと決められた。ただし体育は奨励されず、開学五年目以前に微生物学をと主張する者があらわれなかったのはたいへんな幸運と見なされた。適度に風変わりな学生――黒人でも生粋のナヴァホインディアンでもよかった――の入学が待ち望まれた。学生には飲酒、外泊、賭け、ヌードの女性モデルを描くことを何の制限もなく認めてよいと満場一致で可決された。それが大人の世界への備えになることは明らかというのだった。学生ならどんな提案をしてもいいとされた。引き抜かれた教職員のメンバーはほぼ全員、これまでもらったことのない不相応ともいえる給料を目にすることになった。最初に正式に任用された文学の教授はまだ若かったが、政治的な雑誌に掲載した続きものでアリストファネスの復活を厳しいニュアンスで論じて、数多くの批判を喚起した。音楽の教員は一人の例外もなく各種の打楽器の効用に強い関心を持っていた。やはり全員で大学のダンサーの伴奏をするドラムカルテットのための作曲にあたった。古い英国のバラッドについて盛んな議論がなされ、多数の登録者を擁する講座では『フランキーとジョニー（訳注―トラディショナルなポピュラーソング）』を学ぶのに一学期が費やされた。科学系の間では極端なケースを除けば知識は実験に勝るとは思われていなかった。〃理論は無であり、経験はすべてである〃というのが、入学案内でもっとも効果的に用いられた一文だった。付近の町の住民は大学の共同体を共産主義的と感じていて、それについて考えるたび、なぜ多くの金持ち連中が娘をそこにやろうとするのか理解に苦しんだ。

不幸なことに、そういう気分は将来の大人たちには幸せだったかもしれないが、最終的には大学のためにならなかった。保守主義との一定の妥協が望ましいということが明らかになった。大学要覧ではあいかわらず〃表現〃と〃創造的活動〃が重視されていたが、そのどちらの実践も前より抑制されるようになり、幾つかの必修科目が必要とされるようになった。たとえば好き勝手なダンスは認められず、今はパターン化したダンスが求められていた。以前は公共的な仕事の喜びのためにウェイトレスをしていた学生も、今は少額ながら賃金を支払われていた。自由な賭けや飲酒は認められず、教職員かその妻が立ちあう場合を除いてキャンパス内ではそのどちらもが禁じられた。アリストファネスに憤った若手教授は二年後に解雇された。学生は厳しいスケジュールに空きができれば外泊してもよかったが、それも正確な住所を大学当局に届けておくのが条件だった。各生活センターには一種の住み込みの管理者を置くことが必要とされていた。その要員は〃テナント〃と呼ばれ、教職員アパートの一室に住み、寮の女学生に半ば公式の影響を及ぼし、ときにはお茶に招いたりすることを期待されていた。そういうアパートは引っぱりだこだった。学寮の学生が払っている部屋代と比べると格安だったし、独身の教職員にとっては教職員向けの生活センターやぼろぼろの教職員住宅よりも快適だったからだ。

ということで、簡単にいえばその大学は現代的で正統的で進歩的で現実的で良心的で人道的ではあったが、それは収支が厳密に均衡する事業、収入と支出の必然的な一致をみる工場になるはずである、またなるべきであるという事実にかなり譲歩したうえでのことだった。大学が擁する学長はきれいにひげを剃り、ゴルフをたしなみ、多少のユーモアを交えて婦人クラブでスピーチする人物だった。理事会メンバーはカクテルパーティーや視察にきちんと顔出しし、教授団は角帽とガウンで格好をつけて卒業式に臨んだ。同窓会の構成は、その多くが離婚して憔悴したきつい目つきの第一期生のメンバーから、幼い子を連れて喜々としてクラス会にやってくる素直な最近の卒業生のメンバーにまで及んでいた。

ほかにも〝もともとの建材〟はひっきりなしの修繕が必要で、代用できるところはすべてプラスチック製煉瓦で代用されているという事実も留意されるべきかもしれなかった。

ナタリーにとって、それはまさしく新たな出発だった。部屋は正方形に近かったが、幅よりも奥行きのほうがありそうだった。一つだけある窓は奥の壁のほぼ全面を占めていた。今のところ、部屋はがらんとしていたが、好奇心を持って主を待ち受けているようだった。窓とは反対側の壁のほう、ドアのすぐ内側に遠慮がちに足を踏み入れたナタリーは、むきだしの壁や床を喜びのまなざしで見た。それはまさしく新たな出発だった。

壁と天井はいかにもその手の施設らしい悪趣味な鈍い黄褐色に塗られていて、無色と同じくらい退屈だった。暗褐色の木造部や全体の狭さは部屋を独房のように陰鬱に見せていた。カーテンのない窓からは雨雲がのぞいていた。部屋は三階にあったので、ほかよりは明るかったが、それでも室内の妨げのない空間の美を愛(め)でるためには、天井の裸電球の紐を引いて灯りをつけなければならなかった。壁にはナタリー自身の写真か、ほかに選んだものを掛けて飾るつもりだった(釘の穴一つにつき二十五セントの罰金が科せられるのはもちろんのこと、スコッチテープの跡を含む壁の汚れ一つ一つについて弁償するまでは卒業が許されなかった）。四隅が直角の床は、ナタリーが現状に何か変更を施すかもしれないと予想して、ナタリーの足の動きにまで注意しているようだった（掻き傷程度なら小額の罰金を支払えば検査部門がきれいにしてくれるはずだったが、もちろん、それは別にして）。笠のない電球の光で寒々しくもこぎれいに見える天井が頭上から身じろぎもせずに注視し、空気や水を通さないこぢんまりした方形の包みの中にナタリーをおさめようとしていた。ともかくもナタリーにとってはまったくもって新たな出発であり、ここはその中に住みこむ新しくきれいな箱だった。

もちろん、家具は彼ら——眠らずに活動する正体不明の恐ろしい大学当局者——が備えつけていた。彼らは恐ろしいほどの警戒心と損傷に対する異様なほどの懸念に加え、形やデザイン、素材や加工の技量、色や品質において何が最小限かということに的確な感覚を有していた。とくに疑問もなく授業料、部屋代、食費をおさめる寮生なら黙ってそれに耐えそうだった。ベッドは狭く、マットレスは疲れ果てて落ちる眠りには足りても、気ぜわしい試験前の不安な眠りには足りない厚さだった。シーツと枕カバーはベッドの裾にきちんと積み重ねてあった。ナタリーはトランクに自分の毛布を入れていた。それは母がいちばん実用的として選んだ暗いバラ色のもので、明るい色のベッドカバーとそれに合ったこの部屋のカーテンはナタリーの好みにまかせたものだった。

ナタリーは初めて大学を訪れた日、この部屋の戸口に立って、初めて専有者としての誇りのようなものを感じた。結局のところ、ひそかに自分に救いをもたらしてくれる場と思えるのは唯一この部屋だけだった。つまり、この部屋で独りで過ごす長い夜のこと（灯りに気づく者もなく、ドアをノックする者もなく、大丈夫かと問う者もいない）や、隅の細長い机に向かい、うれしかったことを書きつけたり、愚にもつかないことを紙に描いて過ごす長い午後のことを思えば、救いはこの部屋だった。そのほうがよければ、ドアに鍵をかけておくこともできた。その気になったら、ここでお楽しみにふけることもできた。気が向いたら、窓を開け閉めしたり、ベッドを動かしたり、椅子を引っくり返したり、クロゼットに入って隠れたりしてもよかった。ナタリーは純粋に無機的な愛にとらわれていた。ドアの番号は27で——幸運の七と努力の二を有し、足せば九になるいい番号——自分がそれを専有していた。みんなに〝27号室〟と告げ、その中に自分の大切な所有物があるのだとひそかに思うかもしれなかった。あすの朝は、とナタリーはうっとりドアにもたれかかって思った。この部屋で目を覚ますのだ。

大学で独り過ごした初日の午後の間、ナタリーはひっきりなしに自問していた。これは意味があるの？これは重要なの？　こんなことをおぼえて家に帰ることになるの？

みんなが寮のリビングルームに寄り集まっていた。それはそこに住むことになっている女子たちで、お互いに見つめあいながら、この中の誰が特別な友になるのだろうと考えているようだった。このあともこういう集まりで顔を合わせて、何年にも及ぶ恐ろしくも神聖な友情を結ぶ友になるのだろう、と。同時に、この部屋の中でまさに恐れるべき相手は誰なのかと考えているようでもあった。たとえばこの寮の花形になるのは誰か、持てる知識や抱える秘密でほかを圧倒し当惑させるのは誰か、と。高校の美人コンテストの女王だった何人かは目立っていたし、高校のクラス史編集者だった一人二人も注目を集めていた。研究者、事実の探求者、自作の詩を二階にしまいこんでいる禁欲的なアマチュアの書き手も同じだった。野次馬のような連中もいて、美の女王たちをじろじろ見て、今の一番を選ぶとしたら誰かと露骨に品定めしていた。一張羅（いっちょうら）と思われる服を着た貧しげな子たち、いかにも程よい服を着たスマートな子たち、ほかの人にダンスを教えたがりそうな子たち、いい加減な性の知識をささやきあいそうな子たち、地階の窓から這いだして逃げそうな子たち、虚言癖や盗癖や神経衰弱のありそうな子たち、全科目を落として不名誉な帰省をしそうな（元気よくさよならをいっても泣いている）子たち、全科目を落としても居心地のいい集団にもぐりこみそうな子たち、苦しみながらひそかに、あるいは臆面もなく公然と教授と恋に落ちそうな子たち、胸が張り裂けそうな子たちや心が折れそうな子たち――さまざまな家から、今夜は母親がさまざまな苦悩を抱えて思案しているであろう家からやってきた女子の一団――が不安のうちに一室に集められ、ここでの教育の初めの一歩を待っていた。

みんながこれから暮らすことになっている寮のリビングルームに座ってささやきあっていた。みんながその朝、あるいは前日、先週、どんな家をあとにしてきたにしても、ここがそれに代わる場所だった。今まで暮らしてきた家はまだ脳裏にくっきり残っていたが、そんな家がまもなくこの寮に、ことさらに地味な家具を備え、あとにしてきた家が最高であれ最低であれ、それを上まわりもせず下まわりもしない程度に設計されたこの寮に取って代わられるのだった。模範生であれば、そのリビングルームで健全なデートを楽しむこともできた。そこは寮生にとって（あらゆるタイプの女学生をうけいれるということがうかがわれなければ、誰も入寮はしなかっただろうが）ほどほどであまり極端でない環境を形づくるよう設計され、しゃれた中価格帯のデパート（どの町にもあるような〝カレッジ・ショップ〟や〝サブ‐デブ・サロン〟や〝ティーン・テンポス〟や〝ガールフッド・スタイルズ〟が三、五階に入り、ペンや鉛筆は一階の文房具売り場にある）で展示されているようなキャンパスファッションと調和するように考慮されていた。控えめな中間色の壁、緑色と灰色の縞の椅子、マントルピースの上の役に立たない花瓶、暖炉の上方に掲げられた写真。それは過去の学長かもしれないし、教育好きな財界人かもしれなかった――すべてが注意深く個性を殺されていて、部屋全体が育ちのいい子の好みに合った会話がされるようにしつらえられていた。

ナタリーはどんな人間の個性も最大限に引きだそうとして一体化した部屋や集まりに慣れていたので、この部屋や集まりには息が詰まるような感じを受けた。隅の床に座ったのは、両親と弟との気詰まりな別れの際に父が押しつけてきたおカネと母が思いだして渡してくれたクッキーの箱を持ったままでここに入ってきたとき、多くの子が椅子よりも床に座っていたからだ。椅子はすべて、先にきて選択の余地があったと思われる子たちに占められていた。ナタリーは見ていると思われないように気をつけながら、部屋にいるほかの子たちを見やった。

真向かいには燃えるような赤毛の子がいてまわりの数人と談笑していた。さらに多くの子が耳を傾けながらそちらへにじり寄っていた。ナタリーは逆にそちらから後ずさりしながら思った。ちょっとでもいいから知りあえそうな子はいないかしら。すぐ隣には額の髪の生え際が何とも見苦しい子がいたが、ナタリーは少し時間をかけてひそかにリハーサルをしてから思いきって声をかけてみた。「この中に知ってる人いる?」相手は一言「いない」といって、しばらくナタリーを見つめたあと、そっぽを向いた。彼女、わたしに興味がないんだわ、とナタリーは思った。反対側の子も興味を示してくれなかった。ナタリーがそちらを向いて同じ質問をすると、さっと立ち上がって赤毛の子を囲むグループに加わりにいった。わたしが独りで座っていることにみんな気がついてくれるだろうか? ナタリーはいぶかった。あの赤毛の子は毎朝毎晩、櫛を手にして鏡に映る自分の姿を見ながら自分の運に感謝しているのだろうか? 隣にいる子は見苦しい髪の生え際をひそかに嘆き、自分はほかの誰よりもそれがよくわかっているのにと思っているのだろうか? 誰かがわたしをながめていて、わたし自身も知らない、あるいは忘れている、あるいは誰にも見られたことがないと思っている風変わりな特質でわたしを見分けているのだろうか? 向こうのほうのブルーの服の子は大学の初日にふさわしいだろうかと考えながら、その朝それを着たのではないのだろうか? ふさわしくなさそうなので、それを気にしながら一日を過ごしたのだろうか、それとも着たとたんにそんなことは忘れてしまったのだろうか？　グリーンの服を着た子のお母さんは、薬を忘れないようにといったのだろうか？　眼鏡の子は夜中に独りで目覚めるのが怖くないのだろうか？　この中に誰か、ナタリーという名の痩せて神経質な子に会えるとひそかに期待して大学にきた子がいるのだろうか？　その子はナタリーが先に気づいてくれると思っているのだろうか？　でも、そんなことよりも何よりも、みんな、今にもとびくびくしながら、どんな恐ろしい変化を待っているのだろうか？　ほんとに何かが起きるのだろうか？

ナタリーはこの混乱の中で自分が明瞭な思考をすることも明確な行動をとることもできなくなっていると気づいていた。今すぐに必要とされている思考と行動のすべてが、急激な変化に押し流され、立ち上がって上階へ上がり、もう一度自分の部屋を見てみようという気も、部屋にいる子たちの性格を最終的に予測してみようという気もなくなった。いずれにしても誰かが自分を見て笑うだろうという恐れからだった。出し抜けに、そしてそのあといつまでも自分を見ては「あの子ったら……」と。

そのとき、何の警告もなく部屋が静まったので、ナタリーが見やると赤毛の子が立ち上がっていた。「じゃ、わたしがやる?」隣に座っている誰かに向かっていった。ずっとそのつもりでいて、あとはみんなの確認をとろうとしているだけのようだった。周囲がうなずき急きこんで何かいうと、赤毛の子はすまして部屋のほうに向きなおり両手をひろげて語りかけた。「ねえ、皆さん、わたしたち、お互いに自己紹介しなくちゃならないんじゃない？　だって、わたしたち、長いこと同じ屋根の下で暮らすことになるんだから」押し隠していた不安を思いがけなく口にしてくれたとでもいうようにみんなが笑うと、赤毛の子はいった。「じゃ、わたしから。わたしはペギー・スペンサーです。セントラル高校からきました――」

ナタリーの隣の鬱陶しい髪の子が突然身を乗りだしてナタリーにいった。「あの子、でしゃばりじゃない?」でしゃばり？　ナタリーは思った。「そうね」とささやき返した。

ぐるりと輪を描くように、一人ずつ順番に名前とごく最近の履歴を披露していった。誰もが多かれ少なかれ当惑していて、我ながらあまり聞いたことがないというような声で自分の名前をいった。ナタリーの番が近づき、隣の子が何とか高校からきたアデレード何とかと名乗り、促すようにナタリーのほうを向いた。自分は試練を無事に乗り越え、次が問題にのぞむのを見まろうとしているようだった。ナタリーは気づいてみると、「わたしはナタリー・ウエイトです」と思いのほか、はっきりと名乗っていた。それがわたしの名前？そういぶかりながら、次の子の名前を、あるいは前にちょっと会っただけで頭のどこかでおぼえていた誰かの名前を盗用したのではないかと一瞬ひやりとした。頭のどこかが初めて、社交上の必要から機能を果たすよう強いられたようにも思えた。しかし、その名前が何もいわれずに聞き過ごされたのは、実のところ、誰も他人の名前など聞いていなかったからだろう。

一人一人が恥ずかしがりながらも自分を励まして進みでたあとで、赤毛の子がそれほど困惑した様子もなく、アマチュアながら議事進行に慣れた人間らしい口調（「そうしますと、当然、副会長はペギー・スペンサーということになりますね……」）でいった。「それじゃ、わたしたちみんな一年生のぺいぺいですから、とりあえず直面している問題の解決を図るべきだと思います」

ぺいぺい、とナタリーは思った。それに問題。ここで問題が解決されることになっているのだろうか？ナタリーは自分の部屋に戻りたくてしかたがなかった。

二日目には（慣れない部屋ではあったが気持ちよく目覚め、階下で母が動きまわっている物音を聞かないまま独りで着替え、身のまわり品を片づけ、化粧箪笥の下着の置き場所を定め、本棚に本を、机に書類をしまった）階段や長い廊下にとまどうこともなく自分の部屋を見つけられるようになっていた。就寝時刻になると、ほかの子たちとともに同じ階のバスルームに長居をするようになった。おかしな質問やあいまいな質問をしたりされたりし、新入生が並外れた能力で先輩を出し抜くというのが決まった落ちのジョークに笑い、ろくに知りもしない相手に向かって意味もなく大声を上げたりした。ナタリーは同じ階のほぼ全員の名前をおぼえた。すでに一年生の役職か何かに立候補した赤毛の子は、階段ですれ違うとにこやかにうなずきかけてきた。見苦しい髪の子はある朝、食事のときに隣りあわせて座った。そんなふうにして、この新しい世界でその場しのぎにしても何とかやっていくのが――朝食、昼食、夕食、歯磨き、睡眠、読書と――可能になった。目が覚めてみると自分の住む都市が破壊されていて廃墟の中で独りになっていた人間のように、ナタリーは気がついてみると、ごみの再利用システムで供されたような粗末な避難所、食料、慰安の中にいた。

もしかすると悪夢かもしれなかったが、取り乱し、切羽詰まったようにドアをノックする音が聞こえた。ナタリーは手探りしながら灯りをつけ、それが大切とでもいうように時計を見やった。三時。すると今は真夜中ということだった。せっかくの合図をふいにしては、と急に心配になり、義務感と責任感で頭がいっぱいになった。こんな時間に授業があるはずもなかったし、もちろん約束もなかった。としたら、火事？　とても自分の手には負えない何か？　殺人？　たぶん隣の部屋で何かが？（今後問い合わせがあったときに名誉の目撃者になるという考えが脳裏をよぎった。「でも、その人は郵便屋さんじゃありません」調査官「あなたはその男が郵便受けを開けているところを見たんですか？」）。たぶんナタリーのことを頼りになりそうな人間、緊急事態でもあわてることなく、まず医者に電話し、誰に止血帯や間に合わせの副木をするかを見分けてくれる人間と見て、誰かが起こしにきたのだろう。それとも、犠牲者になるよう運命づけられた人間と見て起こしにきたのだろうか？　戦争？　疫病？　テロ？

「入会式」廊下に長く呼ばわる声が響いた。「一年生は全員……」

「えっ」ナタリーはそういって、電灯のコードに手を伸ばした。わたしは一年生だった？　すると、わたしの名前も知らない人たちに目をつけられたの？　あるいは何かの間違いで起こされたの――それとも、もともとわたしが目当てだったの？　じゃ、わたし一人だけを？（当てにならないわたしの心が悪さをしたの？　これは夢で、すぐに廊下に出て惨めに震えながら独りで立つと、端から端までのドアが開き、物見高い顔が嘲笑いながらこちらをじっと見つめて、こういうのではないかしら。「あの子、何をしてるの？」「あの子、夢を見てるのよ。自分が一年生で入会式に呼ばれたとか、そんな夢を見てるの。何か人殺しのことをいいつづけて、自分の名前が何だったか聞きつづけて、自分がどこにいるかもわからないらしくて……」）「わたしは一年生よ」ナタリーは声に出していい、興奮で急に活気づき、ベッドから跳ね起きてバスローブを羽織った。「大学」ナタリーは皮肉っぽく独り言をいって、バスローブの紐を急いで結んだ。「入会式」上履きに足を突っこんだ。最後の瞬間はためらったが、思いきってドアを開けてみると、廊下の灯りがついていて、不安と好奇心の入り混じったバスローブ姿の寮生たちがあふれていた。

「わたしたち、どこへいくの？」すぐに誰かが聞いてきた。ナタリーが部屋から出てくるのが遅かったので、何か特別な内部情報でも持っているのかと思ったようだった。

「さあ、知らない」ナタリーはいった。「ここにいるほうがいいんじゃないかな」

「わかったわ」誰かがいって、くすくす笑った。「これはね、わたしたちを……」あいにく、その続きはナタリーには聞こえなかった。有無をいわさぬ力のある手で腕をつかまれ、こんな声を耳に吹きこまれたからだった。「ぺいぺい？　こっちよ」

映画にも出てきた〝ぺいぺい〟という言葉にむっとしながら（それでも、興奮が好奇心を追いやることもあるという知見から、理不尽な恐れの只中（ただなか）で考えついた。いつも真夜中を選んで何かことを起こすというのはこれが理由なのだ！　ナタリーは何か深い意味のあることに思い当たったという気がした）ナタリーはその揺るぎない手に従った。ほかの子たちもナタリーのあとをついてきた。ナタリーの後ろで誰かがまだくすくす笑い、誰かがまだこういっていた。「でも、わたしたちどこへいくの？」誰かが不安げに繰り返していた。「わたしのお医者さんが何ておっしゃるか……」

「どこへいくんですか？」ナタリーは先に立つ相手に聞いてみた。その相手がハンカチで覆面をして両端を頭の後ろのあたりで結んでいるのに気づいたときにはひどく当惑した。その警官と泥棒ごっこのようないでたちから、この夜の冒険（といっても、ずっとあとになるまで自分ではそんないいかたはしなかった）は、日の光の中で顔をさらして、やろうというものではないらしいということが伝わってきた。案内人からはかすかな空気が、大勢がこういってお互いを挑発しあっているような空気が感じられた。「さあさあ、やってみなさいよ……さあ、上等じゃないの。そちらがやるならこちらもやるわよ」興奮を生みだす行動が伝統の中で神聖化されていたが、細部までが正確に伝えられているわけではなさそうだった。

「お黙り」ナタリーはぴしゃりとそういわれ、顔がないことでずいぶん強気になれるものだと思った。自分の顔を持たないことが普遍的な秩序につながるというのは、顔というものが結局はただの……

「この中よ」顔のない案内人がいった。

顔を持たないことで寮生たちの体までがどれほど変わるかは驚くほどだった。ナタリーはたじろぎながらも二、三人を見分けることができたが、考えてみると、その子たちにしても化粧と髪形を知っているだけだった。ここは自分の判断を疑い、もっとも好ましい人間をともかくも信じるしかなさそうだった。列の先頭にいたナタリーが中に入っていくと、リーダーを自任しているらしい一人がいった。「あんた、どういう資格があってここに入ろうっていうの？」

何人もが床の上に半円を描いて座っていた。ナタリーを引っぱってきた子と同じように馬鹿げた覆面をして、それぞれのパジャマを着ていた。パジャマを選んだ母親たちがこんな真夜中の用に立てるつもりでなかったのは明らかだった。いや、実はそうだったのだろうか？　母親たちが娘たちの優位を後押しし、仮面劇をけしかけたのだろうか？　娘たちを大学に送りだすとき、最後の助言としてこういったのだろうか？

「それで、おまえ、おぼえておきなさい。ぺいぺいをしごくときは……青と白の縞のパジャマを着るのよ――あれがいちばんよく見えるし、床のささくれにも大丈夫だから……」

「いいえ、わたしは連れてこられただけです」ナタリーがそういうと、その報いにか、連れてきた当人からどんと押されて、座っているリーダーのほうへよろよろと倒れこんだ。相手は情け深くも「およし」といって押し返してきた。

もう黙っていよう、とナタリーは思いながら理解した――やはり、学ぶのに早すぎるということはない――解き放された残忍性の前では繊細な心性は耐え忍ぶしかない――ということで、ほかの誰かに押されても逆らわなかった。

「――ここに入ろうっていうの？」リーダーが次の子にただしていた。

「わかりません」その子はあやふやに答えて一押しされた。

その子はナタリーの隣にへたりこむと、震えながらささやいた。「わたし、こなければよかった」

「わたしも」そう答えるのがやっとだった。

気がついてみると、馬鹿げたことにジャンヌ・ダルクのことを考えていた。次の子、その次の子はリーダーの軽蔑を跳ね返し、背景のぼんやりした人影に向かい膝を折って、こういうだろう。「陛下は我が王であられ……」

初めの数人のあと、リーダーはいちいち押し返すのに倦んだらしく――怒りが失せてしまったのか、腕が痺れてしまったのか？――みんな、座ることを許された。誰一人口をきかなかったが、一年生の間にはひろがる懸念を超えて確信が生まれていた。さすがに上級生もやっていられなくなったのだ、と。「そちらがやるならこちらも」という空気は笑いや駄じゃれとともに薄れていったのだ。考えていた責め苦を一人や二人に与えてみても、肉体的な疲労のために何度も何度も二十度も繰り返すことはできないのだ。それだけでなく、だんだん明らかになってきた。パーティーがぱっとしないままに終わるということが。すなおに入ってくる一年生の数に押され、リーダーの声から悪意が薄れてきたということが。リーダーとその一党が最初の数人に及ぼした効果に頼って最後の数人まで乗りきろうとしているということが。不満ではあっても、もうこれ以上は無駄だからとあえていいもせず、事態がばらけていくのに任せているということが。ただ、最初にもっとも弱い者を選ぶという点に知恵が見られた。

ともかくもナタリーはありがたいと胸を撫で下ろした。リーダーがナタリーを第一号として指名する代わりに、一年生全員が入ってきて床の上にぎゅう詰めになって座ったりひざまずいたりするのを待って、中ほどの子を指さして「そこのあんた」といったからだ。

もしも自分の部屋にじっと留まって呼び出しに応じていなかったら、そのまま見過ごされていたのでは、という考えがナタリーの脳裏をよぎった。こなかったのは誰かなどということを気にする人間がいるとは思えなかったからだ。そんな考えから、用心深く向きなおり、赤毛の子を捜して一年生の集団を見わたしていったが、その姿は見当たらなかった。その一方で、儀式が尻すぼみになるのを残念にも思った（少なくとも、そう思ったということをあとになって思いだした）。新入生のしごきはかつては激しかったにしても、今はおざなりになっていた。

指さされた子は低い腰掛けに座るよう命じられたが、多くがもう気づいていたとおり、それは二階の洗面所——寮の中でいちばん広く、床面積も最大だった——の真ん中にあったものだった。さらに、これまで知る資格がある人間に聞かれたことはないだろうとでもいうように、その子は自分の名前と出身校をいうように命じられた。そのあとリーダーはためらっていたが、周囲にいわれて、そのまま質問を続けるよりも仲間と協議するほうを選んだ。すると新入生を囲む覆面の輪の一人がいった。「ねえ、わたしたちみんなが質問したっていいんじゃない？」

「もちろんよ」リーダーは明らかに感謝していた。

「じゃ、いい、マーナ」その子が覆面の下からうれしそうにいった。「あんた、処女？」

ナタリーはその新入生が顔全体を赤くするのと上級生たちが覆面の下でも上でも赤くなるのを目にして思った。わたしには質問しないでほしい。覆面している人たちだって赤くなっているんだから。覆面なんて何の役にも立たないんじゃない？　とうんざりしながら思った。

「もちろんです」腰掛けの子は質問に驚き、みんなと同じように赤くなりながら答えた。

「じゃ、何かいやらしいジョークをいってごらん」ほかの誰かがいった。

「そんなの知りません」その子は身をくねらせながらいったが、忘れたようなふりをしながら不都合にも頭に浮かんできた話を抑えこもうとしているのは明らかだった。「そういうの聞いたことがないんです」

「もうよし」リーダーがいった。その子は腰掛けから降り、顔を赤らめて言い訳しながら、呆然としている友だちのもとに戻っていった。その子は消え去った。その瞬間にふつうの寮生たちに混じって保護色を身にまとった。どう見ても風変わりなところはなく、理想と志を抱き、自分自身の家族を持つのを楽しみにしている善良で正常で健康なアメリカの女子学生になった。すっかり周囲に溶けこんでいた。

「次」リーダーがいった。リーダーはでたらめに指さしたが、誰かが即座にそれに応じて腰掛けに座り、ほかの誰でもない自分が覆面たちの聞きたがる話を知っているということをほのめかした。のみならず、平然と嘘をついて相手をじらし、一年生たちの目に自分の存在を焼きつけようという心積もりでいるようだった。その子は得々として名を名乗り、挑むように覆面の輪を見わたした。その中の誰かが自分の蠱惑的な体験に対抗したり、それについて問いただす勇気があるのかとでもいうように。

ナタリーは不意に自分自身の立場を明確にする必要に迫られたような気がして、隣の子のほうに体を寄せてささやいた。「わたし、あんなことに答えたくないわ」

「しーっ」隣の子はそういうと、腰掛けの生け贄の話を聞こうと身を乗りだした。生け贄はジョークの落ちを披露しているところだった。覆面たちは笑わなかった。少なくとも笑っているのを覆面越しに見せたりはしなかった。「すごくいやらしいってほどじゃない」一人がいった。

「わたしが知ってる中じゃ一番ですけど」腰掛けの子は無邪気にいった。

「もうよし」リーダーがどうしようもないという口調でいった。それから耐えがたくも信じがたくもナタリーを正面から見据えた。「あんた」リーダーはいった。

「そんな」ナタリーはいったが、告白をしないですむなら腰掛けに座ってみたいという願望に駆りたてられた。みんなの注目を浴びながら光の中で腰を下ろすとすぐに、そしてその先もずっと、自分を見つめてくる未知の顔とまっすぐ向かいあう妥協のない反抗のようなものを意識させられた。反抗するのも自分自身をさらけだすのも同じ、もしかしたら反抗するほうが楽なのではないかと強く感じた。

ナタリーは名前をいい（それが自分の名前？）、処女かと問われると――薄情な連中やただ好奇心だけの連中もその質問を支持して三、四人が同時に声を上げていたし、腰掛けの高い視点から見ていると裏切り者の一年生たちも鸚鵡返しにそれを繰り返していた——「いいたくないです」と短く答えた。

ナタリーはもう一押しされるという最悪の展開も予想したが、ほかのみんなが見ている前では誰もが追い詰めるのをためらっているようだった。今のところ、横柄なそぶりでしゃしゃりでようという子は一人もいなかった（「あんた処女なの？　どう？」）。内心どれほど望んでいるにしても、あえて脚光を浴びようという子は一人もいなかった。今では一年生に反抗のそぶりをされただけで動転し、涙ぐんでうろたえている上級生がいるかもしれなかった。それまでの優位もどこへやら覆面をもぎとってこういうかもしれなかった。「あれはあの子の考えだったの——わたしはそんなことするつもりなかったんけど、ただ……」

それでも、いったほうがいいのに、と誰かが威嚇するようにいうと、いいたくないっていうならそれで証明されてるってことよ、とほかの誰かがいった。

「いやらしいジョークをいって」リーダーがいった。

「いいたくありません」ナタリーは答えたが、ほかの誰もと同じようにいやらしいジョークの手持ちが豊富と見られるよりは一つも知らないと見られるほうが恐ろしかった。「皆さんはもう十分知ってるんじゃないですか？」

「いやなやつ」誰かが大声でいうと、ほかがそれに加わった。「いやなやつ、ひどいやつ、ずるい」

馬鹿みたいなお決まりの段取り、とナタリーは思った。女子の輪の真ん中の腰掛けに独り座っている今、自分の大学での将来を、四年にわたる将来とおそらくはその後の人生を危険にさらしているという自覚はなかった。現実にいやなやつであること以上に問題なのは、この規範、つまり平穏な将来と疑問の余地もない真っ当な過去を持つこの従順な覆面の女子たちの輪に挑もうとする自分の精神状態だった。無意味に信奉されてきた基準、おそらくはそのときの勢いで定められ、その後もほかの従順な者たちによって伝えられてきた基準から逸れた人間は、質問や反乱のせいで、心地よい微笑とは無縁のものや他人を傷つけるのも辞さない決意のせいで、みんなの中での居場所を失うかもしれなかった。

「いいたくありません」ナタリーは誰に向かって答えているのかもわからないままにいった。

「もうよし」リーダーがいった。

ナタリーは腰掛けと灯りを譲らなければならないと気づいて、立ち上がりながらいった（あいかわらず能天気に眠っている子たち、赤毛をはじめ呼集に応じなかった子たちにも届いてほしいと思う大きな声で）。

「わたし、こんな馬鹿げたこと、見たことないと思います」誰か続いて、とナタリーは輪の中に座っている子たちに向かって祈った。誰か続いて、立ち上がって、そうすれば新しい世界が開けるから。しかし、並んで立ち上がる子はおろか、声を上げたり目を上げたりする子もいないのに気がついた。

「いやらしいジョークは？」リーダーが次の子に向かっていっていた。

「わからないんですけど」次の子はうれしそうに頬を染めていった。「ちょっと考えさせてください」

ナタリーはドアを開け、見られはしたが止められないまま外へ出た。

そのまま独りで、独りという実感を抱きながら、何も変わっていない自分だけの部屋へ向かった。

親愛なる父上さま
　これは今までになく勢いまかせの手紙になるでしょうが、**どうか批評はしないでください**。なぜなら、とにかく急いで書いているので、じっくり手直ししている暇がないからです。それがことの次第を書き留めておくには最適なのでしょうが、どうしても間違いは多くなります。これから書こうとしているのは大学についてのことです。お父さんとお母さんとバドがわたしを送ってきてくれた最初の日、お父さんもご覧のとおり、あのときはわたしたちみんながまったく不案内で、ここがどんなふうなのかわかっていませんでした。今、二週間たって（実際、二年にも思われます）、わたしはここにすっかり慣れたようで、よそで暮らすのがどんなものだったのか、ほんとうに思いだせないほどです。ときどきお父さんたちがここを知った初めての日がどんなふうだったかを考えます。みんな、まだあのときのままの見かたをしているのでしょうが、わたしはもう思いだすことができません。

最初に寮の話をさせてください。わたしが引っ越してきたとき、お父さんも寮のおよそのところは見たと思います——ついでにいえば、わたしがあんなふうに、つまり両親と弟を同伴したまったくのよそ者の目で寮を見たのはあのとき限りでした。というのは、お父さんたちが帰ったすぐあと、すべてが一変して、わたしもここで暮らす女子学生らしい感じかたをするようになったからです。わたしが何をいおうとしているかわかりますか？　とにかく、お父さんが見た寮は、わたしが暮らしている寮とはまったく違うと思うのです。今では、そこは女の子たちがはしゃいだり笑ったり、それでいて完全なプライバシーを感じる場所に、彼女たち自身の世界のようなものに変わっています。寮は四階建てで、ご存じのとおり、わたしは三階に住んでいます。一年生に割り当てられるどの部屋とも同じで、わたしの部屋も小さなものです。三、四年生は二人部屋や続き部屋がもらえますが、一年生とふつうの二年生は一人部屋だけなのです。

わたしたちの寮はいちばん便利ということになっています。食堂と調理場に接しているので、ここの子たちは階段を下り、廊下を進めば夕食にありつけるからです。ほかの寮も見たと思いますが、そこからキャンパスをはるばる横切ってこなければならない子たちもいるのです。キャンパスの中心は長く続く芝生になっていて、わたしたちは暖かな夕べをそこに座って過ごしています。わたしはいつもその芝生のことを思います。というのは、初日にお父さん、お母さん、バドといっしょに芝生を見たとき、どうやってそこを横切る道を見つけて自分の家に帰り着くかをずっと考えていたからです。今、わたしは芝生に生えている木はすべて知っていると思いますし、小道を毎日いったりきたりしています。わたしが受ける授業のほとんどは、芝生の端の大きな建物にある講堂でありますが、一つだけ——ラングドン教授の英語I——は、ふつうは芝生に出て野外で、そうでなければわたしたちの寮のリビングルームで行なわれます。ここの子の何人かが講堂でなくここで授業をしてくださいと頼んだら、先生はよろしいといい、大学もOKしたのです。講義室ではなく、楽な椅子に座れるし、煙草も吸えるので、わたしもそのほうが好きです。ただし雑音は多く、ドアを開けて中に入ろうとした子たちがぎくっとし、謝って逃げだしていくこともしゅっちゅうですが。

朝はできるだけ早く起きていますが、それでも八時の授業にようやく間に合うというのがいつものことです。朝の授業は週に二日は音楽、別の二日は哲学です。授業は一時間半続くのですが、九時ごろになるとひどく眠くなります。いつも朝食をとる暇がないし、おなかもすいているので、とくにそうなるのです。九時半になると、キャンパスの売店にいってコークとドーナツを買いますが、そこでよく先生がたと出会います。なぜか、みんなが授業の合間にそこにくるのです。週に二日の音楽のあと、十時からはフランス語の授業に出ますが、わたしはこれが大の苦手です。フランス語をやめたら、代わりにスペイン語か何かをとるしかありません。外国語を一年間とらないと卒業させてもらえないでしょうから。ほとんどみんながスペイン語のほうがやさしいと思っているようです。それから、わたしは週に二日の午後には社会学をとっています。別の二日の午後はもちろんアーサー・ラングドンの英語です。それも一時間半ということになっていますが、みんなが先生と話しこむので長引くのがふつうです。先生はキャンパスでいちばんの人気でしょう。先生は四年生のダンスパーティーの前に行なわれるミスコンテストの運営もしています。

食事にはぞっとさせられます。薄切りにしたバナナとピーナッツでつくったサラダのようなものが出るのですが、それを週に五回は食べているような気がします。レバーもそう。コーヒーもまずくて、わざわざ朝食にいく人がいないのはそれが理由です。

きのうはヘレン何とかという子とテニスをしました。コートへ練習にいったら彼女がいて、プレーしない？　と聞くので、うんといいました。わたしは彼女の半分ほどもうまくなく、一セットやっただけでした。わたしがもっとコートに慣れたら、いつかまたやろうといっています。

そのうち週末に家に帰ろうと思ってはいるのですが、まだしばらくは忙しそうです。わたしは勉強に励みながら楽しく過ごしていて、ここにいられるのを喜んでいます。来週は英語の授業で『ロミオとジュリエット』が始まります。

わたしは元気で体重も増えているようだとお母さんに伝えてください。食事はまずいのですが、家でよりもこちらでのほうが量はたくさん食べています。クッキーかケーキを一箱いただけたらありがたいとも伝えてください。多くの子が家から小包を送ってもらっています。

ここには三百人ほどの子がいるようです。中にはとてもいい子もいます。

実家の皆さまに大いなる愛を込めて

ナタリー

外はほとんど暗くなっていた。ナタリーが部屋の灯りをつけると窓は黒く染まり、灯りを消すと蒼白く染まった。灯りが消えた部屋は淡く美しく、窓から差す光が明るい色のベッドカバーの上を優しく動き、机の上の書類に軽く触れ、ナタリー本人の手とその前で開かれた本のページで止まった。気が進まないながらも再び灯りをつけると――この時間に寝ているると思われるのは何となく恥ずかしく、罪悪感や孤独感をほのめかしているようにも感じられた――窓は暗黒に沈み、ベッドが整頓されてきちんとしつらえられた姿をあらわした。それから部屋の端から本の端まで物の端々が明らかになる一方で、床の上の机の脚がなぜか卑猥に見えてきた。

ナタリーはあまり勉強熱心ではなかった。いまだに学問というものにどこか馴染めないまま、一年生の英語の教科書をむさぼるように読んだり、図書館から小説を借りてきたり、生物学の教科書を興味なしともせず心をさまよわせながら読んだりはしていた（初日にはクラスのみんなと同じように人間の生殖の章を読んだ）。しかし、フランス語の教科書には何のパターンも意味も見出せなかった。社会学の本（売春の章を終えていた）については、入念にアルファベット順に並べられた全世界の事象を言葉の分析によって把握するようなものに思われ――理論はいかにも学究的で非常に周到に見えるが、言葉が持っているはずのどんな力も活かしていなかった――むしろ当惑混じりの軽蔑の念を抱きながらながめた。幸いなことに、音楽についてでは耳が頭にくっついている状態で翌朝八時に起きるだけでよかった。耳がそこにありさえすれば、講義を熱心に聞いているかいないかはほとんどどうでもよかった。哲学についてはずっと前からわけもない偏見をつのらせていて、今では疑いさえ抱いていた――これは意味のない理論ではないか、と。もしも老教授が頭をもたげて、こちらを見たりすることがあればと、そういう疑問を捨てずに取りおいていた。「先生」ナタリーは屈託なくいうつもりだった。「もしデカルトが〝我思う、ゆえに我あり〟と本気でいったんだとしたら、こういうことになりませんか……」

ドアをノックする音は、ドアの存在という事実に劣らず不思議なものに感じられた。ナタリーは初め、こう思った。廊下の向こうからにしては、ずいぶんはっきり聞こえるものだ。それからこう思った。これは間違いではないか。自分がドアの内側をじっと見つめているように、誰かが外側を見つめている姿を思い浮かべて一分ほどを費やした。そして、あしたになったら外側のパネルが内側と同じかどうか注意してみようという気になった。おかしなことだ、と思った。外側に立っている誰かはドアをまっすぐに見つめて白いペンキと木を目にしているのだろう。内側のわたしもまっすぐにドアと白いペンキと木を見ている。しかし、それが介在しているので、二人がお互いに見あうことはない。同じものを見ている二人に相手は見えないということ?

再びノックの音がした。「どうぞ」というあたりまえの応答が頭に浮かんだが、ドアには鍵がかかっていた。ナタリーはあわてた弾みで本を払い落とし、ベッドからよろよろ立ち上がって部屋を横切り、ようやく鍵のまわしかたを思いだし、ドアを開けた。

「はい?」目の前からドアが消えたのを受けてナタリーはともかくもいった。

「こんばんは」外にいた子がいった。ナタリーは思いだした。ドアが外の世界へ開くと、その世界が一部そしてまた一部とゆっくり定着していくように——実際、世界は今夜、ナタリーがドアを再び開くのに備えておらず、まったく不意を打たれて、ともかくも平静を装い、できるだけ速やかにすべての原状を回復しようとしているようだったが、ナタリーもそれに気づかず、ドア越しに見てこういいそうだった。「思ってたとおりだわ。これでわたしがずっと疑ってたことすべてが確かめられる」——ナタリーはゆっくり思いだした。前に相手の顔を見たことがあり、名前はロザリンドだったということを。

「こんばんは」ナタリーはいった。

「今、忙しい?」ロザリンドは少し前のめりになってナタリーの肩越しに部屋をのぞきこんだ。「あの、ちょっと寄って挨拶しようと思ったんだけど、もし忙しいんだったら……」

「いいえ」ナタリーはそういって自分でも驚いた。「全然忙しくないわ」ナタリーがドアから離れると、ロザリンドは部屋に入って、ついさっき後にしてきた部屋とはやはり違うというように物珍しげに中を見まわした。おそらくロザリンドのベッドカバーは柄物ではなく青で、読んでいたのも違う本なら、クロゼットの服ももちろん違っていたのだろう。

「わたし、誰かとおしゃべりしたかったんだ」ロザリンドはそういった。いったん中に入ると、すぐにベッドに座って足を体の下に折りこんだ。「あなたのところの電気がついてるの見て、わたしたち、まだよく知らない同士だから立ち寄ってお友だちになるのにいい機会じゃないかと思ったんだ」

「よかったわ」ナタリーはいった。邪魔されてもけっして不愉快ではなかった。ロザリンドが帰ったあとでも本が消えてなくなるわけではないし、ひょっとしたらロザリンドはとても変わった思いや考えの持ち主かもしれないからだ。ナタリーはそわそわしながら机の前の椅子に座った。まず自分から口を開かなければならないということは承知していたが、あしたになれば半分も思いだせなくなりそうなフランス語の不規則動詞のリストのことしか考えつかなかった。「わたし、フランス語の勉強しようとしてたの」よくないと思いながら苦笑してそういった。

「フランス語」ロザリンドは身震いした。「わたし、スペイン語とってよかった」

「スペイン語ってすごくむずかしくない?」ナタリーはお義理のようにいった。

「ねえ」ロザリンドはお愛想はそこまでで本題にかかるときがきたと感じたようだった。「この近くの部屋の子、誰か知ってる?」

「いいえ」ナタリーはいった。「そんなには」べつに知りたいというわけでもないけれど、と付けたしたかった。わたしは友だちというものにとても用心深いから。わたしは人を選ぶから。長続きさせたいから、そう簡単には友だちをつくらないの。ゆっくりと篩（ふるい）にかけて友だちを選んでいくの。今は勉強に専念してるし……「ほんと、誰も知らないの」ナタリーはいった。

「そうじゃないかと思った」ロザリンドはいった。「あの子たちみたいなのって見たことある？　つまり、あの子たち、ほんとにつきあいにくいってことだけど」

「わたしはそれほど――」ナタリーはいいかけた。

「ペギー・スペンサーとその友だち」ロザリンドは軽蔑の口調でいった。「ヘレン・バートンとその友だち……一晩中うるさくって。眠れやしない」

「わたしは眠れなくて困ったことないけど」ナタリーはまともに取りあって、そういった。

「わたしたち、あの子たちに自分たちは特別じゃないってこと教えてやるべきよ」ロザリンドはそういうと、顎をぐいと上げて肩をすくめた。「あの子たちの誰かの部屋に入っていくと、そこにいたみんながおしゃべりやめて、こういうんだから。〝なあに？〟まるでこっちが物乞いか何かみたいに。それでまわれ右してさよならすると、ドアを閉めたあとで笑ってるのが聞こえるんだから。あの子たち、自分を何さまだと思ってるんだろう、まったく」

「わたし、あの子たちの部屋には一度もいったことないから」ナタリーは自分もこの会話にのせられているのを感じた。

「じゃ、あの子たちがあなたのこと、何ていってるか知ってる？」ロザリンドがいった。自分が話しかけているのは特別な人間だと初めて気づき、その人間の特別な性向が頭に浮かんできたとでもいうようにナタリーをまじまじと見た。「あの子たち、あなたのこと狂ってるっていってるんだから。あなた、昼も夜も一日中部屋にこもりっきりで絶対に外に出ないじゃない。それで狂ってるっていってるの」

「授業には出てるわよ」ナタリーは早口でいった。

「あの子たち、気味悪い（スプーキー）ともいってる」ロザリンドはいった。「あなたのこと〝スプーキー〟って呼んでるの、わたし聞いたんだから」

「誰が？」ナタリーはいった。「わたしが何をしてるかなんて誰も知らないのに」

「そうよね、そんなのあなたの勝手だもん」ロザリンドは批判するようにいった。「つまり、みんな好きなようにやっていく権利を持ってるし、当然、あの子たちには人の悪口をいう権利なんてないのに。その人が好きなようにやってるからって」

それまではロザリンドのことをよく見ていなかったので何も感じなかったが、急に同調するものを感じてナタリーはいった。「わたしがあの子たちに望むのは放っておいてということだけ」

「そう、それがわたしのいってることよ」ロザリンドはいった。「だけど、あなたがほんとにあのグループに入ってないんだったら、当然、あの子たち、あなたのこと狂ってると思ってるわよ。それに、あなたやわたしが自分たちとはつきあいたくないんだなんて考えもしないだろうし。わたしが知りたいのは、どうしてああいう連中の仲間になろうなんて思うのかってこと。むこうがこっちを物乞いみたいに見てて、出ていったら嘲笑うっていうのに。そんなのほんとに汚いんじゃない？」

「あの子たちが何を考えようと、そんなのどうってことないわ」ナタリーは重々しくいった。

自分の立場はわかっているといったときも、ナタリーの心は先へ先へと進んで、ひそかに自分の立場を認めてくれている存在を数えあげていた。今は遠く離れていて、嘲笑う子たちに対して無力に見えたにしても、父がいるのはもちろんのことだった。アーサー・ラングドンもいた。彼のクラスでは、ほかの誰よりも自分が理解にすぐれて注意深く、まるで彼の同類か何かのように認められていると思われる節（ふし）もあった——

しかし、みんながみんなアーサー・ラングドンの評価を特別なものと考えているわけではないかもしれないと考えて愕然とした。あの嘲笑う子たちにとっては、彼にしても自分のあずかり知らないほかのものほどの価値はないのかもしれなかった。しかし、当然のことながら、どんな嘲笑も超えて、どんな詮索も超えて、自分が安全に守られているこの上なく貴重な心の我が家が常にあった……「みんな、つまらない子たちよ、ほんとに。おもしろくも何ともない」

「ああいう子たちのいないところを探すことね」ロザリンドが皮肉っぽくいった。「みんな、何しろご立派だから」

ご立派ではない、とナタリーはすぐに思った。けっしてご立派ではない。今から十年、十五年、二十年後に彼女たちが重要な地位にいることはないだろう。名誉と栄光にあふれ、そこに就いた者がほかを見下ろして、こんなことをいいそうな地位には。「どなた？　お名前は何とおっしゃいましたか？　前にお会いしたことがありましたか？　大学で？　それはまた、ずいぶん昔のことで……」

「あの子たち、ほんとに好き勝手してるんだから」ロザリンドがいった。「一人でもわたしたちの立場に立ってみたらとは思わない？」ロザリンドはいかにも不機嫌そうに唇を突きだし、一方の足を前後に揺らしはじめた。ナタリーがそれをながめているうちに、今まであまり気にならなかったものがはっきり見えてきた。ロザリンドはずんぐりした不器量な子で、くすんだ色のさえない顔をしていて、上唇のあたりには産毛が生えていた。「ねえ」ロザリンドがいった。「あの子知ってるでしょ？　ペギー・バートンの大の親友の痩せた子。名前がマクシンなんでマックスって呼ばれてる子。あのね、あの子がこの前の週末いなくなったのは妊娠中絶したからよ」

「ほんと？」ナタリーはいった。

「あの子たちがしゃべってるのドア越しに聞いたんだ」ロザリンドはいった。「それにペギー・バートン——あの子は運がよかっただけ。あの子の男、フットボールの選手なんだけど知ってる？」ロザリンドは強調するように自分でうなずき、ずるそうな目でナタリーをちらりと見た。「ていうのはね」ロザリンドはいった。「スキャンダルを蒸し返したいからじゃなくて、あの子たちはみんながみんな、あんなふうだからいってるんだけど。わたしたち、あの子たちとこれ以上関係しなくてすむってことに感謝しなくちゃ。つまり、大学もあの子たちのことは全部知ってると思うんだ。だから、もしあなたがあの子たちとつきあったら、大学もあなたのこと同じだと思うだろうって、まず心得ておかなくちゃ」

「わたしのこと？」ナタリーはいった。はるか彼方、心の中の触れることのできない孤独な場所でこだまする声があった。あれは嘘、そんなことは起きなかった……

「わたしたちのどちらもそうじゃないけど」ロザリンドがそういってくすくす笑った。「だって」今度はナタリーをもう一度見つめた。「自分のことはわかってるし、あなたのことも見当はつくから」

自尊心がナタリーをくすぐった。このおぞましい相手は同盟を結ぼうとしている。それもナタリーの拠って立つ基盤で——それは何？　表現する言葉があるだろうか？（純真？　誰が純真なのか——いやらしい目をしたこの子が？　純潔？　純潔とは汚（けが）れがないという概念だ。無垢とは清らかで澄んでいることで、どうにも下品な顔をしたこの子が含まれるはずがない。では、無邪気？　潔白？　純粋？）わたしは、とナタリーはロザリンドと目が合った瞬間に思った。わたしはこの子と何らかの基盤の上でつながりあえるのだろうか？　わたしがどんなふうにいうにしても、ロザリンドはついてくるだろう。「それは違うんじゃない」ナタリーはいった。

「そうに決まってるじゃない」ロザリンドは憤然としていった。「わたし、毎晩あの子たちがしゃべってるのを壁越しに聞いてるんだから。あの子たちがいつまでもくすくす笑いつづけるんで、こっちの頭がおかしくなるんじゃないかと思うこともあるくらい。あなたやわたしが考えもしないような、もちろん話したりもしないようなことで笑ってるんだから。それでわたしだってわかるように壁をドンドン叩いてやるんだけど。むこうが怒鳴り返してくるようにね」

「あのね」ナタリーは弁解するようにいった。「わたしたちがおせっかいしなければ……」

ロザリンドは肩をすくめた。「それはまずいんじゃないかな。あの子たち、自分たちのこと、自分たちがすることは何でもいいと思ってるから。あの子たち、誰もあんなグループになんか入りたがらないってことがわかってないもの。みんながあの子たちをどう思ってるかを考えたら、怖くて入れないわよ」

突然に（それで最初にここを訪ねるというロザリンドの決定の構図が突然に明らかになった。文字どおり突然に、おそらくは考えもしないで、出たとこ勝負でナタリーの部屋のドアをノックしたのだ。そこが廊下の端から三番目だったから、あるいはそのドアが信じがたくも不可解にも遠く離れた実家の自分の部屋のドアとどこか似ていたからだろう）、ロザリンドは立ち上がり、美しくもないしぐさで髪を掻きあげ、けだるそうにいった。「とにかく、わたしはあの子たちと何か関係があるなんて誰にも思われたくないの」

「それはそうよね」ナタリーはしかたなくいった。相手がきたときと同じように去るときも、意志も欲求も確信もないままに対応した。

「ねえ」突然アイデアが閃いたというようにロザリンドがいった。「あした、いっしょに朝ごはんにいこうよ。いい？」

「わたし、早い時間の授業があるの」ナタリーはあわてていった。

「わたしもよ」ロザリンドがいった。「七時半ごろにきてノックするから。準備しといて」

「わたし、授業の前に朝ごはん食べるかどうかわからないんだけど」ナタリーはいった。「いつも起きるのが遅いから――」

「起きてるわよ」ロザリンドはいった。「あの子たちに世界は自分たちだけじゃないってこと見せてやろうよ、いい？」

ナタリーの秘密の日記から

愛しい愛しいあなた、いちばん大切で愛しいあなた、ナタリー――話しているのはわたし、あなた自身のかけがえのないナタリーだけど、わたしはたった一つ小さなことをいいたかっただけ。あなたは最高の人よ。みんな、いつかそれがわかるでしょう。わかれば、いつか誰もうあなたのことを笑わなくなるでしょう。いつか誰もがあなたにお辞儀をしてから話しかけるようになるでしょう。そして、みんながあなたを恐れるようになるでしょう。あなたは待つだけでいいの。そう、待てばそうなると約束するわ。なぜなら、それが公平というものだから――みんなは今恵まれているけれど、あなたはこれからということ。どうか心配しないで、どうかどうか心配しないで。なぜなら、心配が夢を台なしにしてしまうかもしれないから、あなたが心配すれば夢は実現しないかもしれないから。

どこかで何かがあなたを待っているの。あなたは今はとても不幸だとしても、微笑んでいればいいの。なぜなら、あなたがあとほんのほんのちょっとで幸せになるとわたしたちどちらにもわかっているのだから。どこかで誰かがあなたを待っていて、あなたを愛して、あなたを美しいと思うの。だから、それはとてもすばらしくすてきなことになるでしょう。あなたが我慢して待ち、けっしてけっしてけっして絶望しなければ、それは絶望が夢を台なしにするかもしれないからだけど、あなたはいつかそこに行き着くでしょう。すると、門が開き、あなたがそこを通り抜ければ、あなたが許さない限り誰も入ってこれず、誰もあなたを見ることすらできなくなるでしょう。いつか、誰かが、どこかで。ナタリー、いいこと。

哲学と銘打った授業にナタリーは週に二度出席したが、デズモンド教授（博士号に意欲を燃やしていたが、学位論文――『プラトンに於ける仮定法が意図するであろうもの』――はまだ仕上がっていなかった）はウエイト嬢が何曜日の朝に出席することにしたのかに気がついていた。ナタリーは面倒見のいい父のもとで、プラトンやアリストテレスの形ばかりの手ほどきは受けていたが、今までそういう思想を要約して女学生の知力にふさわしいと思われる水準にまで還元したり図解したりするよう求められたことはなかった。そのクラスを教え、それを哲学と称している人物――それがデズモンド教授（将来の博士）ということだった――は、何年もかけて自分のテーマを研究してきた人間のほうが、女子に思想を教えようとしている人間よりも上位の存在、少なくとも我慢できる存在と位置づけているようだった。教授は辛辣で短気な人柄で、自分の親しい友であるプラトンをもひどくとっつきにくい存在にしていたが、それはおそらく熱意のない女子が秘密の哲学のサークルにふらふらさまよいこむのを禁じるためだった。そのサークルとは、哲学を教える辛辣な人間たちがプラトン一門やバークレー一門、デカルト一門、ヘーゲル一門と生（き）の酒を酌み交わし、哲学者の運命を相憐れむ場だった。哲学（フィロソフィー）のフィロは愛、ソフィアは知を意味していた。

「無だ」当の哲学者は朝の九時を過ぎたある時点で、そういいだすことがあった。自分のグレーのネクタイを指で触れ、あるいはせわしなく動く指でポケットに触れて、あるいは前列で鉛筆を走らせる女子たちをぼんやりながめながら、考えこむように「無だ」といったり、多少色をつけて「総じて無なるものは完璧な形で存する」といったりした。

〝総じて無なるものは完璧な形で存する〟ナタリーはそれをそこに書くだけで何かになるかもしれないと感じながらノートに書きつけた。

「真空はどうなんですか?」ナタリーの隣に座っていた子が不意に質問した。

沈黙が訪れた。教授（もうじきデズモンド博士）は一点を凝視して独り繰り返した。真空はどうなのか?　それから眉をわずかに吊り上げた。

「そうだね」教授はいった。驚きが先立って、まだ満足感をあらわすところまでいっていなかった。「真空はどうなのか?」声が聞こえた——あるいは、おそらくナタリーだけに聞こえた——プラトンがデカルトに、デューイがバークレーに問いかけるささやき声が。「あの子は何といったのだ?　何のことだったのだ?」博識な哲学の教師たちがみんな眉を吊り上げて微笑み交わし、おそらくこういいあっていた。「科学……科学だ」

「ええと」ナタリーの隣の子がいった。そのとき突然、ナタリーにも、反対側の隣に座っている子にも、その子がすぐに赤くなるばかりで、およそぱっとしたところのない鈍な人間だとわかった。「つまり、完璧な無が存するとおっしゃるのなら、ということですが」

「総じて無なるものは完璧な形で存する」教授は用心深くつぶやいた。「そう、わたしはそういった」

「ええと」その子はそういって教授をまっすぐに見つめた。最初の学年の最初の学期の最初の月の中ほどに哲学の教授を困惑させるのは……「ええと」その子は繰り返した。「つまり——真空はどうなんでしょう?　つまり、真空は完璧じゃないんでしょうか?」

ナタリーは哲学者（ウィリアム・ジェイムズ（訳注—アメリカの哲学者）?）研究サークルの準会員を知っていた。熱心すぎるほど熱心で、選ばれたメンバーの間で自分の地位を確立しようと躍起になり、やたらにジョークを飛ばしては、ほかからうるさがられ、サークルの指導者からも渋い顔をされていた。そういう性急な若者たちには自分が置かれている不確かな位置がわからないのではないだろうか？　――教授は質問した学生のうっとりとした視線を浴びながら、クラスをさっと見まわし、おもむろに口を開き、そして微笑んだ。

哲学のない朝には、音楽史と銘打った授業があった。教授はやはり望みを果たせずにいる人物だったが、それについてはこだわる様子もなかった。教授には才気走ったところがあり、大学の一年生にとっては、年代や作曲家、全音階、カストラート（訳注―高い声を保つために去勢された男性歌手）といったものに関わるよりは、週に二日、非凡な精神の複雑かつ微妙な果てしない旋回に触れるほうがはるかに価値があると感じられた。

「いいですか」教授はある朝、まだ朝食から程ない時間にそういうと、優雅で表情豊かなしぐさで長い手の一本の指をあげた。「けさは皆さんのために弾いてみましょう……」

逃げるわけにはいかないと意を決した人間らしいすばやく断固とした動作で、教授は机の上に積んだ楽譜帳の中から一冊を抜きだした。その場で思いついてという風情だったが、にもかかわらず教授はあらかじめ用意していた楽譜のコピーを前列の女子の間にまわした。もっともピアノに近い前列の端に座っていたナタリーはそれで楽譜と教授の演奏を同時に追うことができた。その曲は今までに聞いたものと比べるとほとんど教育的という印象がないのに気づいた。ナタリーは音楽をたまにしか聞いてこなかったが、そういうときはまったく独りで目を閉じて聞き、頭の中を風変わりな喜悦で満たしていた。楽譜はやっと読める程度だったが、教授がダブルシャープの個所を一貫してシャープで弾いているのには気がついた。でも、最初の学年の最初の学期の最初の月の中ほどに音楽の教授を困惑させるのは……

授業の終わりに、ナタリーは机の前で立ち止まった。そこでは教授が演奏に対する女子たちの甲高い称賛の声にしきりに謙遜していた。教授が笑みを浮かべて向きなおるのを待って、ナタリーは控えめにいった。

「あの、一つうかがってもよろしいでしょうか?」

きみはどこで勉強したの? それは持って生まれた才能なの? 作曲をやってみたら? 教授の顔の絶えない笑みで、ナタリーは自分の質問が通じていなかったと知った。「つまり」ナタリーはいった。「ここですけど――」すでに楽譜を開けて指でその個所をさしていた。「――先生はずっとシャープで弾いていらっしゃいましたが、これ、ダブルシャープじゃないでしょうか?」不可解な微笑を浮かべている教授の顔に向かって、さらに付けたした。「弾いていらっしゃる間、ちょっと不思議に思ったものですから」

「ひどく下手に弾いていたからね、ついでにいえば」教授はあいかわらず微笑んだままでいうと、優雅に片手をあげて異議を唱える低い声を制した。ナタリーは自分の臆病さをいつも思い知らされていたが、気がついてみると案の定その異議に加わっていた。「いや」教授はいった。「ほんとにひどく下手だった。わかる人にはわかるよ」

「そういうわけじゃなくて――」ナタリーは指で楽譜をさしたままでいった。

「この子は」教授はナタリーの腕に手を置き、顔をほかの女子たちのほうに向けた。「この子は音楽を聞く耳を持っている――何といえばいいのかな?――芸術家並みの。たぶん音楽は彼女には意味を持っているのだろう。音楽がわたしたちに持つものを超えてね」

そうなのかもしれない、とナタリーは思った。でも、わたしはかなり疲れた。物わかりのいい笑みと分別のありそうな顔とももども消えてしまいたくなって、教授がほかの誰かに話しかけたのを機に、そっとその場を離れたが、誰もナタリーのほうを振り返りはしなかった。

大学での二カ月目の初めのある日、ナタリーはいきなり角を曲がったとたん（どこへいこうとしていたのか？　どこから駆けだしてきたのか？　あとで思いだすことはできなかった。なぜなら、その瞬間にそれまでの混沌が薄れて、機能する人間に戻ったからだ。その時期はおそらく赤毛のペギー・スペンサーよりは少し遅かったかもしれないが、周辺のほかの女子たちよりはずっと早かった）、誰かにぶつかった。相手はナタリーを助け起こすと、困惑はしていないが、こういう角の危うさはよく知っているという人間の口調でいった。「ほんとにごめんなさいね。ちゃんと前を見てなければならなかったのに」

「わたしが悪いんです」ナタリーはいった。何も落としてはいなかった。落としていたら、それを捜そうとして顔をうつむけていただろう。しかし、実際には、ぶつかった相手をいやでも見ることになった。ナタリーがまだ娘なら相手は大人の女だった。ナタリーがぼんやりととらえどころがないのに対し、相手はきりっとしてはっきりした印象だった。「大丈夫？」女が娘に聞いた。「あなた、新入生じゃない？」ぺいぺいという嫌な言葉を使わなかったことだけでナタリーはその女を評価し、顔を上げてみた。きれいな女だった。「新入生です」ナタリーは認めた。「まだまごまごしてるんです。それに怖いような気もします」

「みんなそうよ」女はそういったが、そのまま立ち去るのをためらっているような気配だった。ナタリーは最近、人に話しかけるのが怖くて、まず相手を見定めるようになっていたが、その女には何か予定があるのに、自分を助け起こしたことで遅れてしまったのではないかと思った。放っておいてほしいという気持ちと、引き止めては悪い相手に助けてほしくないという自尊心から、ナタリーはこれで切りあげようとした。

「もう何ともないと思いますから」歩きだそうとするふりをしたが、女は急に思いなおしたように向きを変え、ナタリーに付き添って歩きだした。

「わたしも少し前はここの新入生だったの」女はそういって微笑んだ。「わたしはエリザベス・ラングドン。

主人は英語を教えてます。わたしは学生だったんだけど」自分のことをわたしにいうとしたらそれしかないのだろう、とナタリーは思った。「まあ、そうなんですか。わたし、ラングドン先生の授業に出てると思います。一応は」ラングドン教授にのぼせているなどと思われてはという恐れから、ナタリーはおずおずと付けたした。「たしか、あれは先生の授業だったと」

「背が低くて口ひげを生やしてる？」女はそれが何か大事なことだとでもいうように尋ねた。「黒髪？　巻き毛？　ブロンドで眼鏡？」

「黒髪です」ナタリーは断言して、シェークスピア流のくだけたユーモアを交えて話しながら学生たちの前を優雅に動く細身の姿を思い浮かべたが、すぐに自分のぼんやりした白日夢をすっぱり断ち切った（「ウエイトくん？　きみがぼくをおぼえているとは思わなかったな。そう、ぼくはアーサー・ラングドンだ。ぼくがいいたかったのはだね、きみのポーシャの演技は……」）。「もちろん、ラングドン先生に間違いありません。ただ、わたし、入学したばかりなので……」

「もちろんよね」女はほっとしたようだった。やはりそこにこだわっていたという印象だった。「彼、もうスエトニウス（訳注―ローマの歴史家）の引用を始めた？」

そのうちスエトニウスを引用するであろう細身の人物の妻にいい印象を与えておきたい、とナタリーは急に思いついた。「わたしの父は」ナタリーはいった。「人は主張の正しさを立証する方法がほかにないときに引用をするものだといっています」

「なるほどね」ラングドン夫人はいった。その所見をあとで夫に対して使おうと蓄えているのかもしれない、とナタリーは思った。（「ねえ、わたし、思うんだけど、人は……」）。「ここが気に入った？」ラングドン夫人が聞いてきた。

もちろん、そう聞かれたのは初めてではなかった。ナタリーは苦笑いですまそうとしたが、途中でなぜか気が変わって落ちつかないままにいった。「それがまだわからないんです。つまり、おぼえることがありすぎて」

「角を曲がるときは走らないとか?」ラングドン夫人はそういうと、微笑みながら歩みを止めた。「わたしたち、ここに住んでるの」夫人はいった。「教職員住宅よ——建てかたを見て。この大学の先生が手がけたのよ。もう亡くなったけど。大学の石細工とか排水管の修理ぶりも見てごらんなさい。そういえば学生は」夫人はまじめな口調でいった。「先生に援助や助言を求めるのは自由と思っているけど、ちゃんと招待されたのでなければ、教職員の家を訪問するのは控えたほうがいいわね」夫人がまた微笑んだので、ナタリーも微笑み返した。「誰もそんなこと、たいして気にしないけど」夫人はいった。「どう、寄っていかない?」

「ありがとうございます」ナタリーはいった。わたしがこんなにさりげなくアーサー・ラングドンの家に招かれるなどということがあるのだろうか?

中に入ってドアが閉まると、ナタリーは狭い玄関の間でしばらく立ち尽くした。ここに間違いなくアーサー・ラングドンが住んでいるという事実が何とはなしに家の空気を色づけているようだったが、それは彼のパイプの煙のせいではとも思われた。玄関の間に立っている間も、自分の足がアーサー・ラングドンの足跡を正確に踏まえているかもしれなかった。彼がいつかこのドアのノブに触れたという可能性も否定できなかった。

エリザベス・ラングドンはドアを閉めると、再び籠の中に入った鳥が、もう輪や放物線を描くことなく跳び歩くだけの生き物になるのと同じように様変わりした。帽子を押しやり、コートを肩から滑らせて脱ぐと、ナタリーの先に立って明るいリビングルームへ入り、帽子とコートを長椅子に落とした。「あなたも脱いで」エリザベスは身ぶりを交えて、そういった。どうやら、家の外ではただの学生に過ぎなかったナタリーを家の中ではそれ以上の存在として、一個人として受けいれているようだった。ナタリーは苦労してコートのボタンを外しながら、家の外でエリザベス・ラングドンと出会ってからのことをぼんやりと思った。無事を確かめてからの型どおりの質問と程よい笑い、丁重で公平で礼儀正しい態度、家の中では思いもよらないことをいっているのかもしれなかったが、それをおくびにも出さないエリザベス・ラングドンの姿が浮かんできた。

「とてもすてきなおうちですね」ナタリーはいった。すでに室内にさっと視線をめぐらしてはいたが（そのときついでにエリザベス・ラングドンをひそかに見て思った。ここで見つけて驚くものといったら何だろう？　わたしがここにいたら幸せな気分になれるだろうか？　わたしにもここにあるもののよさがわかるようになるだろうか？）、あらためて大げさに見まわしてみて、マントルピースの上方に掲げられたヘイター（訳注―英国の版画家）のエッチングにしばらく目を止め、椅子のカバー、カーテン、敷物の調和した色づかいに感心して見入った。本もあった。ナタリーは自分だけの秘密の手法（鈍い色の装丁に対する明るい色のカバーの割合を見る）で、その蔵書とラングドン夫妻に対する評価を行なったが、疑問符のつく結果になった――黄色と赤が多すぎ、子牛革の装丁が少なすぎた。自分はラングドン夫妻が大好きになるだろうという予感はしたが、エリザベスには少しばかり残念に思えるところもあった。

「飲み物を出しましょうね」エリザベス・ラングドンがいった。しばらくの間、二人のコートを掛けるのに忙しかったが、ようやく髪をくしゃくしゃにしてクロゼットから出てきた。「カクテルがいい？　マティーニ？」

これはまたずいぶん気取りのないこと、とナタリーは思った。大学にきてせいぜい一カ月という自分に、この人がカクテルを出す筋合いはないし、そんなことをいいだす筋合いもないのに。「ありがとうございます」ナタリーはそういいながら考えた。彼女はひどく孤独なのに違いない。その一方で、自分の問題は座るかどうかという一点に絞られていた。学生としてなら、教授夫人が立っている間は座るべきでなかった。客としてなら座ってもよかった。唯一の解決策はこの状況全体を、どちらのルールも適用されない空想の国へ棚上げしてしまうことだった。それでナタリーはあくまでさりげなくエリザベスについて狭いキッチンに入っていった。

「お手伝いしましょうか?」ナタリーは尋ねた。

「何もすることないわ」エリザベスは冷蔵庫に頭を突っこんでいた。「アーサーがつくり置きのマティーニのピッチャーを入れてるの。わたしはつくれないから」そういって頭を引っこめた。「それに、彼、授業から帰ってくると、いつももうぐったりしてるから。オリーブは?」

「いただきます」

「あらやだ」エリザベスはいった。パントリーのいちばん上の棚をのぞこうと上体を反らした。「これだけ」そういうと振り向いてナタリーに笑いかけた。「マティーニをフルーツジュースのグラスで飲まなくちゃならないわ。わたし、カクテルグラスをほとんど割っちゃって、一つだけ残ってるんだけど、それはアーサーに取っておかなくちゃならないから」

ナタリーは実のところカクテルグラスとフルーツジュースのグラスの違いがわからなかったが、最後のグラスをアーサーに取っておくというのも何か変なのではないかと思いながら、こういった。「わたし、うちでは母にグラスを拭かせてもらえませんでした。必ず落としてしまうからです」なぜ、そんなことをいったのだろう? ナタリーはまたいぶかった。そんなことはなかったのに。でも、今はそういってしまったことをおぼえておかないと。そのうち、わたしは何一つ割ったりしませんからなどといいだしたりしないように。

二人はものもいわずに用心深く歩を進め、カクテルをリビングルームに持ちこんだ。それからナタリーがためらいがちにふかふかの肘掛け椅子に腰を下ろし、カクテルをきちんとコースターに載せ、差しだされた煙草を断ると（ナタリーは誰が誰の煙草に火をつけるかという問題を解決するまでは煙草を吸う気になれなかった。ナタリーがふかふかの椅子から立ち上がり、マッチを手にしてエリザベスのもとまで歩いていくのはむずかしかったが、エリザベスが長椅子から立ち上がり、マッチを手にしてナタリーのもとまで歩いてくるなどということはとても考えられなかった。ほとんど無意識に煙草を吸う人間のように、エリザベスが上の空でポケットから一本取りだし、おしゃべりしながらマッチをしばらく持ってから無造作に火をつけて、勝手に吸いはじめてくれたら、自分も火をつけるのだが、と思った）、エリザベスは上体を反らして長椅子に深々と座り、にこやかにナタリーを見つめながら、大事な問題を持ちだすにはまだまだ時間はたっぷりあるという様子で話しかけてきた。「すると、あなたはうちの主人の生徒さんということね？」

「間違いないと思います」ナタリーは用心深く答えた――あまり気をまわしているようには見えないように。

「ここの生活は気に入った？」エリザベスが尋ねた。

その質問にはまだ答える用意が十分に整ってはいなかった。今できることといったらこの押しの強い親切に率直な態度で応じるくらいだろうと最終的に判断して、ナタリーはエリザベスを見つめ、にっこりして肩をすくめた。「正直なところ、とてもすばらしいとまではまだ思えないんですけど」ナタリーはいった。「誰もほかの人のことにはそれほど関心がないみたいですし」

エリザベスはうなずいた。その見解を一つの事実として受けとることにしたようだった。「そうね。でも、そういうことだと、みんな、ほかの人にだんだん関心を持たなくなって、相手もそれに慣れてしまうでしょうね。ここのみんなが自分自身や自分の関係には大いに関心を持つけど、ほかの人とか、教育とか、若い人の養成とか、ほかの人を助けることを気にしないのはそのせいなのよね。みんなが気にするのは、できるだけ多く、できるだけ早くということばかりで」

何から始めよう？　ナタリーは思った。「それ、教育というものをうまくいいあらわしていますね」ナタリーは手探りで進んだ。「ただ、そこまで多くを学んだとしたら、それはそれでたいしたことなんでしょうけど」

エリザベスはそれには反応しなかった。カクテルグラスをじっと見つめていた。ブロンドの長い髪が顔の両側にふわりと垂れ、目は真剣味を帯びていた。ナタリーが話し終わるのと同時に急に視線を上げ、にっこりしてこういった。「わたしはもうちょっと意地悪な見かたをしてしまうみたい。前は学生だったけど、今は教授の妻だから」

「ということは、お友だちが二倍いるということじゃないですか」自分たちは今、友だちの話をしていたのかしら、とナタリーはいぶかった。

エリザベスは首を振った。ナタリーはその動きで飲み物がこぼれるのではないかと思ったが、グラスがもう空になっているのが見えた。ナタリーは急いで自分のグラスを持ち上げて中身をすすった。「それはね、わたしにはほとんど友だちがいないってことなのよ」エリザベスは今はナタリーが飲むのを見まもっていた。「あなたにはわからないでしょうね。つまり、わたしが学生として知っていた女の子たちは今、最終学年になっていて、その子たちと話すのはとてもむずかしいの。もちろん、ほかの教授夫人たちはわたしからすると年をとりすぎてるし」

「結婚する前に大学をお辞めになったんですか？」ナタリーは興味津々(しんしん)で尋ねた。それはたいへんなことで羨んでもいいくらいだ。

エリザベスはもう一度長い髪を揺すった。「わたし、そもそもこうなりたいなんて思ってなかったの」エリザベスはいった。「わたし、あなたより三つほど上でしかないのよ」

それなのにここに座ってカクテルを振る舞っている、とナタリーは思った。「わたし、十七です」ナタリーはいった。

「でしょ」エリザベスがいった。「わたしはこの前の誕生日で二十一になったもの」

そうは見えないといってもいいのだろうか？　ナタリーは思った。「あなたはとってもおきれいだと思います」ナタリーは自分がそういったことに衝撃を受けた。それはふだんのレパートリーにはないことだった。

エリザベスはまたにこりとしたが、今度の笑みは喜びで深まり、目が輝いていた。「あなたはいい人みたいね」エリザベスはいった。「カクテルのお代わりは？」

ナタリーは半分が残っている自分のグラスを見た。「わたし、飲むのが遅いんです」

「じゃ、待ってるわ」エリザベスは手にしたグラスをくるくるまわした。ほかの何かをするでもなく待つだけのつもりでいるのは明らかだったので、ナタリーは残りを急いで飲み干し、オリーブをくわえ、それで口をふさがれたままグラスを差しだした。

エリザベスは飲み物を持って戻ってくると、「わたしとペースを合わせるようにして」といいながら、ナタリーのグラスをテーブルに置いた。

「そうなの」エリザベスはさっき中断したところから会話を再開した。「わたし、自分がどういうことになってるのかわからないまま、自分の英語の先生と結婚したのよ」長椅子に腰を下ろすと、暗い顔でナタリーをじっと見た。「ときどき泣きたくなったわ」エリザベスはいった。

ナタリーはそもそも酒に慣れているとはいえなかったし、とまどうばかりの午後を過ごしながらのカクテル二杯には慣れているはずもなかったので、すっかり箍が緩んで愉快な気分に、友好的で同情的で自信に満ちた気分になりはじめていた。今ではエリザベスがすばらしい美人であることもはっきり見てとれた。大学生が結婚するのはもう不思議とは思えなくなってきたが、何らかの不幸がこの完璧な女性に取りついているということだけは不思議だった。

「何かお役に立てればいいんですけど」ナタリーはいった。自分の目に涙がこみあげてきたように思われた。「友だちになってちょうだい」エリザベスはいった。真剣な眼差しでナタリーを見つめていた。「友だちになって」

「誰にもいわないいって何をですか?」

エリザベスはそのとき空のグラスを手にして立ち上がっていたが、動きを止め、ドアのほうに心持ち向きを変えて耳を傾けた。室内の音が途絶えると、お互いに呼び交わし笑いあうような人声が外から聞こえてきた。エリザベスはすぐに緊張を緩め、ナタリーのグラスに向けておざなりに問いかけるようなしぐさをした。

「いえ」ナタリーはいった。「いえ、もう結構です」

エリザベスは何もいわずに向きなおってキッチンへいくと、じきにグラスを満たして戻ってきた。「誰にもいわないで」エリザベスはいった。「誰もわたしが不幸だなんて思ってないわ。わたしが不幸だなんて夢にも思ってないわ。でも、いったん不幸だっていうことがみんなに知れたら、みんな、なぜだろうといぶかりはじめ、こちらをじろじろ見て、それは年をとったか何かのせいだろうと考えるわ。とにかく、みんな、嫉妬深いのよ。わたしはまだ前と変わらずきれいなのに」エリザベスは誇らしげに首をめぐらせた。前にもまして自分を痩せて未成熟だと感じていたナタリーは、感嘆してうなずくばかりだった。「いい?」エリザベスは体の前で空いた両手をひろげ、その指を見つめながら言葉を継いだ。「学生はみんな、わたしが教授夫人たちと友だちだと思ってるし、教授夫人はみんな、わたしが学生たちやほかの学部の教授夫人と友だちだと思ってるし、ほかの学部の教授夫人はみんな、わたしがまたほかの学部の教授夫人と友だちだと思ってるし、またほかの——」エリザベスは言葉を切って目を見開いた。ドアの外で足音がしたかと思うと、ドアが開いてアーサー・ラングドンが入ってきた。

アーサー・ラングドンはハンサムにしてもくたびれていた。セーム皮の肘当てがついた擦り切れ加減のスポーツジャケット姿だったが、他人の目に映る実像よりも洗練されたイメージを自らに対して描いているのではないかと思われた。アーサーはドアを入ると、自分の妻、ナタリー、空になったカクテルのグラスにさっと視線を走らせた。それから無言でブリーフケースをドアのすぐ内側に置き、ゆっくり部屋に入ってきた。もう一度すべてを見てとるようなすばやい一瞥をナタリーにくれてから、妻をじっと見た。

「ただいま」心をこめて声をかけると、肩越しにナタリーに微笑みかけた。

「一杯だけだったの」エリザベスがいった。「この子もいってくれるでしょうけど、一杯だけだったのよ」

「それはそうだろう」アーサーはエリザベスにいうと、ナタリーのほうに向きなおってにっこり笑った。「家内はぼくたちを引きあわせるのが億劫らしい」アーサーはそういった。「ぼくはアーサー・ラングドン」

わたしが彼のことを誰と思ったというのだろうか？　ナタリーはいぶかった。「わたし、ナタリー・ウエイトです」そういって、すぐに自分の立場を確立するため（意を決した彼に放りだされるかもしれないので？）こう付けくわえた。「先生の一年生の英語の授業に出ています」

「じゃないかと思ったよ」アーサーはいった。「ぼくもお仲間に入れてもらえるかな？」

アーサーはナタリーからほとんど空になったグラスを受け取ると、妻のグラスをろくに見もしないでその前を通り過ぎキッチンに入っていった。すぐに戻ってくると、一度妻を見てから、ナタリーに飲み物を満たしたグラスを渡した。「乾杯」アーサーはそういって、ナタリーと二人で飲んだ。神経を研ぎ澄ましていたナタリーは、アーサーが自分用の一つだけのカクテルグラスを使っているのに気づいた。「さてと」アーサーはナタリーの隣の椅子に腰を下ろした。「きみはここの生活をどう思ってるの?」

「とても気に入ってます」ナタリーはいった。「もちろん、まだちょっと慣れないところがありますけど」

「もうしばらくは慣れないだろうね」アーサーはいった。「ぼくは慣れるのに四年かかったもの」

「でも、わたし、先生の授業を楽しんでいます」ナタリーはそういいながら考えた。父は今以上に知的になれと教えてくれた。しかし、アーサー・ラングドンには当惑させられた。アーサーはナタリーとの間に微妙に通じるものを持っていた。彼の言葉には一つのレベルに留まらない意味があるようだった。五分ほどのうちに二人の間にコミュニケーションが確立されたようだった。実際、彼はナタリーがもっと知的に話せるということにはっきり気づいていて、環境へのとまどいが薄れたあとで会話らしい会話が始まるのをゆっくり待っているようだった。彼はみんなをこんなふうに感じさせるのだろうか、とナタリーは思った。ほかの誰もが受けるであろう印象を自分も受けているのではという懸念からナタリーはつっかえながらいった。「先生のけさの授業でわたしの父を思いだしました」

アーサーは微笑んだ。「一年生は誰でも遅かれ早かれ気づくものだよ。先生の誰かが自分の父親を思いださせるとね」

「今また父を思いださせられました」ナタリーはいった。「父もそんなふうにしゃべるんです」

アーサーは信じられないというように眉を吊り上げた。

「父は物書きなんです」ナタリーは弱々しくいった。父が配管工であったなら、いっそ警察官であったなら、そのことを口にするのにこんなに苦労することもなかったのに、という考えが脳裏をよぎった。彼のほうから父は誰かと尋ねてきたらともかく、とナタリーは思った。こちらから思いきっていわなければならないだろう。でも、いったところで誰のことか彼にはわからないとしたらどうすればいいのだろう？「アーノルド・ウエイトといいます」ナタリーはいった。

「ほんと？」アーサーはうなずいた。ナタリーはすぐに、彼は父の名を聞いたことがないと確信した。わたしが——当惑し混乱しながらも、場合によっては謝罪を交えて——何者か説明しなければならないかもしれない。すると、アーサーは何度も繰り返しうなずいて、こういった。「いつかお目にかかりたいね」

「そうしていただけたらいいんですが」ナタリーは丁重にいった。

エリザベス・ラングドンは身を乗りだして長い髪を顔のあたりに垂らし、両手で空のグラスを抱え、夫とナタリーが発言するたびににこやかにそちらを見やっていたが、にわかに興味をあらわにして、こういった。「お父さん、作家じゃなかった？」

アーサーとナタリーはともに無言のままエリザベスを見つめた。「ほら」エリザベスは何かを描こうというようにグラスを動かした。「作家のアーノルド・ウエイトじゃないの？」

「ええ、まあ」ナタリーはぎこちなくいった。「父は本を一冊しか書いてないんです」

「たしか作家だったわよ」エリザベスは満足げにいった。「おぼえてるでしょ」夫をせっつくようにいった。「何かの雑誌に載った彼の記事、読むようにって見せてくれたじゃないの。わたし、それを読んで、ともいいと思ったの」

アーサーがナタリーにいった。「お父さんがきみに会いにきたときにご一緒できるといいね。それから、きみがお父さんに手紙を書くなら」アーサーは控えめな笑いを交えて付けたした。「お父さんが書いたものを上級のクラスで使わせてもらうつもりだといっておいて」

「必ず伝えます」ナタリーは感謝していった。

「ついでだけど」アーサーは妻のほうにまっすぐ向きなおり、妻に向かって話しているということを示した。「女の子が二人、夕食前にうちに立ち寄ることになってるんだ」

短い沈黙があった。そのあと「誰?」とエリザベスが聞いた。

「ぼくの学生の二人だよ」アーサーがいった。

「もうそろそろ五時ですよね」ナタリーが早口でいった。「わたしは失礼したほうがよさそうです」

ナタリーが立ち上がると、アーサーがいった。「まだいいんじゃないか。ほんとに何か大事な用があるっていうのでなければね。あの子たちと会うのも楽しいんじゃないかな」

「そうですね」ナタリーはためらいながらいった。この二人が自分の父に気をつかって、あるいは自分自身に気をつかってこのままいてほしいと思っているにしても、どの程度本気なのかはわからなかった。「では、いさせていただこうと思います」ナタリーはそういって何の先例もない空想の国へと逆戻りした。

「どうぞいてちょうだい」エリザベスがいった。

それは少なくとも口先だけでいっているのではなさそうだった。ナタリーは恥ずかしそうに微笑んで、また腰を下ろした。

ナタリーが居つづけるという意思をはっきり示すと、それでナタリーが何をいっても気にしない家族の一員になったとでもいうように、アーサーは妻に対して遠慮なくものがいえるようになったふうだった。ナタリーが先客として残ることが決まると、夫妻は新しい客の話に移った。ナタリーが歓待の準備を分担してくれるだろう、グラスを運んだり、灰皿を空にしたり、あるいはすぐに使える雑談のネタを用意して待機してくれるだろうと望んでいるのかもしれなかった。

「二人ともそれぞれカクテル二杯しか飲まないだろうけど」アーサーが妻にいった。「プレッツェルか何かある?」

「何だってあの子たちのことで大騒ぎするの?」エリザベスが立ち上がる気配もなくいった。

「自分の学生が訪ねてくるときはちゃんと用意をしていたいんだよ」アーサーがいった。

「無料(ただ)の飲み物とあなたの名言の二つ三つにありつけるなら、あの子たち、いうことなしじゃないの」エリザベスがいった。

「それでも」アーサーが強調した。「ぼくは自分の学生をできるだけ歓待してやりたいんだ」

エリザベスがナタリーに話しかけた。「あなたもわたしも特別なものなんて何も要らないわよね? プレッツエルとか、輸入もののキャビアとか、ホロホロチョウの胸肉とか?」

ナタリーがしゃべろうとして口を開き、アーサーもしゃべろうとして口を開いたとき、ドアの呼び鈴が鳴った。「ぼくが出る」アーサーが即座にいった。急いで玄関へ向かうのを妻は無表情に見送った。

「待ちきれないんじゃない?」エリザベスはナタリーに向かって不快そうにいった。

ナタリーはどうにも居心地が悪く、帰ればよかったと思いながら、その一方で実際に関与していなければ目にすることのない一連のできごとを楽しんでいたが、ともかくも腰を上げたときには、アーサーがドアを開けていた。

「プレッツェルか何か取ってきましょうか?」ナタリーはエリザベスに聞いた。

エリザベスは笑った。「アーサーが取ってくるわよ。アーサーのご立派な主人役がどんなものか見てて」

アーサーは二人の女子を引き連れて部屋に戻ってきた。二人ともアーサーに見とれていて、しばらくはナタリーにもエリザベスにも目もくれなかったので、ナタリーは無遠慮に二人をながめることができた。エリザベスが美しいというのと同じように二人とも美しいのをいらだちをもって見てとったが、それは嫉妬だということに自分でも気がつきはじめていた。かつてはかわいい赤ちゃん、かわいい女の子、全寮制学校のかわいい生徒だった二人のまろやかで華やかで豊かな美は、ようやく大学で年ごろになって完成をみていた。エリザベスの美しさが翳ってきているように二人の美しさも翳っていくだろうと考えても、ナタリーにはわずかな慰めにしかならなかった。その美しさが美しさの自覚によっておのずと形成され補塡されていって、まず間違いなく空っぽの頭を覆い隠していると考えても、それは何の慰めにもならなかった。若い女の美しさは夫を手に入れるための保険のようなものというのが自然の摂理だとしても、この二人が結婚できるのは世の男のうちのせいぜい数人でしかないのだが、いくらそう考えても慰めには程遠かった。

二人のうち一人はヴィッキーという名前で、もう一人はアンだった。ヴィッキーは長いまつ毛の大きな黒い目をしていたが、それはつくりもので、まるで本人と見る側の間のジョークのようだった。それにがっしりした縁の眼鏡をかけていた。ヴィッキーはジョークを強調するかのように、その眼鏡を絶えずもてあそび、いかにも有能そうなしぐさで外したり掛けたりするかと思えば、振ってみせたり両手で持ったりして、結局、それが顔にのっていることはめったになかった。さらに眼鏡があろうとなかろうと、自分の周囲をまわるものは何でもはっきり見ていて、遠慮なくそれをおもしろがっているという印象をにじませていた。

アン——この二人は何か目的があって友だちになったのだろうか?——は優しげで控えめだった。『若草物語』から抜けだしてきたような、とナタリーは軽蔑気味に思ったが、ほぼ同時に、あまり甘く見るのは賢明でないと思いなおした。本人は恥ずかしそうに微笑み、今にもお辞儀をしそうな風情でナタリーに、エリザベスに、ヴィッキーに、アーサーに優しげな視線を送っていた。この美しい世界で誰もが内気な自分に親切にしてくれるのが信じられないというようでもあった。ただ、いったん何かを手にしたら、それを後生大事にしてほんのわずかも譲りそうにないというのは明らかだった。

「こんばんは、奥さま」アンがエリザベスに物柔らかにいった。「ご機嫌いかがですか?」

「とてもいいわ、ありがとう、アン」エリザベスは長椅子から動きもしないまま、そう答えた。

「奥さま」ヴィッキーが手を差しだしながらエリザベスに近づいていった。「ずいぶんお久しぶりです」

二人はエリザベスの旧友なのだろうか? ナタリーはいぶかった。学生のころに知りあった子は何人かいるだろうけれど。ナタリーは自分の名前を耳にして振り返った。「ナタリー・ウエイト」とアーサーがいっていた。

「こんばんは」ナタリーは丁寧にいった。長い一分の間、二組の目がおそらくは見下すように、品定めしながら自分に注がれているのを感じた。

「食堂かどこかで会ったことあると思うんだけど」食堂という場所を低く見ているような口調でヴィッキーがいった。そこは自分が相続した地所の一部だが、あまりに貧弱なので、あるいは住人が田舎くさいので、めったに寄ることはないとでもいうふうに。

「あなた、新入生じゃない?」アンがいった。

わたしが、とナタリーは思った。これまでに大学に印した足跡といえばその程度のものなのだ。自分はたしかにほやほやの新入生だと認め、入学以来、こうしてこの四人と話すまで、あらたまった関係の知り合いというものはいなかったと認めざるを得なかった。ナタリーよりも長くここにいるという共通の優位に立つ四人が今、そろって微笑みかけてきていた。しかし、それと同時に、三人の美人を前にして、ナタリーの内部で何かぼんやりしていたものが凝縮し、その結果、おとなしさや従順さが薄れて、にわかに自分もけっして負けてはいないというような気がしてきた。ナタリーの持ち前の自尊心の拠点の内部から、ほかの砦の防御の弱点がはっきり見えるようになった。ナタリーはこの二人の女子とは親しくなれるかもしれないと思った。エリザベスとアーサー・ラングドンの二人も、まだ区別がつかない新入生たちの中で、ナタリーだけは父親と合わせて個人として認識しているのは明らかだった。それにしても——ナタリーがこんなふうに考えてとまどうことは前にはなかったのだが——誰かをそんなに気にすることに何か意味があるのだろうか？

とにかく、知り合いにしろ何にしろ、三人の女子にとっては座る場所を見つけることが、アーサーにとってはみんなに飲み物を出すことが、エリザベスにとっては何かをいうことがさしあたっては必要なことだった。エリザベスは長椅子から動こうとはせず、今はそれに半ばもたれかかって、冷淡かつ高慢にではあったが、何とかして——見る限りでは——なけなしの丁寧な言葉をしぼりだそうとしていた。ナタリーは自分のグラスをのぞきこんで当惑したが、それはエリザベスのせいというより、はっと気づいた事実、つまりヴィッキーとアンの登場を迎えたどさくさにまぎれて無意識にカクテルの残りを飲み干していて、アーサーから渡された新たな一杯で強いカクテルが四杯目にもなっていたという事実のせいだった。ナタリーはいぶかり、前にもいぶかったことを思いだした。人を酔わせるものは液体でなければならず、なぜ人をおぼれさせる物質というのがキャンディーや煙草のような固体、あるいはただのにおいではいけないのか？　アルコールを飲ま**ない**ければならないという奇妙さにナタリーはとまどい（たしかに夕方近くになってから水をがぶがぶ飲んだりはしなかった）、その独自の見解を披露したくなったが、適当ないいかたが見つからなかった。そのとき、アーサーが何かしゃべっているのに気がついた。

「——それでね、当分の間はその角度から当たってみるのがいいと思ったんだ。きみはぜひあの本を読むべきだね」アーサーはアンに向かっていっていた。

アンはしばらくアーサーを見つめたあとで答えた。それには、自分が口を開くのを待たせることでみんなの目を引きつけ、自分が生まじめな人間で意見を口にするのにも慎重だと思わせるという二重の効果があった。それだけでなく、口を開けば、ちょっと舌足らずな魅力的な話しかたをするのではないかという気にもさせそうだった。でも、もののわかった人なら二度はその手はくわないから、とナタリーは一方的に決めつけた。「その本、貸していただけます？」アンがアーサーに頼んだ。

何て馬鹿なの、とナタリーは思い、エリザベスもそう思っているのではないかと確かめるため、そちらに目をやった。しかし、エリザベスはまた自分の手と空のグラスをじっと見つめていた。

「あなた、ここの生活、どう？」ヴィッキーがナタリーに尋ねた。「まだちょっと慣れない？」

「そんなことありません」ナタリーは丁寧に答えた。「皆さん、とても親切ですから」

「アンとわたし、あなたの下の階に住んでるんだけど」ヴィッキーがいった。「知ってた？」

「同じ棟のですか？」ナタリーは驚いた。

「同じ棟の」ヴィッキーは認めたが、まるでそこが売春宿であるかのようないいかただった。「大学はね、信頼できる上級生を新入生につけるの。新入生が馴染めるように」そう付けくわえて、にやりとした。

「お見かけしたことありませんが」ナタリーがいった。

「わたしたち、この前、あなたがいない間にあなたの部屋にいってみたの」ヴィッキーが口を滑らせた。ナタリーはヴィッキーをまじまじと見たが、ヴィッキーは笑い飛ばした。「気にしないだろうってわかってたから」ヴィッキーはいった。「わたしたち、あなたに興味があって。だって、すごくおもしろそうに見えたから。一人、赤毛の子がいるけどね——」ヴィッキーは大げさに身震いした。「とにかく、わたしたち、あなたがどういう人か見当がつくと思って、それであなたがいないとわかった日にふらっと入ってみたの」

アンはアーサーとの会話を中断してヴィッキーの会話の聞き手にまわっていたが、今はおっとり笑っていた。「忍びこんだみたいなものだったのよ」アンはナタリーに向かってそういった。

「この二人組は信じられないな」アーサーが自尊心らしきものをもって付けくわえた。「何だってやりかねない」

「わたしにはわかりません」ナタリーはあやふやにいったが、それは今の自分の感情がわからないという意味だった。誰か、とくにこの二人が無断で自分の部屋に立ち入ったと思うと我慢ならなかった。その一方、二人はそれを何とも思っていないようで、今はやましさも動じるところもない興味津々の目でナタリーを見ていた。二人の訪問はナタリーへの好意と思われるものに基づいているようで、二人とも例の赤毛の子には批判的だった。そして、その二人はアーサーからは認められていたが、エリザベスからは冷ややかな軽蔑の目で見られていた。

ナタリーは首を振った。これを受けいれ、この二人が認めているらしい自分の価値に賭けてみるべきだろうか。怒りをあらわにして、自分を勝手にいじるわけにはいかない、いくらヴィッキーとアンでもナタリー・ウエイトにからんだら無事ではすまない、とアーサーに見せつけるべきだろうか？　エリザベスはせいぜいがあまり当てにならない盟友というところだった。ナタリーは日記にはいつも鍵をかけ、その鍵を肌身離さず持っていたし、部屋についても自分に手落ちがあったとはどうしても思えなかった。そこですぐに笑顔をつくって聞いてみた。「でも、どうやって中に入ったんですか？　わたし、いつもドアに鍵をかけてますけど」

アンとヴィッキーはからから笑い、アーサーまでもがいっしょになって笑った。それからアンが穏やかにいった。「各階の番号が対応する部屋はね、みんな同じ錠を使ってるの。あなたの部屋は27号室でしょ。だからその鍵で17号室、37号室、7号室みんな開けられるのよ」

「わたしたちがあそこにいたっていうこと、全然知らなかった？」ヴィッキーがナタリーに尋ねた。「あなたのベッドに腰掛けて、あなたの本、読んだんだけど」

それにわたしの手紙も、とナタリーは思った。わたしの服を品定めし、ベッドの下の汚れた洗濯物について云々し、化粧箪笥の引き出しを開け、窓から景色をながめ、口紅を試し、香水を振ってみて、ついでに……「それで、わたしのこと、何かわかりました？」ナタリーは聞いてみた。

「わたし、思ったわ」アンが無邪気そうにいった。「あなたはよく知ればすごくおもしろい人に違いないって」アンはけっして〝すんごくおもしろーい〟というようないいかたはしなかった。「それに本を見ればね」そう付けくわえた。

「ただし、ベッドカバーは別だけど」ヴィッキーが無遠慮にいった。「誰があれを選んだの？」ほんの少しためらうことでかすかな遠慮をにじませてから、こういった。「もちろん、あなたじゃないわよね」

ベッドカバーはぼろぼろになるまで処分しないと心に決めてナタリーはいった。「わたしの母です。母はわたしの服も選んでくれます」自分が服やベッドカバーにも無頓着な変人で、あまりの役立たずぶりに母が絶望していることまでもが言外に伝わればと思った。「本は父が選んでくれます」ナタリーがアーサーに向かっていうと、アーサーはなるほどという様子でうなずいた。

「あなたは自分では何も決めないの？」アンが優しく尋ねた。

「うちの母親なんて」ヴィッキーが悲しそうにいった。「わたしがどんな格好したって気にしないんだから。一度、それを確かめようと思って、黒いマニキュアをしたら――わたしが十五のときだったけど」急いで付けたして、ナタリーからアーサーへと視線を転じた。「――それで晩ごはんの席についたとき、母親の注意を引こうと思って両手をやたらにひらひらさせたんだけど、母親は結局こういっただけ。〝ねえ、ヴィクトリア、もっとお野菜食べたほうがいいわよ。あなた、何だかいらいらしてるみたいだけど〟」

ナタリーは笑った。いつの間にか、打ち解けた雰囲気になっていた。ナタリーはこの二人が得た自分についての情報を認めることにした。そのかわり、この二人の部屋のベッドカバーを絶対に見てやるから、と思った。でなければ、おちおち眠ることもできないわ。

「お代わりは？」アーサーがいった。手を大きく左右に振って、めいめいのグラスを一掃するようなしぐさをした。

「ありがとうございます」アンがいい、ヴィッキーもにっこりしてグラスを差しだした。ナタリーは自分がもう一杯飲み干していたのに気づいてぞっとしたが、そこそこに辞退してもアーサーに一蹴された。アーサーが前と同じように妻の空のグラスを受け取ろうともしないでその前を通り過ぎると、ヴィッキーとアンはお互いに目配せした。それからややためらいながらナタリーにも目配せし、三人そろってにこりとした。

「あなたがた、夏は楽しく過ごした？」エリザベスが唐突に尋ねた。

アンは優雅に肩をすくめ、ヴィッキーはいった。「いつもどおりだったと思います。まあ退屈でしたね」

「もちろん、いっしょだったんでしょ？」エリザベスが今度はアンに尋ねた。礼儀正しい女主人は一人の客に話しかけたら、もう一人にも話しかけるというふうだった。

「ええ、もちろんです」アンはそう答えて、すまなさそうに笑った。「わたしたち、いつもそうみたいですね」

「わたしたち、ほとんど島にいました」ヴィッキーがいった。

「その島っていうのはね」エリザベスが次に話しかける番だからとでもいうように、ことさらにナタリーに向かっていった。「ヴィッキーは謙遜するんだけど、四百平方マイルほどあるちょっとした隠れ家でね、ヴィッキーの一族のものなの。バイド‐ア‐ウィーだかデュードロップ・インだかジョーズ・プレースだかそんな名前だったわね」

「シャングリラ」ヴィッキーがそっけなくいった。「わたしがつけたんじゃありません」

「でも、すてきなところなの。とてもひっそりしていて」アンがエリザベスとナタリーの間の壁を見つめながらいった。

　エリザベスがこれははっきりさせておきたい、今、こういう事実を強調しておく必要があるというようにナタリーにいった。「ついでだけど、アンのお母さんはあなたやわたしじゃとても手が出ないようなイブニングドレスをデザインしているの」

　まず第一に、とナタリーは考えた。どうしてわたしには手が出ないとわかるの……？　それから、まだ試してはいないけれど彼女が非常に強い盟友になる可能性があるということはわかった。もしエリザベスが強烈な社会的風刺を駆使してアンとヴィッキーを違う世界に引きずりこみ、傷つきやすさや貧しさを二人の自尊心の片隅に植えつけられたら……そこまで考えてナタリーは思った。二人が部屋に入ったことにわたしが憤慨しているのを彼女は察しているに違いない。「わたしの母はイブニングドレスも選んでくれますから」ナタリーはいった。イブニングドレスね、と思った。社交界初登場のナタリー・ウエイトのイブニングドレス。

「わたしの兄はニュージャージーで保険を売ってるのよ」エリザベスが少しばかり重すぎる響きを込めていった。

　ナタリーは思わず笑った。ヴィッキーとアンは同時に振り向いて、いぶかるようにナタリーを見つめた。

「彼女、わたしたちをからかってるのよ、ねえ」アンがナタリーにいった。

　この国ではわたしはまったくの異分子と見られている、とナタリーは思った。今度は自分が属するところに留まろう。「そうなんじゃないですか」ナタリーは感じよく応じた。

エリザベスは長椅子の端から身を乗りだし、自分のグラスを床にしっかり置いた。ナタリーとヴィッキーとアンは黙ってそれを見まもった。するとエリザベスは頭をもたげてアンを見つめた。

彼女はわたしが自分の側についていると確信している、とナタリーは思った。それにしても、彼女は何をしようとしているのだろう？

「あなた、まだうちの主人を追いかけてるの？」エリザベスが出し抜けにアンに向かっていった。「ことしは少しはうまくいきそう？」

「みんな、そろそろぼくに見切りをつけようとしてたんじゃないか？」アーサーが飲み物をなみなみついだグラス四杯とプレッツェルを盛ったボウルをトレーに載せて部屋に戻ってきた。そのトレーをコーヒーテーブルに置き、グラスを順に手渡しながら、こういった。「お待たせして申し訳ない。カクテルを新しくつくらなくちゃならなかったんでね」アーサーはしばらくの間、自分の妻を見つめていたが、エリザベスも厳しい顔で見つめ返していた。「すっかり切れてしまってたんだ」アーサーはいった。「プレッツェルはどう？」アンに向かって丁寧に尋ねた。

「あなた」エリザベスが静かにいった。「アンとヴィッキーがこの夏何をしてたか話してくれてたの。とても、おもしろかったんですって」

「ほんと？」アーサーがヴィッキーにいった。その口調はどこか切なそうだった。

「いつものとおりです」ヴィッキーがそういうと、エリザベスが声をあげて笑った。

ナタリーは今、すっかり夢中になって帰る気などなくなっていた。この場面でなら一度ヴィッキーの立場に立ってみたい、あるいはアンでもいいと思った。エリザベスへの同情心はせいぜいが一時のもので、今は奇妙な驚きのようなものがそれに取って代わっていた。この狂った人はこのうえ何をしようというのだろう？　この二人の女子の前で、たいして知りもしないナタリーの前で、どうしてそこまで自分の弱さをさらけだせるのだろう？

「きみのお父さんのことを聞かせて」アーサーがナタリーに向かっていった。ナタリーは彼の思考をたどったうえで（ヴィッキーの家族、資産、名声、ナタリーの父親）こういった。「父は先生にぜひお会いしたいと思っているはずです。先生のことを手紙で書いてやらないと」

アーサーが怪訝そうな視線を投げかけてきたので、ナタリーはいった。「わたし、こちらでのできごとのほとんど全部を書いて送ってるんです。とくに」そういいながら思った。ここは餌をまいてみなければ。「会ってみておもしろい人のことは何でも」ナタリーはアンのはにかんだ笑みを上手に真似て微笑んだ。

「先生はたしかにおもしろいかたですものね」アンがすぐにいった。

「あなたのお父さんって――」ヴィッキーがいいかけた。

「ジャガイモにつく虫みたいにおもしろいわ」エリザベスが長椅子からいった。

みんな、ちょっと飲みすぎね。ナタリーは分別くさく独り言をいった。

そのとき電話が鳴ったが、エリザベスが長椅子から立って取りにいったりはしないだろうということは誰の目にも明らかだった。アーサーが再び部屋を出ていくのを、本人を除く誰もが固唾をのんで見まもった。

「もしもし？」というアーサーの声が別室からかすかに聞こえてきた。ヴィッキーがエリザベスに向かって急きこんでいった。「さっきアンにしたみたいないいかたはないいんじゃないですか、奥さま。だって、アンは絶対に――」

「絶対ってことはないわよ」エリザベスがいった。

ヴィッキーはナタリーにどうしようもないというしぐさをしてみせた。「こういう人たちって、いつだって疑わずには――」ヴィッキーはナタリーに直接いった。

ナタリーは同調して「わかります」といおうと思ったが、いわないことにした。それ以上皮肉をいっても状況が大幅に改善されることはなさそうだったし、ナタリー自身、取り返しがつかないほど深くエリザベスに関わっているわけでもなかったからだ。

「ぼくの研究室にきてみたら」アーサーが別室でいった。

アーサーはドアの向こうのどこかで電話に向かって話していたが、アンはそのドアをちらりと見やってから、困惑混じりの憤慨を控えめにあらわしていった。「とにかく、奥さま、アーサーとわたしはただ――」

「ラングドン先生でしょ」エリザベスがいった。

「ラングドン先生です」アンがすなおにいった。「わたしたち、ただいっしょに勉強しているだけなんです。つまり、わたしは彼の学生ですから、ごく自然に――」アンはいいよどんだ。「いっしょに勉強しているということです」

「それに忘れないでください」ヴィッキーがいった。「あなたも以前は彼の学生だったってことを、奥さま。忘れられては困るんですけど、彼が何に興味を持っているか――」

「それじゃ」アーサーが別室でいうのが聞こえると、みんなが押し黙り、彼が戻ってくるまで口をきかなかった。アーサーはまた椅子に座り、ナタリーに向かっていった。「お父さんのことを話していたんだったね」

「わたしたち、そろそろ失礼しなくちゃ」ヴィッキーがいった。アンがうなずいて立ち上がった。ナタリーは父のことを話そうと口を開きかけていたが、その口を再び閉じ、椅子から立つともなく立った。

ヴィッキーがそれを見ていた。「ついてらっしゃい」最後にそういった。

「いっしょに夕食にいきましょう」アンがいった。

「ええ、喜んで」ナタリーは考えた。わたしは盟友じゃなくて傭兵なんだわ。「どうもありがとうございました」ナタリーはエリザベスにいい、アーサーにはこういった。「とても楽しかったです」

「またいつでもいらっしゃい」アーサーはそういったが、けっして外交辞令ではないようだった。

「ほんとにご親切におもてなしいただいて」ヴィッキーがエリザベスにいった。長椅子まではいこうとせずドアのそばに立ったままだった。エリザベスに触れられずにすますにはあまり近寄らないほうがいいとでもいうように。「そのうちわたしたちのところにも一杯飲みに寄ってください」

「ありがとう」エリザベスがいった。

「奥さま」アンがいった。「どうもありがとうございました」アンとヴィッキーはナタリーを引き連れてドアのほうに向かったが、アンはいかにも親密そうに、きわめて明瞭にアーサーに言葉をかけた。「アーサー、とても楽しかったわ」

アーサーは神経質に妻を見やってからいった。「そのうちまた寄ってもらいたいね」

「ぜひそうさせていただきます」ヴィッキーがいった。

三人が外に出て小道を歩きはじめるのをアーサーが手を振って見送った。アーサーがようやくドアを閉めると、ヴィッキーが声をあげて笑ったが、そのあとしばらくは口をきかなかった。ヴィッキーとアンはナタリーを挟むようにして歩いた。わたしを観察しておもしろがっている、とナタリーは感じた。そのあと、ヴィッキーがようやく口を開いたが、とくに誰に向かってということもなさそうだった。「わたしたちがいく前に、彼女、どれくらい飲んでたのかな?」

「よくわかりませんけど」ナタリーはいった。大げさにいっておいたほうがいいのだろうか?「三杯か四杯では」

「誰かがあのきれいなお顔を引っぱたいてやるべきね」ヴィッキーがいった。「アーサーにそれだけの度胸があればいいんだけど」

アンはジャケットのポケットに両手を突っこみ、小さくダンスのステップを踏みながら小道を進んでいった。「今、あそこにいられたらね」アンはいった。「二人の喧嘩が聞けるんだけど」

十月二日

ナタリー、我が子へ

いや、実のところ、わたしはもうシェークスピアを読んではいない。そういうことが必須と感じられる年齢を過ぎてしまったし、選び抜かれた引用が半ダースもあればいい——つまり、不時の備えもそれとコンコーダンス（訳注—用語索引）で事足りる——という年齢に差しかかったからだ。わたしは中年なるものの引力を強く感じている。それは球技や夕刊紙が愛好の糧（かて）となる年齢だ。

それで思いだすのは、お母さんが風邪をひいてしまったので、しゃしゃりでるのはおこがましいが（ほら、これも引用だが、ややありきたりかな）わたしからおまえにおめでとうといわなければならないことだ。つまり、ある思いがけない小雑誌が、わたしに思いがけない敬意を表してくれて——一連の記事のための特別な要請にわたしが程よい言いまわしで応じたことに対してだが——それで、もしお母さんのお許しが出れば、おまえはこの冬、新しいコートを着られることになるということなのだ。

わたしはおまえのラングドン先生に敬服している。もちろんアーサー・ラングドンのことだね？　彼の名前は広く知られている。今までに何か公表したことはないか聞いてごらん。芸術関係の雑誌に詩が何篇か載ったような気がするが、彼も今や准教授である以上、それは忘れてしまいたいのかもしれないな。おまえはラングドン夫人のことは、以前、彼の学生だったということ以外、多くを述べていないね――彼女に関しては特記すべき点はそれしかないのだろうか？　さて、そちらでは日の当たる場所ばかりを歩こうとしないようにするのだよ、ナタリー。それからお父さんの不勉強を責めることもしないように。この手紙があまりに短いことも許しておくれ。わたしは自分の執筆の時間を割いて、おまえとの連絡を保つのにあてているのだから。信じてほしいのだが、おまえの手紙はわたしの生活の輝かしい中心だ。わたしはおまえが楽しんでくれるよう大学に送りだした。教育を受けさせるためではないが、それにしても、今後は問題のある文法はどうか避けてくれるようお願いする（〝ラングドン先生を熱烈に敬服する〟などというのは勘弁だ！　わたしたち二人ともそんなおまえをよしとはしないからね！）

お母さんはおまえの健康状態を尋ねてくれとせっついてくる。それはもうわたしたちの問題ではないと言い聞かせているのだが、お母さんはおまえの体調を細かく問いただすのが母親らしい気づかいの証明と感じているようだ。たとえば、目に異常はないか、と知りたがっている。あるいは、胸には？　足には？　咳薬の瓶を必ず手もとに置いておくように、ともいっている。おまえがいつも夜になるとしていた嫌な咳に備えてというのだが……それはおまえが三歳のときの話なのに。

愛を込めて

父より

世界のどこかで木々が生長している。今暮らしている寮の廊下を歩きながらナタリーは思った。リノリウムの床を踏む足が、不毛な土を歩くときのような平板な音を立てた。実家の庭にはまだ花が咲いていて、父が書斎の窓からちらちら見やっているだろう——父はナタリーがそばにいてくれたらと思っているのではないか。自分の部屋に向かって歩くナタリーの両側にはドアがずらりと並んでいた。その一つの向こうには勉強している子がいるかもしれなかった。別のドアの向こうには泣いている子が、さらに別のドアの向こうには苦しげに寝返りを打っている子がいるかもしれなかった。階下のあるドアの向こうではアンとヴィッキーが座りこんで、何を話題にするにしても大声で話したり笑ったりしているかもしれなかった。ほかのドアの向こうの子たちはナタリーの足音に頭をもたげ、向きを変え、いぶかったあげくに勉強に戻っているかもしれなかった。わたしが世界でただ一人の人間だったらいいのに、とナタリーは焦がれるように思った。そのあと、でも、案外そうなのかもしれないと思いなおした。ナタリーは自分の部屋のドアの前に着いて、またいぶかった——これがわたしの部屋のドアということがあるのだろうか？ ほんの短い時間で多くのドアの中から一つを認識して、それを〝わたしの〟ということができるのだろうか？ それとも、廊下のこの場所からだけ、よそとは違って見えるのだろうか？——ともかく、わたしは自分の部屋から一つのドアを通ってしか出られない。混乱させられるのはそこから入るということだ。

その内側で、部屋は何かを待ち受けつつもナタリーには興味がない様子だった。一つのドアに対するナタリーの最終決定など部屋自体にとってはたいした関心事ではない、ナタリーがリンボ（訳注—地獄と天国の間にある場所）や火の井戸に足を踏み入れようが知ったことではないというように。一時間余り前にナタリーが置いた本は自らのページをそれ以上繰りはせず、タイプライターは何の作品も生みはせず、窓はナタリーが出かけて以来、何の興味深い光景も見てはいなかった。ナタリーはうんざりして何冊かの本をベッドの上に落とし、ジャケットをクロゼットの中に吊るしてから机に向かって座った。一瞬、ぼんやりした望みが脳裏をかすめた。タイプライターに用紙をセットして、それに何か打とうか？ 本を読もうか、着替えようか、母のクッキーを食べようか、もう寝ようか？　気持ちが定まらないまま窓を見つめていたとき（窓から飛び降りるかもしれない？）、ドアをノックする音がした。

「どうぞ」ナタリーはそういいながら、例によって考えた。相手が開けてほしいと望んでいるのはほんとにわたしのドアなのだろうか？　相手はロザリンドだった。それなら、彼女が望んでいるのはほかの誰でもなくナタリーのドアだということは間違いなかった。

「ねえ」ロザリンドはドアを通り抜けてそっと半分閉めると、挨拶も抜きにそういった。「ねえ、ナット、いいもの見たくない？」

「何？」

「じゃ、きなさいよ」ロザリンドは急きこんでいった。「さあ」

ナタリーは腰を上げるとロザリンドについて再びドアを通り抜け、廊下を戻っていった。二人は階段までの途中にあるドアの前に行き着いた――そこはナタリーがぼんやり知っている誰かの部屋だった。ウィニー・ウィリアムズとかいう名前の前髪を切り下げた子か、みんながサンディーと呼んでいる子か――ロザリンドはそのドアの前で立ち止まると、声をひそめていった。「待って。わたしが開けるから、そしたら見なさいよ」

「ねえ――」ナタリーがいいかけた。

ロザリンドは唇に指を当てて制し、ドアノブをつかんでまわすと、いきなりぐいと押し開けた。と思うと、首を伸ばして突っこみながらいった。「見て、見て」

ナタリーはとまどい、心の中で謝罪の言葉を述べながら（「ごめんなさい、お手洗いかと思って」）ロザリンドの肩越しにのぞきこんだが、中には誰もいなかった。

「いなくなっちゃった」ロザリンドは落胆して、そういった。「あの子たち、見せたかったな」

「誰を?」

ロザリンドは笑って肩をすくめた。「また今度ね」ロザリンドはいった。「それじゃ」ロザリンドは廊下を去り、ナタリーは反対方向へ進んで自分の部屋に戻った。


盗みの噂が初めて公然と口にされたのはその晩のことだった。地下室は寮生たちがブリッジに興じる場所、石の床とみじめな灰皿と壊れた長椅子がある場所、ナタリーが気を張りながら隅に座って、誰かが自分に気づき、堂に入った煙草の吸いかたに何かいってくれないかと望む場所だったが、今も寮生たちが騒々しく群れて、いつも誰よりも先にニュースを聞きつける二、三人が声を張りあげて力説していた。

「正直いって」ペギー・スペンサーが正直にいった。「自分が知らなかったら、こんなこと一言もいわなかったんだけど。大学はほんとにみんなを調べるつもりでいるらしいわよ」

「わたしを?」ナタリーはいったが、その部屋で大きな声をあげたのはそれが初めてだった。

「正直いって」ペギー・スペンサーがいったが、部屋の向こうからナタリーに話しかけてきたのはそれが初めてだった。「ほら、なくなったものがたくさんあるでしょ……」

ナタリーは知らなかった。聞いてもいなかったし、聞いたこともなかったからだったが、はっと気がつくと、みんなが自分に向かって話しかけていた。ある子はナタリーのことをいつもヘレンと呼んでいたし、別の子はナタリーが四階に住んでいると思いこんでいたにしても(自分が思っていたほど広く認知されてはいなかったと知るのはナタリーにとって慰めといえば慰めだったが)、みんながナタリーを知っているかのように直接話しかけていた。

「あたしはイブニングドレスがなくなった」一人がいったが、その声がほかを乗り越えて響いた。「それがほんとの始まりよ。あのね、ほんのちょっと部屋を離れたら、ドレス吊るして……」

「二階の誰かは四十ドルなくなったって」別の誰かがいった。

「長年続いてることなんだけど」ペギー・スペンサーがいった。「みんなが一カ月ほどの間にいろんなものをなくしたのに、誰も何もいわなかったのは……」そこで言いよどんで、誰も何もいわなかった理由を探りにかかった。「とにかく」ペギーは言葉を継いだ。「あんまりひどくなったもんで、〝オールド・ニック〟（訳注—寮母のあだ名。悪魔の意味もある）がそれを聞きつけて、それで質問を始めたら……」ペギーは肩をすくめた。「そしたらね、何とほとんど全員が何かをなくしてるってことがわかったんですって。わたしは思ってないんだけど」考えこむように付けくわえ、赤毛の頭をめぐらせて室内の一人一人を見ていった。「ほんとに思ってないんだけど。全部が全部、ほんとに盗まれたとはね」

「わたしはドレスがなくなったのよ——その日、クリーニングに出してないのははっきりしてるんだけど、それをおぼえてるのは——」

「——わたしはさ、男の子からもらったライターがさ——」

「——靴なんて考えられる？　誰がほかの人の靴を履くっていうの？」

「——おカネもたくさん。四十ドルなくした子がいたし、ほかにも大勢、おカネが——」

「——誰かがいってたけど、一階の人は手紙と宝石入りのアクセサリーがたくさんなくなったって」

「スリップも。本物のレースのよ」

ナタリーは堂に入ったしぐさで煙草を吸いながら、頭の中で懸命に自分の持ち物を点検していた。もし服やアクセサリーがなくなっていたとしても、ほとんど気づかなかっただろう。同じセーターとスカートを一週間着つづけるので、クロゼットの扉のすぐ内側のフックにジャケットを吊るしておくときに少しばかり開けるのを除くと、今はいているスカートを出してからクロゼットを開けたことはなかった。しかし、執拗な二つの考えに頭を悩まされた。一つは、もし自分が何もなくしていなかったら具合がよくないだろうということに。もう一つは、自分は泥棒ではないかということに。ナタリーは顔が赤らむのを感じ、うつむいて、煙草を踏み消す自分の足を見つめた。もしわたしが何かを盗んでいたらと考えるうちに（盗みはしなかっただろうか？　ナタリーはこっそり誰かの部屋に入り、ほくそえみながら誰かの持ち物をながめ、手紙を読み、写真をながめ、アクセサリーを撫で、好みに合わないものは捨て、それから――ここがいちばん危険なところで、この瞬間までなら念入りに用意した弁解で何とか言い逃れができるだろう――丸めた札束をポケットに滑りこませ、本をセーターの前のほうに押しこみ、本物のレースをいかにも自分のもののように腕に巻きつけ、静かに誰かの部屋から出て、そっとドアを閉め、何食わぬ顔で廊下を歩き、自分の部屋のしっかり鍵をかけたドアの内側で新たな所有物を数えあげるのを想像して、にわかに興奮をおぼえた）、みんなが不意に押し黙って自分を見つめ、同時にこう思っているという気がしてきた。それはもちろん、あの子よ。今、思いだしたけど、あの子がわたしの部屋から出てくるのを見たもの。前からいってたんだけど、あの子……

「あなたは何かなくなった？」ペギー・スペンサーがナタリーに直接聞いてきた。

短い沈黙のあと、ナタリーは考えながらいった。「化粧箪笥に置いておいた小銭だけ。部屋に入ったときにそこに置いておいて、それからシャワーを浴びにいったんだけど、戻ってきたらなくなってたの」今、すべての顔がナタリーのほうを向いていた。「いいたくはなかったんだけど」ナタリーは説明した。「だって、そのときはほかにも何かなくなってるなんて思わなかったし、誰かに迷惑かけたりするのもいやだったから」

「みんな、そんなふうに思うわよね」誰かが賛同するようにいった。

「そうかもしれないけど」ペギー・スペンサーが真剣にいった。「誰も何もいわなかったら、やったのが誰にしたってずっと逃げおおせるだけよ」
「それはそうね」ナタリーはいった。「だって、そうとわかったら、また感じかたが違ってくるもの」なぜ、わたしはしゃべっているの、とナタリーは恥じながら思った。わたしは誰に有罪宣告をしているの？　誰の魂を売っているの？　どんな殺人の手伝いをしているの？　わたしはなぜここにいるの、と悲しくなった。ほかの誰かがわたしから盗んだようなふりをしながら。

ナタリーがわざわざ自分の部屋へ戻って口紅を塗りなおし髪をとかしてから、アーサー・ラングドンの研究室の戸口におずおず立ったとき、彼が振り向きもしなければ微笑みもしなかったのは冷淡といってもいいのではないかと思われた。ナタリーは相手がもう自分に気づいているかもしれないという不安からあえてノックもせず、まだ気づいていないかもしれないという不安からあえて中に入りもしなかった。軽く咳をしてみようか、小声で「ラングドン先生」と呼びかけてみようか、少し後ずさりしてからもう一度足音を響かせてドアに近づいてみようかとも思ったが、そういう細工もすべて、中心点のまわりをいつまでもまわりつづける無意味な軌道にしかなりそうもなかった。というのは、全能のラングドン先生は何かわけがあって、わざわざナタリー・ウエイト嬢に目をやる必要はないと思い、研究室の戸口に宙ぶらりんな状態でいつまでも待たせておいてもかまわないと本気で考えているからだった。それなら胸を張って階段のほうへ引き返そうか、でも、そうしたところでこんなふうにあしらわれる所以（ゆえん）はないということを示せないのでは、とナタリーが思っているうち、アーサーが顔を上げ、今まで深く考えごとをしていたというように、一瞬うつろにナタリーを見やった。ナタリーだと気づくと親しげにうなずき、それで中に入るように、ただし話しかけないようにという指示を伝えた。自分は沈黙を守るべきときには守るタイプだからと思いながら、ナタリーは恭しく部屋に入り、机のそばの椅子にすなおに腰を下ろすと、両手を組みあわせ、いかにも控えめに相手から視線を逸らして、彼が何をしていようがまったく関心がないということを示した。その一方で、彼が疲れた様子で机の上のレポートに屈みこむようにしているのを目の端でとらえていた。きっとエリザベスと喧嘩したのだ、とナタリーは新しい知識に基づいて考え、自分の静かな同情に気がついてくれないかとも思った。

「ああ、保険のセールスマンだったらいいのにな」アーサーが唐突にいって、机のレポートを押し戻した。

ナタリーは答えるべき一瞬の機会を逸した。そして、その一瞬のうちに、アーサーは察してほしいと思っていたのだと悟った。今、何をいうべきか、するべきか（「子どもみたいに振る舞うのはおやめなさいね」彼の手に優しく手を置こうか?）、自分自身ときりのない議論を続けた末に、ナタリーがようやく彼の言いぐさを冗談と見なすべきだと判断したとき、彼が椅子をぐるりとまわしてこちらを向き、こういった。「それでどうした、ナタリー?」

ナタリーはにっこりしたが、そのとき不意に、耐えがたいほどの困惑の瞬間が訪れた。自分の心の奥底が訳のわからない卑猥なことをしゃべっているのが聞こえたのだ。その狂おしい瞬間、自分はそれを声に出していながら気づいていないのではないかと疑った。わたしは今、服を脱ごうとしているのではないか、とナタリーは思った。あるいはバスルームにいるのか、あるいは鏡に映った自分を見ているのか、それともアーサー・ラングドンと二人きりになっているつもりでいるだけなのか。わたしはアーサー・ラングドンと二人でここにいて、服を着ながら、自分に話しかけているつもりでいるのか。わたしは何か恐ろしいことをいいだすかもしれないが、ほんとうにそれをいったのかいわなかったのかさえわからないのではないか。なぜなら、彼は聞かなかったふりをするだろうから。でも、ほんとうはいつまでもおぼえているだろう――今から千年後、アーサーは自分にとんでもないことをいった女の子（ナタリー？　ヘレン？　ジョーン？）についての百回目の話をエリザベスにしているだろう。ナタリーは出し抜けに笑いだし、アーサーの研究室の現在へとただちに自分を連れ戻した。その瞬間、ナタリーはたしかにそこにいて、見れば彼が不思議そうにいっていた。「何を考えていたの？」

「自分が死んだときのことを考えていたんです」ナタリーはいった。

「死んだ？」アーサーは驚いた。「ぼくたちは死のうとしているのか、きみとぼくは？」

「わたしはどんなふうに死ぬのかを心配しているだけです」ナタリーは真顔でいった。考えのないままアーサーにいっていることの多くとは違って、それはほんとうだった。「もちろん、それは必ず起きること、わたしにも起きることだとずっと思っていますが、やはりいつも考えていることがあります。何にしても、いつか、このわたしというおかしな人格も……」ナタリーは言葉を探した。「消え失せる、と」ようやく、そういった。「つまり、わたしはほんとに突然、命の終わりに気づくことになるだろうっていうことです。自分にはもう何も残されていない、もうこれ以上自分といっしょにいられることはないだろう、と。でも、それでいいんです」ナタリーはそういい、アーサーが口を開くのに先んじて急いで言葉を継いだ。「わたしは気づかないまま捕らわれるのが怖いだけなんです。ものすごく怯えたときに急にやってくるあの恐ろしいパニックに捕らわれるのが。そうなったときに怖がるのが怖いんです。だから、当然ですけど、そんなことが起きる前に自殺することをいつも考えています」

ナタリーが言葉を切ると、アーサーがいった。「きみは非常に特異な心性の持ち主なんだね、ナタリー」

「そういうことです」ナタリーはそういいながら思った。ああ、馬鹿なことといって。「わたしみたいな心性を持っていて、死ぬときにそれをなくすっていうことが想像できますか？」しかし、自分は特異な心性など持っているのだろうか、とナタリーはいぶかった。

アーサーは机の上のレポートのほうに手を振った。「そこにほぼ二百枚のレポートがある」アーサーはいった。「一枚一枚すべて読まなければならない。その中でも、きみのはいつも気にかけてるよ」

（ジョーン？　ヘレン？　アン？）「先生の批評、わたしにはとても有益です」ナタリーは控えめにいった。「先生がしてくださるのと同じように、わたしの父もわたしの書いたものをよく論評してくれますが」

ナタリーは父を思いだして急に悲しみに襲われた。父は遠く離れ、ずっと自分のいないままに過ごし、自分はここで赤の他人と話している。

「お父さんはきみが書くものには才能があると思っておいでなのかな？」

「父は誰も褒めません」

「きみは作家になるつもり？」

何ですって？　ナタリーは思った。作家、配管工、医者、商人、署長。将来そうなるための周到な計画。わたしが死体になるつもりでいるように作家になる？「作家ですか？」ナタリーはそんな言葉はこれまで聞いたことがないとでもいうように繰り返した。

アーサーは口を半開きにしてナタリーを見つめていた。自分は考えるのに必要と思われる時間を超えて遅れたうえに間の抜けた答えをしたに違いない、とナタリーは思った。「きみは作家になるつもり？」アーサーはもう一度尋ねた。

そうすると、彼は本気で聞いているのだ。「あの」ナタリーはいった。「なぜ、みんな、作家になるつもりかなんていうんでしょう？　本人にその気はないときでも？　つまり、なぜ先生もわたしの父もみんなも、それが何か変わったことみたいに〝作家になる〟っていうんでしょう？　ほかの何かとは違うみたいに？

作家ってそんなに特別なところがあるんですか？」

ナタリーの返事が遅れても、アーサーには十分に考える間がなかったようだった。「それは書くこと自体が」いったん口を開いたがためらい、そしてこういった。「ぼくが思うに、それは書くことが――そう、何か重要なことだからじゃないかな」

「すると、**わたし**は何を書けばいいんでしょう？」

「そうだね……」アーサーはナタリーを見つめ、それからいらだった様子で机の上のレポートを見つめた。「物語」アーサーはいった。「詩。論説。小説。戯曲」首を振ってから、こういった。「何でもいい――そう、創造的なものなら」

「でも、なぜそんなに重要なんでしょう、創造することが？」ナタリーはそのとき、自分は非常に重要なことをアーサーに聞いている、そして彼もそれに答えてくれると確信して身を乗りだした。自分はただ一つ、ただ一つの答えを必要としている、とナタリーは思ったが、結局、彼は教えてくれないと知らされた。アーサーが首を振って、こういったからだ。「ナタリー、これは形而上学的なナンセンスだよ。人の魂に問いかけるということを、ぼくは必ずしも得意にしているわけではないし、たしかにそれは白昼のあふれる光の中で云々するような問題でもない。それはまた別の時間だ」アーサーは笑って、こう付けたした。「オークの木の下の暗がりに座って、広大無辺の真理を語りあうのもいいだろうね」

それはまさに父がナタリーをたしなめているようだった。ナタリーは椅子に深く掛けなおして考えた。この問題はもう二度と彼には聞くまい。そして考えた。わたしは何て馬鹿なの。彼も今はわたしを馬鹿だと思ってるわ。

「教えてほしいんだが」アーサーが身を乗りだした。「きみは死についての自分の考えを披露してくれたんだよね」

「でも、今までで何が最高かっていえば」アンが話す前から笑いながらいった。「誰かさんのボーイフレンドにダンスにはこないでっていってやったときね」

「わざわざ電報打ったのよね」ヴィッキーがいった。「そりゃ、その子が待てど暮らせど彼があらわれるわけないわよ」

「でも、知らなかったのは本人だけ」アンがいった。「そこがお笑いぐさだったの」

「その人、ずっと気がつかなかったんですか？」ナタリーが尋ねた。

「そこがいちばんのミソなのよ」アンがいった。「もちろん、彼女もあとになって気がついたし、もちろん、彼女にとってはとんでもないことだったんだけど、そこはやっぱり話のわかる人でなくちゃならなかったわけね。何といってもただのジョークだったんだし、彼女だってダンスのために盛装して首を長くして待ちつづけたんだから」

「それから、男の子の母親のふりして嘘の電話して、誰かさんをほとんどヒステリーにさせたの、おぼえてる？」

「それから、あの古い車ね。好き勝手によそのお庭だの何だの、どこでも突っ切って。みんな、怖いもの知らずだったから。それと誰かさんの毛皮のコートにヨードチンキかけたときのことは？」

「あの子、怒った怒った」ヴィッキーが満足げにいった。

「それはそうでしょう」ナタリーがいった。

「でも、もちろん、彼女も話のわかる人でなくちゃならなかったからね」ヴィッキーがいった。

「それから、あのとき」アンがくすくす笑った。「先生がたみんなに招待状を送ったときね。パーティーにお呼びしたんだけど、招待状のいちばん下に大文字で〝奥さまは招待されておりません〟って書いておいたのよね。あれは？」

ヴィッキーは笑った。「それで問題が起きたのよね」

「卒業してからも変わらないことなんてないのね」アンが物思いにふけるようにいった。「誰も何かおもしろいことしようなんて考えつかなくなるのよ、もう」

十月十八日

愛するナタリーへ

おまえの手紙がわたしを楽しませ喜ばせてくれるのはいうまでもないことだが、これまで再三いったように（我ながら何とおもしろくない言いかたたか！）おまえの書きかたには遺憾な点がまだ多く残っている。ナタリー、わたしたち、つまりおまえとわたしは従属節の複雑で微妙な細工を解明するのに、いったい何度、朝の時間を費やしたことだろう。それなのに、おまえの前の前の手紙にはこんな文章があった（おまえの文章を引用するのを許しておくれ。わかってもらえるだろうが、それがおまえを進歩させる唯一の道なのだ。わたしにはおまえが提示された最小限の例もほとんど読みこんでいなかったのではという気がする）〝わたしは大学がとても気に入っています。でも、まだ少し混乱しています。わたしはいつかフランス語を学ぶ気になるとは思っていません。哲学は好きなのですが。お父さんがそのうちこちらへくることはありませんか？〟

引用文のいわんとするところはさておき（ついでだが、フランス語というのは〝学ぶ〟ものではない。

どこかの誰かがいったと思うが、人はフランス語が母語である存在として生まれるか、そうでないかなのだ)、二つの自明の文章を〝でも〟で結びつけるだけでは英語の文体にはならないということだけはいわせてほしい。それらが明確に限定された何かに収束していくのでない限り、一連の短文にさえなり得ないのだ。その何かというのはおまえの場合、〝皆さまに愛を込めて、ナタリー〟であるように思われるが──それは好ましい感情であり、お母さんにはなくてはならないものだが、けっして十分な結びにはなっていない──実際、ほとんど尻すぼみだ。

手紙のことはもういいだろう。おまえは英作文を勉強していると思うが、そのうち進歩が見られると期待していいだろう。おまえと弟が家を掻き乱すことがなければ、お母さんとわたしもお互いに衝突せずにすんでいる。お母さんは夕食のテーブルが今までになく寂しくなったと懐かしそうにいっている。もちろんそのとおりではあるのだが、わたしはそれで確信するに至った。つまり、お母さんは初めから自分の子どもたちをテーブルの席の数で数えていたのであり、満足と心配を交えながら、おまえたちの成長を肉の一切れから二切れへという視点で見ていたのだ──もうじき、うちの小さな娘もすっかり大きくなって、ナイフとフォークを扱えるようになるだろうというわけだ。しかしながら、わたしたちがおまえの不在で寂しい思いをしているのはいうまでもない。

ラングドン先生は《パッショネート・レヴュー》最新号に載ったわたしの記事を見てくださっただろうか? 未見ということであれば、その議論をおまえが我が物として利用し、彼をとまどわせてやってもかまわない。

敬具

父より

ナタリーの日記から　十月半ば

あなたは長いこと疑っていたのでしょうね、愛しいナタリー、何を考えているか、わたしにわかるかしらと。あなたは気づいたでしょうね――ナタリーは最近とても様子が変で、とても引っ込み思案でよそよそしく、おとなしく見えることに。ナタリーはうまくやっているのかしら、何か悩んでいることはないのかしら。ナタリーは何かいいたいことがあったのかしら、とあなたは思っていたのでは。たぶんナタリーは怯えているし、二度と考えないと約束した昔のひどいことをまたときどき考えているのでは、とあなたも思ったでしょう。そう、それが今、わたしがこれを書いている理由なの。あなたがわたしのことを心配しているのはわかっていたわ。あなたが不安でいるのを感じていたわ。あなたがいつも考えているのはあなたとわたしのことだとわかっていたわ。わたしがあの恐ろしいことを心配しているとあなたが思っているのもわかっていたわ。でも、もちろん――これはいっておくけど、ほんとうに――わたしはそんなこと考えてもいないの。だって、わたしたちどちらもそんなことは起きるはずがないとわかっているから、そうじゃない？　それに、あれはわたしたちに取りついた恐ろしい夢だったの。わたしたち、あんなことを心配する必要はないし、心配する必要はないと決めたのを思いだしてちょうだい。

そう、わたしがずっと考えてきたのはまったく違うことなの。わたしはずっと考えてきたの――これはとてもとてもいいにくいことなのだけれど、我慢して聞いてね――今起きている美しく、すばらしく、わくわくするようなことを。それは完全にはいいあらわせないけれど。いい？　こんなふうにいわせてもらうわ。この大学にきたとき、わたしはまったく独りで、あのひどいことがちょうど起きたばかりだったけど、わたしには友だちも思いつく人もいなくて、いつも怯えていたの。今になって、わたしは他人ばかりの世界を歩きまわっているけれど、そのみんなも怯えているのだからわたしも怯えていて当然と気づいて、それから自分が怯えているとわかった以上、先へ進んでそのことは忘れ、ほかのことを見まわすことができると気づいたの。そして、今はほかの人のことは重要ではないとわかっているわ。まったく独りでいる勇気のない人だけが友だちを必要としているのよ。わたしはもう怯えていないのだから、これからの人生、友だちや何かを必要とすることはないでしょう。

　でも、もちろん、わたしはときどき（あなたとわたし以外、これを読む人がいないのはありがたいことね）恋に落ちることを考えるの。それがわたしの身に起きるとはほとんど考えられないけれど、ほかのことでもあれこれ感じているわけだから、恋についてもそれがどんなものか少しは想像がつくわ。たとえば、あらゆる点で自分より優れたところのない人を愛することができる人なんていないと思うの。たとえば、幾つかの点で自分より優れている人をどう感じるかはわかっているから、すべてにおいて自分より優れている人ならどう感じるかははっきりわかるわね。もちろん、そういう人がわたしがほんとうに愛することのできる唯一の人になるのでしょうね。

　わたしは父にこのことを話したかったし、アーサーにも話したかったの。でも、当然のことだけど、誰か男の人のところへいって、すべてにおいて自分より優れている人しかほんとうに愛することはできませんといって、その人がそうでないことをはっきりわからせてやるわけにはいかないわね。

　わたしはなぜ自分がいつも興奮しているのかがわかったらと思うわ。わたしはきっと何かが起きるだろうといつも思いつづけているの。わたしは今まさに自分のことすべてを誰かに打ち明けようとしているのだといつも思いつづけているの。

　わたしは自分が精神分析の先生に何をいうだろうと思っているの。みんな、頭の中ではおかしなことを考えているのに、どこで言葉を探すのだろうと思っているの。わたしはぐるぐるまわりつづけ、ものごとがいかにうまく組みあわさるかを探しつづけているけれど、完全なものなんてないわね。わたしは自分の頭の中にあることすべてを、ありとあらゆることを誰かに教えてあげられないかと考えているの。それから自分がいなくなり、もはや存在しなくなり、すばらしい無の空間に沈んでしまわないかと。そこではもう何も心配する必要はなく、誰からも何も聞かれず気にもされなくなり、何でもいうことができるようになるの。ただし、自分はもはや存在せず、ほんとうに何もすることができないので、何をしようと問題ではなくなるのだけれど。

もちろん、誰かにすべてを話してほしいと思うなら、まっさきにするべきことは心を一つにすることね。だから、たとえば精神分析の先生がわたしに頭の中にあることすべてを話すように望むならば、先生はわたしたちの心が完全に同調するよう、わたしにぴったり寄り添ってくれなければならないということね。わたしが先生に話すことは口外されることがなく、わたしたちの心のやりとりの反響だけがそこにあって、話などするまでもなかったというくらいにするようでなければ。それで、いい？　わたしが優れていると思うのはどういう人のことかといえば、わたしの心をすっかりつかんだあとも、それをしっかり残してくれている人のことね。そうすれば、わたしが無になったあとでも、わたしのことを独りで考えつづけることができるでしょ。でも、もちろん、そんな人が実在するとは思えないし、精神分析にいっているというエリザベスのような人たちにしてもそんなことはまったく望んでいないんじゃないかしら。あるいは、そういう人たちは心がとても小さくて、わずかなエネルギーやスペースで動いているだけなので、精神分析の先生も、自分のすべてをつぎこむまでもなく相手の心をとらえて、その多くを取り残すことができるのではないかしら。そうすれば相手にのめりこむのを避けられるしね。そして、エリザベスのような人たちが、そもそも自分の心が自分の役に立っているとは思えないからほかに預けてしまおうという考えに簡単に同調するのはそれが理由ではないかと思うの。ここでは謙虚にしている必要はないからいうけど、エリザベスがわたしほど賢くないというのはわざわざ指摘するまでもないことね。

わたしはそのことで戦ってくれる人もほしいの。わたしのことを考え、わたしを見まもり、わたしが考えていることをすべて知る人、そしてわたしに気づかれるのを待っている人が、今、わたしのすぐそばにいるとしたらどうかしら。

最近、おかしなことがナタリーの心に舞い戻ってくるようになった。たとえば、六歳のころに出あった、ある光景が浮かんできたりした。それは何度か繰り返されたが、たいていは授業中に、くつろいだ気分でノートに不思議な小さな模様を描いたり、教室の前のほうにじっと目を据えたまま独り取りとめのない考えにふけっているときのことだった。はっきり思いだすその光景というのは、半ズボンと運動靴姿の小さなナタリーが曇りのない目で母を見上げ、母はナタリーのほうに身を屈めて熱心に耳を傾けているというものだった。「わたし、魔法の石見つけた」小さなナタリーが母にいっていた。「それが魔法の石ってわかったのはね、掘ったときに魔法の石みたいに見えたからだよ。だから、しっかり握って、お目々つぶって自転車をお願いしたの。でも何も起きなかったから、その石捨てちゃった」ナタリーは何年もがたった今でもなお母の悲しそうな目を思い浮かべることができた。そして父が笑い、母が自分のために自転車を頼んでくれたのをおぼえていた。シニカルになった後日でも、母が正しかったのでは、と思うことがあった。父が滑稽と思う気持ちを子どもに伝えることよりも、母が魔法を信じる気持ちを持ちつづけることのほうが大切ではないかという気がしたのだ。今も、もし自分が魔法の石をしかるべきときまで持っていたら、あの年のクリスマスイブにも自転車がほしいと石に願いをかけていたのにと思っていた。あの年のイブにはクリスマスツリーの下で自転車が自分を待っていたのだから。そうしていれば、そのあとも魔法は続いていただろうし、あの最初の取り返しのつかないときのせいで因果関係が乱されることもなかっただろう。

ナタリーの後ろの子が当惑したように声に出していった。「うーん、もしロメオが彼女をそんなにほしかったのなら、やらなきゃならないのは彼女を連れだすことじゃないんですか。つまり、二人いっしょにさよならしてしまえばいいっていうときに、何で秘密結婚だの何だのややこしいことするんですか?」

魔法の聖なるルールを犯してはならない、とナタリーは眠気の中で考えた。何かを望むなら、その何かが望まれる用意を整えてからだ。何かを起こそうとするなら、その何かが軌道に乗りかけてからだ。結局、正道をいくのが最善なのだ。この道のりでは近道は許されない。

「わたし、思うんですけど」教室の向こう側の誰かがいった。「結末がもっと幸せなら、もっといい劇になっていただろうって」

ナタリーはわずかに遅刻し、頭の中でお詫びの言葉を述べてみながら、ラングドン家のドアをそっとノックした。やむを得ない遅刻ではあったが、エリザベスに説明するのはむずかしかった。お茶に遅れたのは、彼女の夫が通り道の真ん中に立ちふさがり、約束があるとほのめかしても気づこうとせず、延々と質問を繰りだしては言葉上手に褒めたから……ナタリーはもう一度、もう少し強くノックしてみた。ドアに鍵はかかっておらず、手もとでするりと動いて開いた。ナタリーは少しの間その場に立ち、自分がくるのはわかっているはずだからと考え、これはよそでも同じようにするだろうと言い聞かせて、ドアをさらに押し開け、中に足を踏み入れた。しばらくは何も見えなかったが、突然、エリザベス・ラングドンが長椅子の肘掛けに頭をのせて眠っているのが、そして頭の近くの椅子カバーから煙が太い線になって立ち昇っているのが目に入った。ナタリーは急いで動きだした。「奥さま」というつもりが思わず「エリザベス」と叫んでいた。長椅子に駆け寄ると、エリザベスの頭を脇へ押しやり、火を消そうと長椅子を叩きはじめた。

「何てこと」ナタリーの後ろのほうからエリザベスがいった。エリザベスも長椅子を叩きはじめたが、その手がナタリーの手にも当たった。エリザベスは「待って、待って」というと、廊下を通ってキッチンに駆けこんでいった。エリザベスの手から落ちた煙草が長椅子の見えないところで燃え尽きていて、その気味悪い奥まった内部から立ち昇る煙が身を乗りだしたナタリーをむせかえらせた。エリザベスはカクテル入りのシェーカーを手に戻ってくると、くすくす笑いながらいった。「ピッチャーが水でいっぱいになるのを待てなかったのよ。飲み物を二人分とっておくのを思いだしたから」ナタリーがエリザベスの腕を強く払ったので、カクテルが床にこぼれた。「それ、燃えるでしょ！　水を持ってきて！」エリザベスはぽかんとしてナタリーを見つめた。わたしは非常事態に直面している、とナタリーは思いながらキッチンに駆けこみ、シチュー鍋いっぱいに水をつぐと急ぎ取って返した。廊下の床に水をこぼしながら走った末に、長椅子の燃えている穴に慎重に正確に水を注いだ。

　煙がおさまってから、ナタリーはエリザベスが笑っているのに気がついたが、自分もいっしょに笑っていた。穴がびしょ濡れの醜い染みになり、煙が止むと、部屋には突然、強烈なジンのにおいが立ちこめた。エリザベスがシェーカーを持ち上げて中をのぞきこんだ。「ずいぶん無駄にしちゃった」エリザベスはいった。

「わたしは飲めそうもないですね」ナタリーは笑いながら文句をいった。ことが落着したのと、勢いでとはいえ少しは勇敢に振る舞ったと感じていたからだ。「わたし、あなたが燃えているのかと思ったんです」ナタリーはばつの悪さをおぼえながら説明した。

「もうちょっとで燃えるところだったわね」エリザベスはまだ目を見開いていた。「ありがとう」

「怒鳴りつけたりしてごめんなさい」ナタリーはいった。二人はしばらく落ちつかないままに見つめあっていた。それからエリザベスがいった。「とにかく、カクテルはいくらか残せたわ」

「廊下の床にお水こぼしちゃったんですけど」ナタリーがいった。

「そんなこといいのよ」エリザベスが鷹揚（おうよう）にいった。「だって、やっちゃったの三度目だから。火事になりかけたのは」

「三度目？」ナタリーには信じられなかった。

エリザベスはうなずいた。「ことしになってから三度。一度はフライパンの脂（あぶら）に火がついたの。わたしが見てなかったから。消せないでいるうちにキッチンのカーテンに移っちゃって。もしアーサーがいなかったらわたしの服にも移ってたんだろうけど、彼がわたしを邪魔にならないところに引っぱりだして火を消してくれたから。彼、ほんとにびっくりしてしゃべれないくらいだったのよ。わたし、危うく死ぬところだったわ」

「怖い話ですね」ナタリーは本気でそういった。

「それから二度目はね、わたしが間違って火のついたマッチをアーサーの書斎の屑かごに落としたとき。屑かごが燃えあがって、そのときはスカートにも火がついたんだけど、その屑かご持ってバスルームに駆けこんでシャワーを出しっぱなしにしたのよ。その下に屑かごを投げだして、自分も水を浴びてね。それで、そのときも無事だったわ」

「ご主人もびっくりなさったでしょうね」ナタリーはいった。

「わたしが話したらびっくりしてたわ。わたしに煙草をやめてくれって。彼――」エリザベスは妙な目つきでナタリーを見つめた。「――彼、わたしが自殺しようとしたんじゃないかっていったの」

「あなたが？」ナタリーは思わず尋ねた。

エリザベスは首を振った。「それがわからないの」悲しげにいった。「ほんとにわからないのよ。でも、ときどき、理由はなくもないと思うんだけど」エリザベスは言葉を切って考えこみ、沈黙が続いた。ナタリーがもじもじ身動きしているうちにエリザベスが口を開いた。「彼にとっても当然の報いね」

「でも、死ぬことはないでしょう」ナタリーはいった。

「それはそうよ」エリザベスはそういって身震いした。「ああ、わたし怖いわ」

「わたしもです」

「そうだ」エリザベスがその話はすんだというようにいった。「カクテル飲んでしまわない？」

ナタリーは顔をしかめた。「わたし、平気でいられるかどうかわかりません」そういって、部屋全体を指すような身ぶりをした。「お酒がすべての始まりみたいですから」

「一杯飲んだら、そんなこと気にならなくなるわよ」エリザベスはいった。シェーカーはテーブルの上に置いたままだったが、エリザベスはそれを手に取ってもう一度のぞきこんだ。「ほんと、かなり残ってるわ」そういうと、それを持ったままグラスを取りにキッチンへ入っていった。エリザベスがいない間、ナタリーは窓を開けて、大学のキャンパスをながめていた。なぜか、この家のこの部屋の内側にいると、色づいた木々のもとで軽やかに芝生を横切っていく色鮮やかなセーターの女子たちから仲間外れにされているようだった。彼女たちは小道を外れ、授業料でこの土地の永久使用権を買ったとでもいうように、きれいな茶と白の靴で芝生を踏みしめていた。歩きながら談笑している彼女たちは大学が果たしている役割を理解し、自分たちと固く結びついたこの場所について熟知していた。そして、この大学に親密さと共感をおぼえ、ここをアーサー・ラングドンが教えている場所、あるいは他人の疑わしい善意によって自分の家や優しさから隔てられた場所などとは見ていなかった。ナタリーは急に振り向いて部屋を、そして家具や本や焦げた長椅子を見ながら思った。この部屋の中は実家を別にすれば誰もがわたしの名前を知っている唯一の場所だ。

「少なくとも一人二杯はあるわ」エリザベスがうれしそうにいった。「たぶん、もうちょっと」

「少し残したほうがよくないですか?」ナタリーが用心深くいった。

エリザベスは不機嫌そうな顔をした。「少なくとも今回は彼もわたしが全部飲んだとはいえないでしょ。今回はわたしを責められないわ」エリザベスは長椅子を見やった。「あれくらいで腹を立てるわけにはいかないわよ、そうよ」

「そんなにひどく燃えてるとは思えませんけど」ナタリーはいった。

エリザベスは肩をすくめた。「しょうがないわね」そういうと長椅子に腰を下ろした。いつも好んで座っている側が燃えたので、いやでも反対側にいかなければならず、そちらに心地悪そうに腰掛けて、いつもと反対の肘を肘掛けにのせた。「わたし、本を読んでたのよ」エリザベスは焦げた個所をいらだたしそうに見た。「あのときは本を読んでたのよ」

「次は眠ってしまう前に煙草を消さないといけませんね」

「それ、読書のために心得ておくべきことね」エリザベスはそういうと、テーブルの上の本を爪先で指した。「心理学。わたしには理解できないけど」

「じゃ、何で読んでるんです?」ナタリーは尋ねたが、好きに選択したものを学ぶことができて、しかも選択しても理解することをあっさり拒絶できる人間の途方もない自由に驚いた。

「みんなが読むからよ」エリザベスはいった。「わたしたちみんな、教授夫人はね。それだけじゃないわ、何かしてなくちゃならないでしょ。その一方で、クラスにいる子たちの隣に座って、その子たちが顔をしかめて何かひねりだそうとしてるのを見るのは気分いいものよ。そこに座って、自分はその子たちよりどれだけ多くを知ってるかって考えるのも、その子たちが自分をラングドン先生の奥さまって呼ばなくちゃならないのもね」

「いずれにしても、試験にパスするのには苦労なさらなかったでしょう」

エリザベスは顔をしかめた。「わたし、コースを修了してないのよ。かわいそうに学生はみんな、どんなことがあっても質問されたら答えなくちゃならないでしょ――でも、わたしはうんざりしたら〝いい加減にしてよ、先生〟といって出ていけばいいんだから」

「ご主人の授業はどうだったんですか?」ナタリーは尋ねた。

「あの授業、わたしも取ってたわ」エリザベスはそういって笑った。「最後までずっと出て――試験もパスしたの――アーサーと結婚する前のことだけどね。彼、いつもわたしのレポートに一筆書きこんで返してくれたのよ。そういう書きこみをしたレポートを返してくれたとき、授業中でもときどき声をあげて笑っちゃった。彼が『アントニーとクレオパトラ』の台詞みたいなものを読むと、顔を赤くする子もいたし、恋わずらいみたいに彼を見つめるだけの子もいたわ。でも、わたしはそうしてほしければいつだってわたし独りに向かって同じものを読ませられると思ったものよ。クラスを見まわして、みんなかわいそうねって気がして、嘲笑ってやりたくもなったわ」

ナタリーは嫉妬混じりの興奮に満たされた。そういう特別な秘密の情報を持って、そういう甘美な専有の感覚を持って授業に出たらどう感じるものか、何とかして調べてみようと心に決めた。

エリザベスが溜め息をついた。「わたし、あのクラス好きだったんだけど」エリザベスはナタリーのグラスを満たそうとして立ち上がるときも、なお追想の笑みを浮かべていた。「それにときどき」エリザベスはいった。「ワトソン夫妻みたいな人たちとも会ったし――そのとき、ご主人はわたしの生物学の先生だったの——わたし、〝こんにちは、奥さま、ワトソン先生〟ってきちんと挨拶してたのよ。アーサーと結婚したら、その二人をどんな気分でカール、ローラと呼ぶのかなっていつも考えてたわ。評議員会のディナーや大学の映画会で先生がたといっしょになったらともね。それから好きなときにアーサーの研究室に駆けこんでたけど、誰にも見られたって気にしなかったし。そうしたいと思ったら外泊して、翌朝は笑い飛ばしていたし。それに先生がたのパーティー」エリザベスは続けた。「お茶の会。何だってうまくいったわ」そこで再び溜め息をつき、頭を腕にのせた。長い髪が顔に落ちかかった。「すべてがますますすばらしくなると思っていたのに」

ナタリーが突然、ひやりとするような感覚を再びおぼえたとき、玄関の外にアーサー・ラングドンの足音がした。ドアが開いて、ナタリーは彼を見るときにつきものの軽いショックを感じたが、その姿は記憶しているよりもやや小さく見えた。

「おや」アーサーは表のまぶしい陽光を浴びたあとでしきりに瞬きしながらいったが、そのあと急に口調が厳しくなった。「ここは醸造所みたいなにおいがするな」

エリザベスがさっと立ち上がり、急いで部屋を横切ってアーサーのほうへ向かった。「アーサー」エリザベスはいった。顔には不安の色があらわれていたが、声はよく響いた。「アーサー、聞いて、わたし、きょうの午後、また自殺しようとしたんだけど——」

ナタリーが寝泊りする寮で奇妙なできごとが続いて寮生たちの注意を引くようになったのは、十一月初めの木曜日の夜からだった。その木曜日の夜（満月が出ていたが、それが絶対に何か関係があるとヒステリックに主張する子が何人かいた）、ナタリーの部屋のほぼ真下の部屋に独りで入っている子が眠ったままベッドから起きだし、ドアの鍵を開け、ゆっくりと、しかし目的ありげに廊下を進みはじめたのだ。途中、鍵がかかっていない部屋ではドアを開けて中に入り、眠っている子を片っ端から起こしていった。話によると、彼女はそっと屈みこんで枕を撫でつけてから、眠っている子をピシャリと叩いた。「今夜は眠らないの」彼女は楽しそうにいって部屋を出ていった。彼女が廊下の端に着いたときには、寝ぼけながらも恐怖を感じた一団が寄り集まって、ひそひそと話しあっていた。ほかよりもしゃんとしているという自覚のある一人がようやくグループから離れて、夢遊病の子に近づき、毛布を投げかけて巻きつけた。すると、勇気を奮い起こした数人が夢遊病の子――今は目を覚まして歩いていた――を半ば追いたてるようにして、自分の部屋のクロゼットに閉じこめ、扉の鍵をかけた。一晩中そこに押しこめられた子は、出してくれたらおとなしくするからと泣いて訴えた。

翌晩――金曜日になり、夢遊病の子は無事に医務室に送られた――再び盗みの話が寮にひろがった。前夜は起こされなかったナタリーも今夜は廊下にざわざわと集まった一団の周辺にいたが――誰もが何か新しい刺激を待ち望んでいるようだった――その中の一人が、ほかの子がブラウスを手にして自分の部屋から出てくるのを見たと告げた。ニコラス女史が速やかにベッドから呼びだされ――女史も前夜の騒ぎを見聞きしてはいなかったが、夢遊病の子が朝食前にクロゼットから出されたときにはそれを知らされていた――盗品について何か言い分がある子たちには慎重な事情聴取が行なわれ、告発を待つまでもなく確かであるという重々しい宣告がなされたうえで、訴えられた子の部屋が徹底的に捜索された。それには訴えた子と数人の友だちも加わった。結局、誰も盗品を暴くことができなかったにもかかわらず、その子は服を売り飛ばしてカネに換えたのだろうという話が繰り返しされた。それでもその子を助けようとする優しい心根の一人か二人が、捜索隊が引きあげたあとで部屋をきれいに片づけた。さらにそのあと、その子は有罪と思われるようなことは何一ついわなかったと喫煙室で報告した。

日曜日の夕べ、寮生のほぼ全員とニコラス女史がディナーの席についている間のことだったが、寮のダンスで着るドレスに合わせるため次の週末までに二ポンド減量しなければならないといってディナーを欠席した最上階の子が、自分の部屋から出たとき、階段を駆け下りていく男の姿を目撃した。男は出歯亀と断じられたが、同じ茶色のコートと目されるものを着て寮の外をぶらついている用務員風の男を見たのを数人が思いだした。そのうち、十一歳のときに通りで男とすれ違いざまに性器を露出されてひどく驚いた経験のある子が、これは一部の男に見られる一種の神経症なのだと説明した。女子大の周辺ではそういう問題が起こりがちだと聞いたことがあるのを大勢が思いだした。喫煙室でその種の話を聞いたと母親に書き送ったために退学する羽目になった子もいた。

喫煙室で話を聞いていた四年生が、こういうことは大学では周期的に起きるものだといった。自分が下級生だったころの同じような時期に起きた事例について語り、それは感謝祭とクリスマスの休日が間近だという事実と何か関係があると思うと付けたした。「大学と自分の家との間隔を調整するのに苦労する人がいるのよ」彼女はそう説明した。

盗みで告発された子は退学したが、その直後に二階の子が自分の部屋から小づかい用の小切手がなくなったと申したてた。翌日か翌々日のうちに数人の持ち物がなくなっていることが判明した。一人はいちばん下の引き出しにしまっておいたアンゴラのセーターを取りだしにいったところ、それがなくなっていた。そのすぐあと、別の部屋から煙草二カートンが消え、その特別なブランドを吸っていた寮の子すべてがあわててブランドを変えることになった。

ごく短期間ではあったが、ラム酒の小瓶を食堂に持ちこんでディナーのコーヒーに何滴か垂らすという流行が生じた。それも訳のわからない子どもじみたピッグラテン（訳注―子どもがふざけて使う言葉）の二日間だけの流行に取って代わられた。また、ある晩、食堂で一つのテーブルについていた全員がパンのお代わりを拒否されたといって食事の途中で立ち上がってぞろぞろ出ていった。三階の一人は泣いているところを見られ、実は性病で苦しんでいるとわかってそれを報告され、彼女に地下のトイレを使わせるよう求める請願がニコラス女史に提出された。そのニコラス女史はひそかに結婚していたことがわかり、ピーピング・トムは最上階に彼女を探しにきた夫だったということが確認された。ほかの寮の二人は医務室の睡眠薬を倍量飲んで自殺を図った。やはりほかの寮の氏名不詳の子は人工中絶で死んだといわれたが、赤ん坊の父親の名前を知っているという子が数人いた。父親は夏は水泳場の監視員として、冬はガソリンスタンドで働いている地元の男という信頼できる情報もあった。必ずしも同時にではなくても兄弟と同じ浴槽を使うと妊娠することがあるという話が広く信じられた。

十一月十二日――いや、十三日

愛するナタリーへ。

今は深夜で、わたしはどちらかというと品のない集まりから帰宅したところだ。目下のところはそう思うのだが、一人娘に父親らしい戒めの手紙を書くというのは無上の喜びではないだろうか。よかったら――何とも多くの欠陥だらけの媒体を通してではあるが――もしよかったら、父親らしい戒めの手紙を送らせてほしい。わたしはまたしても欠陥だらけの媒体のことを思う――わたし自身の言葉、合衆国の郵便制度、この手紙がおまえに届く見込みの薄さ、たとえばおまえの優しい寮母（〝オールド・ニック〟といったかな？）がこれを読んで捨てたりしないかとか、おまえたちの寮が焼け落ちて手紙もいっしょに燃えたりしないかとか、何らかの郵便の事故で切手が剝がれ落ちたり、宛て名が消えたりしないかとか――実際、新聞に載ることがあるだろう。二十年も行方不明になっていたあと、ようやく見つかって配達される手紙というのが――今から二十年後、自分の父親からの行方不明になった手紙、善意の助言が長らく役立ずになってしまった手紙を読んだら、おまえはどう感じるだろう？　いや、この手紙がおまえに届くことはあり得ないのでは、という気もしてくる。

さて、ここでは偽りの友人について厳しく意見させてもらおう。そして、おまえに向けられる友情に不可欠の動機が見当たらない者について。そしてあらゆるおべっか使い、嘘つき、いいなりになる者についてもだ。いいか、わたしを信じなさい。動機なくして友情はあり得ないし、動機なくして友情は続き得ない。父から娘へであれ、恋人から妻へであれ、動機やもくろみ*を伴わなければ、いかなる友情も生まれない。さらに、おまえにいっておきたい。こういうことについては自分の知識を全面的に信用してはならない。自分の行動は正確にとらえられなくても、他人の行動は正確にとらえられるという人間もいる。だから、目端(めはし)は利かなくても正直な人間に意見を聞くことだ。そういう人間はおまえに害を及ぼすことはないし、少なくとも、おまえに何かを望んだりはしないからだ。

＊　ここでわたしは不十分ながら自分の意図に気づいた。もし、おまえが理解したのならいいが、そうでなければ、わたしは――今は酔いもさめてきた――おまえが理解できるまで心に留めておくようにといっておきたい。そういえば、おまえはほかに注のついた手紙を受け取ったことがあるかな？

後刻

ナタリー、ここまでは日が変わる前、昨夜に書いたが、わたしは父性的感情むきだしの表現を取り消すつもりはまったくない。わたしは不器用ではあるが、旧約聖書の神のような流儀で、ある真実をいおうとしたと自認しているからだ。昨夜はおまえがそれを聞くにふさわしい年齢になったと考えたからだろう。わたしが心配なのは、おまえが手紙の中では申し分なく幸せとはいえないように思われることだ。わたしは長い間、世に出るのはおまえにとっては厳しいことと思ってきたが、どこであろうと厳しさに変わりはなかっただろうということをどうか思いだしてほしい。わたしがおまえのためにこの大学を選んだのは、かなりの名門で費用もかかるところだからだ。わたしはほかの人間のような俗物ではないというつもりはないが、俗であろうとなかろうと、おまえがある社会的階級の人間に伴う知性や教養に出あうことには価値があると思えるのだ。おまえの友だちになる子たちが必ずしもその典型的な階級の出ではないということは間違いないだろうが、おまえのためのわたしの計画はもともと幅広い教育を含むものではなかったのだ。むしろきわめて限られたもの——半分は大学から人間と環境をもってし、残り半分はわたしから情報をもってするというものだった。おまえにかけるわたしの望みは徐々に実現しつつあり、たとえおまえが不幸でも、一時的な不幸はわたしの計画の一部だと考えて自らを慰めてほしい。たとえば、おまえのすることに関心がないという子たちと親しくすることで、おまえ自身の芸術への志向を強くし、世間に対する守りを固めることになるだろう。ナタリー、おまえの敵は常におまえの友だちがあらわれるのと同じ場所からあらわれるということをおぼえておきなさい。だから、そういう子たちには我慢するように、先方がときどき見せる愚かさに動転させられないように、社会的価値よりもむしろ精神的価値のために親しくなろうという相手は避けるようにしなさい——簡単にいえば、昨夜のわたしの助言に従うようにしなさい。おまえの友だちになりたいと望む相手は徹底的に調べ、その行為の動機を吟味し、その動機をおまえが下劣と判断したなら友情を拒みなさい。わたしがおまえなら、アーサー・ラングドンにもよくよく注意するだろう。わたしは彼の詩を読み返してみた。彼は精神的な人間で、彼にとっては精神的なものが意味あることなのだ。だが、ある一点を過ぎると、この種の人間は信用できなくなる。彼はおまえが認める用意がある以上の服従を期待するだろう。おまえのユーモアが彼の神秘主義を傷つけることになるだろう。どんな状況下であれ、まずわたしの意見を聞くまではアーサー・ラングドンに哲学的観点を変えられるのを許してはならない。

おまえをもっともよく知る人間、常にもっとも深く愛する人間として、わたしはおまえにこういうことをはっきりいい得る人間でもある。いいか、ナタリー、これはすべてわたしの計画だったのだ。そして、おまえが絶望に近づいたとき、その絶望さえもがわたしの計画の一部であるということを思いだしてほしい。おまえなくしてわたしが存在し得ないということも思いだしてほしい。娘なしの父はあり得ないのだ。だから、おまえはわたしの存在とおまえ自身の存在に対する二重の責任を負っている。もし、おまえがわたしを見捨てたりしたら、おまえは自分をも失うことになるのだ。

おまえを熱愛する父より

カクテルパーティーで主人役をするヴィッキーとアンの手伝いをするのは、客を迎えるアーノルド・ウエイト夫人の介添えをするのとはまったく訳が違った。たとえばウエイト夫人は客に好感を持ってもらうべく懐柔するための材料を何よりも優先して手に入れていた。一方、大学は進歩的という評判のもと、主義主張なき特権がはびこり、学生も酒と最小限の食べ物を持ちこんで振る舞うことが認められていた（食べ物は食堂で供されたが、キャンパスにバーはなかった）。それには信念も何も関係なかったが、ウエイト夫人は何にしても今とは違う生きかたができたはずだと固く信じていた。大学では氷は売店で手に入れて、キャンパスの芝生の向こうから、包んだ新聞紙から水滴をこぼしながら運んでくればよかった。グラスは共同のバスルームから歯磨きのコップを勝手に持ってきて、いい加減にすすいで、他人のバスタオルで拭いておけばよかった。もちろん、自分のグラスのセットを大学に持ちこんで部屋の本箱の上に置いている子もいたが、それはほとんどが上級生や、ディナーのためにに着飾るしきたりがないような生活には耐えられないと思う子だった。

ヴィッキー、アン、ナタリーの催す接待で、アーサーとエリザベス・ラングドンにカクテルを振る舞うのに使うグラスは廊下のあちこちをあたって借りてきたものだった。それで、トレーの手前のほうには、その朝、ヴィッキーとアンが町で買ってきた上等なベルモットとジンとともに、傷のないそろいのカクテルグラス二個が載っていた。それは一階の誰かの持ち物だったが、もしアーサー・ラングドンのためでなければ貸してくれなかっただろうし、アーサー・ラングドンであろうとなかろうと誰かがそれを壊したら、壊した当人は皮を剝がされそうだった。そのグラスは美しい金の縁どりが施されていて、実に本格的に見えた。トレーの奥のほう、ジンの瓶の後ろに無造作に隠されているのは欠けたワイングラス、大学の食堂からちょろまかしてきたフルーツジュースのグラス、バスルームのプラスチック製のコップで、それぞれがヴィッキー、アン、ナタリー用だった。トレーの隣の本箱には、やはり食堂からちょろまかしてきた皿、チーズスプレッド（訳注―塗りやすいように柔らかくしたチーズ）の瓶、クラッカーの箱が置いてあった。チーズは爪やすりの裏側でクラッカーに塗ることになっていた。

「いい、わたしたちの問題は」ヴィッキーが準備を見わたしながら嘲るようにいった。「一生懸命がんばってラングドン夫妻の基準に合わせようとしてることなのよ。わたしたち、いいところを見せようと――」

「お二人を町のレストランに連れていきたいっていうのなら」アンがいった。「遠慮なくそうして。あなたの二十ドルで」

ナタリーはクラッカーとチーズを用意し、それに母性的な義務を感じながら、爪やすりでクラッカーにチーズを塗っているうちに、クラッカーが手の中で粉々に砕けてしまった。「プレッツェルを持ってきておけばよかったですね」ナタリーはいった。あいかわらずヴィッキーとアンに対しては礼儀正しく控えめで、なぜ二人が自分をかまうのだろうという消えない疑問は厳しく自分の中に抑えこんでいた。もし二人が——たとえば——お互いにうんざりしていたり、使い走りを必要としていたり、ナタリーをだしにして楽しんでいたり、あるいはナタリーの勉強ぶりに敬意を表していたというなら、こういう機会に仲間入りさせてくれたり、映画に誘ってくれたり、食事に伴ってくれたりする親切を理解できたかもしれなかった。しかし、そういう推測はどれも納得がいくとは思えなかった——二人はナタリーには気をつかう一方で、自分たちの関係は余人を寄せつけないほど密だったが、それにもかかわらず、丁重に、ときには無理強いしてナタリーを仲間入りさせ、ナタリーのジョークにだけ笑い、ナタリーが話し終わるのを待って話しはじめ、ナタリーが何か引用してもろくに聞かないのにナタリーのつきあいを求めた。もし二人がナタリーを好いているというなら、それは理由もなくだった。ナタリーは二人の中に解となるようなものをいまだに見つけられずにいた。

「とにかく」アンがいった。「リジー（訳注—エリザベスの別称）に飲み物を出したら、彼女、靴の底でチーズを塗ったって気にしないわよ」

「ねえ」ヴィッキーがアンのほうからナタリーのほうへ向きなおった。「リジーが飲むのはどうする？　勝手に飲ませておく？」

「わたし、思うんですけど、彼女、自分の家でなかったら、お行儀よくしてるんじゃないでしょうか」ナタリーはいった。

ヴィッキーは声を上げて笑った。「彼女がお酒の瓶に手が届くところにいたらどう？〝みんな、わたしがアーサーを捕まえたのを妬いてるのよ〟彼女、甲高い声で哀れっぽくいうわよ。〝わたしはみんなに愛されたいだけなのに誰もわかってくれないの〟」

「わたしたちには関係のないことじゃないかしら」アンが甘い声でいった。「だって、わたしたちが彼女の振る舞いをとやかくいうことはできないもの」

「そうね、アーサーが気にしないなら、わたしも気にしない」ヴィッキーがいった。「あら、呼び鈴が鳴ってるわ」

ヴィッキーはドアから駆けだして階段を下りていった。三人はヴィッキーの名義になっている部屋で接待しようとしていたので、形のうえではヴィッキーが筆頭格の主人役だった。ヴィッキーの部屋とアンの部屋は寮の二階の角にあり、キャンパス一のすばらしい場所として学生みんなから羨まれていた。ヴィッキーとアンはそういう角部屋に二年にわたって居座っていた。二年間、そこで暮らすうちに、それぞれの部屋がエリザベス・ラングドンが嫌う孤立した家よりも、あるいは自分たちが知っている広くて便利もいいほかの家よりも、もっと居心地のいい場所になったようだった。大学当局にはヴィッキーの名義で登録されている部屋は書斎にされ、アンの部屋は寝室にされていた。接待は当然、書斎のほうで行なわれた。そこはキャンパスのほかのどの部屋よりも大学お仕着せの家具調度が少ないことを誇っていた。本箱は一見して大学の備品とわかったが、アンが憂鬱そうにナタリーに話したところによると、その寸法の本箱は運送がむずかしいからということだった。屑籠も明らかに大学の備品だった。しかし、そのほかに寝台兼用の長椅子、コーヒーテーブル、モダンな電気スタンドが持ちこまれていた。壁の絵はヴィッキーが二年目の美術クラスで描いたもので、いかにもそれらしく額縁におさめられていた。本箱の本はヴィッキーとアンが入学以来どんな授業に出てきたかを正確にあらわし、教科書名になっている科目というのはどんなものかを知るために、大学にある限りのコースをかじってみようという二人の思いつきをうかがわせていた。カーテンに刷られた版画は一端（いっぱし）の作家が物好きのためにとくにデザインしたというふうだった。敷物は大学の備品のベッドよりも柔らかかった。どうしてこんな部屋が三階の自分の貧しく狭い部屋から一階と数室ほどしか離れていないところに存するのかは、ナタリーにとってはずっと驚きであり、ヴィッキーとアンがここに入って居つづけているのは、二人が大学当局にいつも礼を尽くすことで一種の使用権を得ているせいとしか思えなかった。

ナタリーは自分が用意したクラッカーとチーズのおかげで、今夜、部屋にいる権利の一部を得ていたが、寝台兼用の長椅子から威厳を込めて立ち上がり、アンとともにあまり近づきすぎないように気をつけながら戸口に立った。ヴィッキーが階下でラングドン夫妻を迎える声が聞こえた。「ようこそいらっしゃい」ヴィッキーがいっていた。「上へ上がってください。ナットとアンが待ってます」

ラングドン夫妻が階段を上がる足音が聞こえ、途中の踊り場を曲がる姿が見えた。「わたし、できたら……」アンがいいかけたが口をつぐんだ。わたしがヴィッキーだったらここで何といっていただろう、とナタリーは思った。アンが溜め息をつく気配を感じ、エリザベス・ラングドンが階段の残りを上ってくる姿を見た。エリザベスはこういう場に必要と思われる以上に着飾っていた。深い襟ぐり、きつく絞ったウエスト、ゆったりしたスカートのダークブルーのドレスをまとい、すばらしい装身具をふんだんにつけていた。教授夫人よりは学生に合いそうなドレスで、女の子三人とのカクテルパーティーよりは男の子とのデートにふさわしいきれいなカットだった。エリザベスは盛装するいい機会と思ったようだった。巻きあげたベールと小さな羽毛のフリルが付いた大人っぽい帽子も衣装に加えていたが、それはたしかに〃かわいい娘〃というよりも〃魅力的な女〃と自任する人間がかぶりそうなものだった。エリザベスは見るからに美しかったが、もしアンが金髪が映える柔らかな薔薇色のドレスを着ていなければ、さらに美しく見えただろう。ナタリーはさっと自分の服を見なおして、これまでにないほど貧相でぶざまだと感じながら、エリザベスとヴィッキーとアンとともに小さな輪をつくって立っていた。でも、どっちみち誰もわたしを見てはいないのだから、と考えて自分を慰めた。

みんな、少しの間、戸口でためらっていた。アンの度の過ぎた礼儀正しさにエリザベスは入室を控えるわけにも、ふつうに入室するわけにもいかなかった。ようやくナタリーとアンが気を利かせて後ずさりし、ヴィッキーが後ろからうまく追いたてた結果、エリザベスはすんなり部屋に足を踏み入れて肘掛け椅子に腰を下ろした。自宅での自分の居場所にもっともよく似たところに座ろうと長椅子のほうへいきかけたのだが、肘掛け椅子をと言い張るヴィッキーに機先を制せられたのだ。それでエリザベスも窮屈そうに腰掛けたが、互いに接する二つの本箱を背中に負い、開いた窓と向かいあう格好になった。アンはアーサーと並んで長椅子に座った。アーサーはしぶしぶ妻についてきただけというふうに、最後に静かに部屋に入ってきていた。ヴィッキーとナタリーはしかたなく部屋の脇に置かれた小さなテーブルに乗りだすように、一方は酒とグラスが載ったトレーに向かって、もう一方はチーズに向かって立っていた。

「がらりと模様替えしたね」アーサーがアンにいったが、それはついうっかりしてのことで、その午後最初のへマだった。

「長椅子とテーブルだけですけど」アンが甘い口調でいった。「どう見えますか、ラングドン先生？　大学の部屋をおしゃれにするのも楽なことじゃないってわかりましたけど」

「大学の家具をそのまま使えば、そんなに苦労しなかったんじゃないの」エリザベスが椅子の中でもぞもぞ身動きしながらいった。「でも、すてきよ」

「何だか倉庫みたいですけど、ほんとに」アンがいった。「だって、何でも積み重ねてあるでしょう。もうちょっとスペースがあればいいんですけど」

「勉強するには快適な場所だけどね」アーサーがいった。

「ラングドン・クラスのレポートを書くにはですね」アンがいった。みんながどっと笑った。

「わたし、今、つくってるところなんだけど」ヴィッキーが笑い声に重ねていった。「でも、ほんとにこれ、子どもが泥まんじゅうつくってるみたいで——どんなものができるのかわからないな」

「お手伝いしようか?」アーサーがすぐにいった。

「お恥ずかしいんですけど」ヴィッキーはそういうと、じっくり調べなければ本物として通用しそうなほどカクテルのシェーカーによく似た花瓶をかかげ、においを嗅ぎ、疑わしげに首を振った。「でも、ジンとベルモットだけなら、そんなにひどいことにはならないはずだけど」

アーサーが見ていられないというように目をつぶると、アンが彼に向かっていった。「先生はお代わりをつくってくだされば」ヴィッキーはカクテルを上等なグラス二つに注意深くつぎはじめ、アンはエリザベスに愛想よくいった。「とてもすてきですね、奥さま。そのドレス、ほんとによくお似合い」

「あなただってすてきよ、アン」エリザベスはアーサーに礼儀正しく振る舞うと約束してきたのだ、とナタリーは思ってにわかに同情をおぼえた。エリザベスは優雅な〝オールド・ニック〟を演じている。

「何だか一日中、日向(ひなた)に出てらしたように見えますね」アンがエリザベスにいった。

エリザベスはとがめるような笑みを浮かべた。「わたしはずっと家事をしてたわ」

「わたし、ときどき思うんですけど」アンがいったが、自分を優雅な〝オールド・ニック〟と思っているのではと疑われた。「家事っていうのはほんとに満足のいく仕事なんじゃないかしら」エリザベスが信じられないという目つきでアンを見ると、アンは恥ずかしそうににこりとして、アーサーに向かってこう付けたした。「見てるのは楽しいんじゃありませんか――そう、混沌から秩序が生まれるのを見てるのは。先生もご自分でなさることだし」

「あなたは床をこすって磨いたことなんかないんじゃない？」エリザベスが聞いた。あいかわらずぎこちなく椅子に座り、膝に載せたスエードのハンドバッグと手袋の上で両手を組みあわせていた。誰かが発言するたびにそちらを見ようと向きなおり、ヴィッキーがカクテルをついだ上等なグラスを持ってくると、感謝の一礼はしたがにこりともせずにそれを受け取り、こぼさないようバランスをとりながら持っていた。アーサーも当然のように上等なグラスをもらい、すぐに一口すると、ヴィッキーにうなずいてみせ、かすかな驚きをにじませていった。「上出来だよ、まったく」

「ほんとですか？」ヴィッキーは誇らしげにうなずいた。「やっぱりやればできるものですね」

ナタリーはクラッカーの何枚かを割ることなくチーズを塗りつけ、それを皿に載せてエリザベスに差しだした。エリザベスは一枚取ると、無表情のまま視線を上げナタリーにいった。「ところで、あなたは元気なの？　一生懸命勉強してる？」

「それがあまり。残念ながら」ナタリーはいった。あなたはわたしの母に会ったらいいのに、と思った。

「きみたち、なかなか堂に入ったもてなしぶりだね」ナタリーがアーサーに皿をまわすと、アーサーはそういった。

「クラッカーにチーズを塗るのにはコツがあるんです」ナタリーがいった。

「うまいカクテルをつくって出すのは、お嬢さんがたが持つべき才能だな」アーサーがいった。

「それじゃ、レッスンを受けなくちゃ」アンがいった。

束の間の沈黙のあとエリザベスがいった。「ねえ、アーサー、この子たちが**わたしたち**をもてなすためにどれほど手間と費用をかけたかわかってる?」

「いや、実にありがたいことだと思っているよ」アーサーは優しくいった。

「いえいえ、ほんとにようこそお越しくださいました」アンがいうと、ヴィッキーもいった。「わたしたちもうれしいです」ナタリーもこういった。「ええ、まったく」

「わたしたち二人ともうかがってよかったと思ってるわ」エリザベスはグラスの飲み物を優美にすすった。

「とてもおいしいカクテルね、ヴィッキー」

「ありがとうございます、奥さま」ヴィッキーがいった。

「お父さんからは何かいってきた?」アーサーがナタリーに尋ねた。

ナタリーは笑った。「先生が《パッショネート・レヴュー》の最新号の自分の記事を読んでいらっしゃらなかったら、おまえがその議論を利用して先生をとまどわせてやれっていってました」

アーサーはそれをおもしろがった。声を上げて笑い、飲み物をぐいと飲んでグラスを置くと、また笑った。「すばらしい」大げさにそういった。「実のところ、ぼくはまだ読んでないんだ。だから、きみはぼくより優位に立ってるんじゃないか」

「わたしも読んでないんです」ナタリーが告白すると、それはアーサーをさらに喜ばせた。

「だってナタリーがお父さまの記事を読んだことがあるなんて思えないもの」アンが柔らかな口調でいった。「わたし、ヴィッキーといっしょに《パッショネート・レヴュー》を図書館から借りてきたんだけど、正直いって――」にこりとすると、思いがけなくえくぼができた。「――**一言**も理解できなかったわ。それで誰かをとまどわせるなんてとてもできそうもないけど……」どうしようもないというように両手をあげた。「でも、ナットなら頭がいいから」

「わたしたち、お父さんにぜひ会ってみたいんですけど」ヴィッキーがアーサーにいった。「でも、ナットが恥ずかしがるから。わたしたちが馬鹿みたいで顔をつぶされるんじゃないかって」

「そうなりそうね」アンがいった。「書いてあること一言も理解できませんってわたしがお父さまにいうのをあなた想像できる?」

アンが父に向かって書いてあることが一言も理解できないという場面をナタリーははっきり想像できたので、おかしそうにいった。「父は喜ぶと思います」

アンがエリザベスにいった。「とにかく、わたしたちみんなナットを恐れてるんです。ナットがわたしたちのとても意地悪な評をお父さまに書き送ってるのをご存じですか? わたし、ナットがわたしのことをお父さまに何ていってるか、ときどき想像してみるんですよ」

「そうなの?」アーサーが興味津々(しんしん)という様子で聞いた。「ぼくはそういうものは見たことないけど」

「どんなことを書いてるの、たとえば?」エリザベスがにわかに好奇心をあらわにして尋ねた。「あなたの知ってる人みんなについて?」

「それは誰に聞くにしてもフェアな質問じゃないよ、きみ」アーサーが滑らかに割って入った。「ナタリーが書いたものについては本人とじっくり議論してきたがね」そう付けくわえた。ナタリーは自分が書いたものについてじっくりとした議論というのを思いだし、エリザベスにそれを教えてやりたいという誘惑に駆られた。「それに」アーサーが先を続けた。「ほんとの話、ぼくはナタリーの才能を最大限に信じているんだ」

エリザベスは夫から視線を転じて、かなり長い間ナタリーを見つめていた。それから口を開いた。「たぶん、そういうことって結婚するまでにちゃんとしておくべきね」

「結婚したあとは」アンが無頓着にいった。「家事で忙しいですものね」

「どなたかお代わりはいかが?」ヴィッキーがいった。みんなが自分のグラスの中身をのぞく間、沈黙が続いた。「ありがとう」アーサーがいった。「いただくわ」アンがいった。

「奥さまは?」ヴィッキーがいった。エリザベスがほとんど無表情に自分のグラスをちらりと見る間、みんな顔を背けるようにしていた。エリザベスは首を振って、わずかに夫のほうを向いた。「いいえ、結構よ」エリザベスはいった。

エリザベスとナタリーを除く三人がカクテルのお代わりを飲んだ。ナタリーは大学の最初の二、三カ月の間、本よりも酒を多く見てきたような気がしてきた。父への手紙の一通ではこう述べた。〝少なくともわたしにとって、大学を象徴するものといえばこれまであまり見たことがない飲み物じゃないかという気がしています。つまりマティーニです。その名前が何を意味すると思いますか? いずれにしろ多くのお酒の名前は何の意味もないと思いますが、これは誰かの名前にちなんでいるような気がします。もしかしたら大学の学長さんだったかもしれないとは思いませんか?〟

すると父はこう返事を書いてきた。〝マティーニはカクテルの一種で(わたし自身はそれを大いなる愉悦とは見ていないが)、はっきり限定されたタイプの人間によって独占的に供され飲まれている。わたしが経験から判断し得る限りでは、そういう人間というのは、ふつう移り気で神経質で激しやすい。それはすべて上等なベルモットに通じる性質だ。ちなみにベルモットはマティーニの材料の一つで、もう一つの材料はジンだが、こちらは女性的で実際よりも無害に見える。それがマティーニをたしなむ者のもう一つの特質だ。マティーニの第三の材料はビターーズ(訳注—苦味酒)だが、メタファーについてはもうこれ以上くどくどいわずにすませたい。ただ、付けくわえておくと、マティーニはよく冷やして供されるが、材料をシェークするのを好む者もいれば、マドラーで混ぜるのを好む者もいる。またマティーニについては、昔ながらのオリーブを捨てることで一段洗練された立場に立つことが可能だし、ブラックオリーブ、レモンの皮の一しぼり、最後にはしなびた小粒タマネギを添えることで数段上の洗練へと進むことも可能だ。このようにすればきわめて微妙な性格の相違を表現するのが可能だとおまえも気がつくだろう――それにしても、わたしは十分過ぎるほど手の内をさらけだしたと思う。これで、おまえは形成されつつある批判精神を用いるまでもなく、当然ながらマティーニは大学本来のカクテルだと思うに違いない〃

「六時にはクラーク家に着いてなくちゃならないのよ」エリザベスがアーサーに念押しした。

アーサーはうなずいた。「時間は十分ある」

「あら、残念なこと」アンがアーサーにいった。「わたしたち、このあと町にいってごいっしょにお食事したいと思ってたんですけど」

「今夜の約束は何週間も前からのものなの」エリザベスはもったいぶっていうと、アンに目を向けたまま飲み物をすすった。「だからクラークさんをがっかりさせるわけにはいかなくて。でも、その前に、ほんの何分かでもこちらに寄らなかったら、みんなに悲しい思いをさせるわよってアーサーにいったの。ほんと、寄っていきましょうって説得しなくちゃならなかったのよ」

「そうしていただいてほんとによかったです」アンがいった。「もう一杯いかが?」

エリザベスはまた自分のグラスをのぞきこみ、またアーサーを見やった。

「わたし、けさの授業中、このまま笑いが止まらないんじゃないかと思いました」ちょうどアンがアーサーにいっていたところだった。

ヴィッキーが急いでエリザベスにいった。「すごく薄くしてありますから」

「薄く?」エリザベスがいった。「薄くね。薄くしてあるのね」その言葉が滑稽に聞こえるようにいって、自分のグラスを手渡した。ヴィッキーは急いで飲み物をついで返すと、エリザベスの隣の床の上に座って脚を組んだ。ナタリーはエリザベスの椅子の反対側の床の上に脚を組んで座っていたが、ヴィッキーがとっている姿勢を真似て座りなおした。わたしたち、うまくやっていますね、上出来ですね、とでもいうように。

「そのブローチ、すてきですね」ヴィッキーがエリザベスをほめた。

「ありがと」エリザベスは冷ややかにいった。エリザベスがヴィッキーを好いてはおらず、お世辞を求めてもいないのがはっきりわかった。

「ブローチの色、見てみて」ヴィッキーがナタリーにいった。「あんなにきれいなの見たことある?」

「美しいですね」ナタリーはいった。「エナメルじゃないですか?」

「そうだと思うけど」エリザベスはナタリーにいった。エリザベスはナタリーを好意的に見ているようだったが、ナタリーがどこまでヴィッキーに傾倒しているのかを正確に見きわめるまでは態度を明らかにせずにいるのがはっきりわかった。

「わたし、みんながどれほどあなたに憧れてるかわかってもらえたらと思ってるんです」ヴィッキーがエリザベスにいった。「あなたがなさることすべて——ご主人やおうちに気を配り、おえらい人たちともちゃんとつきあって、そのうえ、いつもそんなにきれいにしていられる、それはもう何もかもです」

ナタリーは思った。エリザベスがこんなこと真に受けるはずがないわ。だから、エリザベスが控えめにこういうのを聞いて驚いた。「それはね、もちろん、わたしだって、ほんとは……」すると、ヴィッキーが滑らかにそれをさえぎった。「もう一杯いかが?」

六時半になると、エリザベスが突然、まっすぐ座りなおした。「アーサー、今、何時？　クラーク家へいかなくちゃ」

「時間は十分ある」アーサーがいった。

「わたしたち、クラーク家のディナーにいかなくちゃならないのよ」エリザベスがヴィッキーとナタリーに説明した。「むこうはわたしたちを待ってるに違いないわ。ディナーをいっしょにするつもりでいるから」

「まだ早いですよ」ヴィッキーがいった。

「時間は十分あります」ナタリーがいった。

「もう一杯いかがですか？」アンがそういってくすくす笑った。

ナタリーはそっと独りで暗唱した。「キャンパス一周、駆け足で。アニーとヴィックと一杯やって。ヴィックは肉屋、アニーは泥棒、肉買う男はラングドン」それを写したものを父に送るのは控えようと思った。今のところ、韻については確信が持てなかったからだ。そのうち同じ姿勢であまりに長く座りつづけたという気がしてきたので、立ち上がってのろのろと手足を伸ばしはじめた。

「あなた、どうするの？」エリザベスがじかに問い詰めた。「わたしたち、クラーク家へいかなくちゃならないのよ、アーサー」

アーサーが振り向いた。「時間は十分ある」

「ないわよ」エリザベスが即座にいった。「今、何時？　何時なのか誰か知らない？　クラーク家へいかなくちゃならないんだから」

「わかってる」アーサーがいった。「ぼくたちはクラーク家へいかなくちゃならない。だが、ちょっとは遅れてもいいんじゃないか？」

「遅れるの？」エリザベスはそういうと、ナタリーに訴えた。「わたしたち、クラーク家のディナーに遅れるの？」

「大丈夫」ヴィッキーがいった。「時間はたっぷりありますから」

「とにかく、もう一杯やる時間はね」アーサーがいった。「何といってもキャンパスの向こう側なんだから」ナタリーに向かって説明した。

「あなた、もう飲み過ぎよ」エリザベスがいった。「酔ってクラーク家へはいけないわよ、アーサー。ねえ」ナタリーに向かっていった。「わたしたち、ここへ寄るべきじゃなかったのよ。わたし、あなたに電話して、どうしても都合がつかないっていうつもりだったの。ところが、彼がいうのよ。〃エリザベス、彼女たちはぼくたちのためにたいへんな手間と費用をかけたんだ〃って。それで、先にここに寄ったんだけど、もうほんとにクラーク家へ向かってなくちゃ」

「じゃ、わたしが先方にお電話して、先生ご夫妻はちょっと遅くなりますっていいましょうか？」ヴィッキーがあっけらかんといった。「そうすれば先方も心配しないでしょうし」

エリザベスはヴィッキーを見つめ、それから自信なさそうにアーサーを見た。「わたしたち、遅れるの？だって、クラーク家はたいへんな手間と――」

「ほんのちょっと遅れるだけです」ヴィッキーがいった。

「お別れの一杯のための時間だけね」アーサーがいった。

八時半にもなると、エリザベスはもう放ってはおけないという状態になった。アーサー・ラングドンもはっと気づいたというように長椅子から立ち上がり、部屋を横切って、エリザベスが最初に入ってきたときからずっと座っている椅子に近づくと、無表情に見下ろして、こういった。「いったいどうして、いつもこうならなきゃならないんだ？　これじゃ、ぼくたち、どこにもいけないじゃないか」

「たぶんお疲れになっただけでしょう」アンが優しくいった。「おうちへお送りしましょうか？」

「そうするしかないな」アーサーがいった。その声は心もち甲高くなっていた。ナタリーはヴィッキーとアンの間に立っているアーサーを見まもっていたが、自分はどうして彼に敬服していたのだろう、あるいは彼を父と同列に考えていたのだろうといぶかった。「どうしていつもこうなるんだ？」アーサーがなじった。

「わたしたちがうちへ送ります」ヴィッキーがそういってナタリーをちらりと見た。ナタリーもうなずいた。「ええ、そうします」

「きみたちが？」アーサーはほっとしたようだった。「ぼくはほんとに腹が立って世話をする気にもならないくらいなんだ」

「彼女、ナットとならいっしょにいきますよ」ヴィッキーがいった。「彼女、ナットが大のお気に入りだから」

「そうじゃない人なんている？」アンが優しくいった。「ナット、彼女を立たせられるか試してみて」

ほとんど素面（しらふ）の人間が泥酔した人間に話しかける際の限りない優越感と寛大さをにじませてナタリーはエリザベスにいった。「エリザベス、おうちに帰る用意はできてますか？」

理性を失った人を扱うこつは本能のようなものだから、とナタリーは思った。実際、理性を失った人にとても近く、その影響を受けやすいわたしのような心性だと、分別と無分別の境界線を踏み越えて、酔ったり眠ったり正気でなかったりする人と通じあうことが容易にできるみたいね。「エリザベス」ナタリーは厳しい口調でいった。「起きて、エリザベス」

「どうしていつもこうならなきゃならないんだ？」アーサーはアンに訴えた。「どうして？」なお言いつのった。

「お酒が弱いんじゃないですか」ヴィッキーが訳知り顔でいった。「それでそんなふうになってしまう人もいますよね、当然」

「だが、いつもだぞ」アーサーは今にも叫びだしそうに見えた。「ぼくは気の休まる暇がない。彼女がいつもこんなことをしでかしてくれるんで」

「エリザベス、起きて」（……夫の束縛の中でもがいている狂った女のほうに身を屈めてナタリーは一言二言そっと話しかけた。すると、アーサーは苦悶するのをやめ、目を見開いて平静な感謝の視線でナタリーの顔を見た……）「エリザベス、起きて」

「そうね」アンがいった。「彼女、ここで眠ったらいいんじゃないかしら。わたしのベッドを使って、わたしは長椅子で寝るということにして」

「ベッドなんてもったいない」アーサーがいった。「どこかの溝の中でいいさ」

「アーサー！」アンがとがめるようにいった。「そんなに邪険にしないで。彼女がどういう人で――」

「もっと冷静になりましょう」ヴィッキーが急いでいった。「もし彼女を起こせなかったり、うちへ送っていけなかったりしたら、ここで寝るしかないでしょ。それが当然よ。でも、わたしは起こせると思うの。それにナタリーといっしょならうちに帰るでしょ。だって、彼女、ナタリーが大のお気に入りだから」

「わたし、彼女がこんなになるの、これまで見たことないわ、やっぱり」アンがいった。

「エリザベス」ナタリーがいった。ヴィッキーもいった。「エリザベス」そしてアーサーもきわめてきっぱりした口調で繰り返した。「エリザベス」

エリザベスがようやくもぞもぞして何かぶつぶついい、動きだしたかと思うと目を開けた。「アーサー？」

エリザベスはいった。

「いいかい」アーサーは屈みこんで、より力を込めて話しかけた。顔をエリザベスの顔に近づけて、こういった。「エリザベス、ぼくたちはきみを家に連れて帰る。さあ、目を覚まして、ちゃんとするんだ。きみを家に連れて帰るんだから」

「わたし、起きてるわよ」エリザベスは不機嫌そうにいった。「どうしたっていうの?」

「きみは家に帰るんだ」アーサーがいった。

「わかったわ」エリザベスは満足げにいった。両腕をアーサーのほうに差し伸べると、アーサーは脇へ寄って、それをナタリーに受け止めさせた。自分の腕に、何かを探るように突きだしてきたエリザベスの手が触れてナタリーは一瞬ひるんだが、そこへ後ろからアーサーにおよそ紳士らしからぬ一押しを加えられた。ナタリーはエリザベスに肩を貸すと、ヴィッキーの助けを借りて、エリザベスを夕方からずっと座っていた肘掛け椅子から引っぱり上げた。エリザベスは立ち上がると、訳のわからないことをしゃべりながらアーサーのほうに両手を差しだした。ところがヴィッキーがエリザベスの片腕をつかんでナタリーの肩にまわしたので、エリザベスの全体重がナタリーにかかった。自分にもたれかかったエリザベスの圧力のもと、ナタリーはブルブル震えながら、エリザベスを半ば引きずり半ば運びはじめた。

「手伝ってもいいんだけど」アーサーが不安げにいった。「彼女が目を覚まして、ぼくがいるのを見たら騒ぐんじゃないかと思うんでね」

アーサーとアンはエリザベスに見られないほうがいいと思ったのだろう、後ろにまわって手を貸し、ヴィッキーとナタリーがエリザベスをドアから連れだして階段を下らせた。エリザベスの重量を支えながら、よたよた階段を下りるのは何とも恥ずかしい、とナタリーは思った。そんなものの担い手にさせられるのは何とも忌まわしい、自分に覆いかぶさって揺れる腕と脚をどうすることもできないのは何ともおぞましい、意識朦朧（もうろう）の相手は今抱きついているのが誰かわかってもいないという事実を認識するのは何ともうんざりさせられる、それに何とも……今、彼女を放りだしてしまうわけにはいかないだろうか？　ナタリーはそう思いながら、階段の踊り場をまわった。わたしが彼女を支えきれない以上、彼女を転落させて死に至らしめるわけには？　わたしは彼女にどんな義務があるのか、彼女はわたしにどんな権利があるのか、わたしに遠慮なく寄りかかっているのに、それに気づきもしないというのは？　わたしが耐えられるとどうして思うのか？　わたしが彼女にもたれかかってやろうか？　そうしたら彼女も気にするだろうか、それともわたしを転ばせるだろうか？

「やれやれ」階段の下にきてアーサーがいった。エリザベスは半分目を覚まして階段の柱にもたれかかった。

「家に連れていける？」アーサーがナタリーに尋ねた。「彼女がきみを気に入ってるのはぼくも知ってるけど」

「連れていけると思います」ナタリーはいった。「わたしの声は聞き分けてるようですから」

「ほかのみんなには反応もしないのに、ナットの話は聞いていたものね」アンが付けくわえた。

　自分が独りでエリザベスを家に連れ帰るということの重みが、ナタリーにも不意にはっきりしてきた。

「あの」ナタリーは不安げにいった。「わたし独りでできるかどうかはちょっと自信が――」

「彼女、あなたのいうことなら聞くわよ」ヴィッキーが肩越しにいって、そのままにこりともせず、アンとアーサーを追って階段を上がっていった。「彼女、あなたが気に入ってるから」ヴィッキーはそういうと階段の踊り場をまわって姿を消した。

　エリザベスを置き去りにするわけにはいかないのは明らかだった。ナタリーがうろたえて振り向いたちょうどそのとき、エリザベスはぐんなりして、床へと優雅に滑り落ちはじめた。「エリザベス」ナタリーはいったが、ほんとうは叫びたいところだった。「もう知らない」しかし、ナタリーは思い起こした。あるいははっきり思い起こそうとした。エリザベスがこのキャンパスで親切に話しかけてくれた最初の人物だったということを。いずれにしても、エリザベスをここに置き去りにして、ほかの三人の仲間入りするわけにはいかなかった。なぜなら、エリザベスはどこにいったのかと必ず聞かれるだろうからだ。それに、エリザベスは自宅での午後の折々、なかなか口にはできない、できそうにない秘密をナタリーだけに話してくれていた。一方で、エリザベスを家に送り返して厄介払いするのはヴィッキーとアンに対する義務でもあった。なぜなら、ヴィッキーとアンも友だちである以上、二人に頼まれた仕事に知らん顔をするのはおよそ友だち甲斐がないというものだからだ。もしここにエリザベスを置き去りにしたら、ヴィッキーとアンには合わせる顔がなくなり、今夜は二人のところには戻れず、やむなく独りで自分の部屋に戻って、結局、こうつぶやくことになるのだろう。誰もが死ぬ運命にあり、誰もが欠点を持ち、誰もが一つの大きな世界に共生している。そこではめいめいにただ一つの人生だけが与えられていて、何かをやるべきか、やらざるべきかをじっくり思案している時間はない。というのは、誰かと向きあっているとしたら、その誰かも死ぬ運命にあるもう一人の人間でしかないのに、他人にこの世の人生のささやかな慰めを与えるのを拒むことができるからだ。そしてつまるところ、エリザベスは……

「アーサー？」エリザベスがいった。

「わたしです、ナタリーです」ナタリーはそういいながら、これを父にどう説明したらいいのか、母にはいわないよう、父にどう釘を刺したらいいのかを考えた。

「ナタリー？」エリザベスがいった。少し体を離して、もう一度いった。「ナタリー？」

「エリザベス」ナタリーは穏やかにいって、両腕をエリザベスの体にまわした。エリザベスは頭をナタリーの肩にもたせかけて、「ナタリー」と小声でいった。ナタリーはエリザベスがまた「アーサー」といわなかったのを非常にうれしく思った。

「ナタリー、わたし、もう死にたい」エリザベスがいった。

「これからおうちに帰るんですよ」ナタリーがいった。

「わたし、死にたい」エリザベスがいった。

「それはわかりますけど」ナタリーは優しくいった。「いっしょにおうちへ帰りましょう」

「うちへ?」エリザベスがいった。

エリザベスは独りで歩くことができたが、ナタリーが先に立って導いてやらなければならなかった。戸口を通ってキャンパスに出たとき、ナタリーはなぜか前方の木々のことを考えていた。エリザベスと二人、落ち着きを取り戻すまでお互いにすがりつきながら、どうやって木から木を伝ってキャンパスを横切るかを。しかし、いったん屋外に出ると、エリザベスは見違えるほどに元気を回復し、ナタリーの助けなしに独りで歩きだした。

「わたし、死にたい」エリザベスがもう一度いった。

「馬鹿なこと、いわないでください」ナタリーはそういってから付けくわえた。「わたしたち誰もが死にたいんだとは思いますけど。生まれたその瞬間から」

「そうじゃないの」エリザベスがいった。「わたしが死にたいのよ」

エリザベスとともに木々の下の暗いキャンパスを歩きながら、ものごとをすっきり考えるのはむずかしいことだった。たとえば、人は酒が入ったときにやったことすべてを素面になると否定し、素面のときにやったことすべてを酒が入ると否定するという考えが突然に浮かんできたりした。ナタリーはそれを非常に深いものと感じる一方で、こんなことを考えて気を揉んだ。以前はアーサーに話しかけるのを怖がったなんて、わたしは何と馬鹿だったのだろう。もっというべきだった……

「わたし、死にたい」エリザベスがいった。「わたしがアンだったらよかったのに」

「わたしがアンだったらよかったのに」ナタリーはそういって考えた。それは違うと思いたいけど——ただ、自分がアンだったらと彼女が思ったとして、それにアンが身を乗りだして親しげにアーサー・ラングドンが語るのを聞いていたのを思いあわせるとすべてが欲望にまつわっているようだった。

「ねえ」エリザベスが木の下で立ち止まり、ナタリーを指さして脈絡もなくいった。「アンはあばずれで、わたしも前はあばずれだったけど、今はもうあばずれじゃないのに」エリザベスは泣きだした。ナタリーにその声は聞こえたが、暗すぎて姿は見えなかった。「いまいましいあばずれ」エリザベスがいった。

ラングドン夫妻は宿舎の入り口の間の灯りをつけっぱなしにしていた。ナタリーにはそれが見えていたが、キャンパスの中途まできたあたりから、はっきりそうと見分けられた。何度となくその宿舎を通り過ぎ、アーサーがここに住んでいると考えたことを思いだして、闇の中で顔を赤らめた。「六つは肩で風切る六人組」ナタリーは聞こえるか聞こえないほどの声でいった。

「ベッド」エリザベスがいった。

「ベッド」ナタリーもいった。アパートに近づくと、エリザベスがまたぐんなりしはじめたので、ナタリーは腕を体にまわして支えてやらなければならなかった。もし、わたしがアーサーだったら、とナタリーは気乗りしないままに考えた。もし、やれるものなら……

「暗い」エリザベスがいった。

もし、彼女がわたしの学生の一人で、彼女と結婚したいと思っているとしたら。もし、こんなふうに、わたしが今、たった今こうして考えているように闇の中を二人で歩いているとしたら、もし、わたしが腕をまわしている彼女の肩の柔らかい肉の感触が強くてしっかりしているとしたら、その感触や手触りを考えるとしたら、暗闇の中で彼女がわたしのほうに少し向きを変えたら……

「ナタリー？」エリザベスがいった。「もうすぐ寝られる？」

「もうすぐです」ナタリーはいった。「あとほんのちょっとです」

闇の中で、夜の中で、二人きりで木の下にいるとしたら、としたら、としたら、知り合いの誰もおらず、何の警告もされずに、ここにいっしょにいるとしたら、木の下の闇の中にいるとしたら……

「わたし、死にたい」エリザベスがいった。


ありがたいことにナタリーがエリザベスの服を脱がせる必要はなかった。エリザベスは自宅ではたびたび独りでベッドに転がりこんでいるらしく、いったん家に着けば、モグラのような本能でどうしたらいいかがわかるようで、ナタリーが煌々と照らされたキッチンでコーヒーをいれるのにレンジのどのバーナーを使おうかと悩んでいるうちに、黙ってベッドルームに入って服を脱いでいた。「ナタリー？」そのうち呼ぶ声がしたのでナタリーが駆けつけると、エリザベスは自分のネグリジェを着て自分のベッドに入っていた。

ナタリーがラングドン家のベッドルームに足を踏み入れるのはそれが初めてだった。自分の両親のベッドルームのツインベッドに衝撃を受けることはなかったが、今回はアーサーが夜には自分とエリザベスとの間に一定の床空間をとるように求めている——何とも子どもじみて、ひどいことと思われた——とわかって心が痛んだ。

「気持ちは悪くないですか？」ナタリーは尋ねた。「何かご用はありませんか？」

「おやすみ」エリザベスは頭をもたげてナタリーのキスを待った。

ナタリーはためらいながらもアーサーのベッドの裾をまわってその妻のベッドの傍らに進み、相手の額に優しくキスした。

「おやすみなさい」ナタリーはいった。「ぐっすり眠ってください」

「おやすみ」エリザベスがいった。

「おやすみなさい」ナタリーはそういうとアーサーのベッドの裾を爪先立ってまわり、しばらくたたずんで、すでに寝入ったエリザベスを見まもってから灯りを消した。

キャンパスを横切って戻る途中、ナタリーの頭の中には、これまで記憶に残っているほかの晩以上にこの晩を特に際立たせるようなことはなかった。ただ、やってのけたという強い感覚と、見返してやったという奇妙な感覚があった。ナタリーはいったん木の下で足を止め、ざらざらした堅い幹に頭をもたせかけて小声でささやいた。「わかってる、わかってる」しかし、それだけのことだった。それ以上自分に向かっていうべきことはないように思えた。結局、何ごともなくその木を離れ、夜とぼんやり見えている星にも飽きて、自分が住んでいる寮へと向かった。ラングドン夫妻の宿舎の入り口の間から漏れる光をわざわざ振り返ることもなかった。少し考えた末に、アーサーが帰り道を見分けやすいように灯りをつけっぱなしにしておいたのだ。

ナタリーは自分の寮に戻った。足音を忍ばせて階段を上ったが、ほかの部屋の人声の響きが聞こえるのからすると、まだ早い時間でせいぜい十時と知れて驚いた。ヴィッキーとアンが共有する二つの部屋へ直行してみると――間違いなく知っているとおりに階段を上がって――どちらも暗かった。

ナタリーはまた階段を上がって、ドアに鍵をかけた自分の暗い部屋、午後遅くの時間に入念に着替えをしてから後にしてきた部屋に向かった。邪魔されることなく独り座っていられる安全で愛しい自分の部屋。手にしていた鍵で中に入ってみると、机の上の白いメモ用紙が闇の中でも目についた。
それには〝お疲れさま〟とあった。〝リジーはどうだった？　V〟

火曜日
愛しい囚われの姫へ
今では、囚われの姫を救いだすのはいうに及ばず、連絡を絶やさないようにするのが騎士にできる精いっぱいのことなのです。一つには、わたしの鎧があまりにきついからです。それは最後に戦でつけたあと錆びてしまいました。最後にわたしの剣を見たのがどこだったかもどうしても思いだせません。姫よ、わたしはあなたのことを思っています。あなたが塔の中で苦難の生活を送り、狭い窓から不安の目で外を見つめ、白く長い衣をまとって白く長い手を揉みあわせながら床を歩きまわり、下方の長くくねった道を、その道が塔のはるか彼方の山々の中へと消えていくあたりを絶えずながめ……わたしはあなたが騎士の迎えのないままにひたすらながめ、待っているのを思いつづけます。いうまでもないことですが、わたしは鎧の有無にかかわらず、いつかは迎えにいくつもりです。おそらくわたしは評判のブリキ職人（ブリキ職人といってもかつての彼らとはまったく違いますが）を見つけるでしょう。彼がつくってくれる純白の鎧と兜に、あなたの小さなしるしをつけることができるでしょう――おそらくはあなたの古いホッケーのスティックを。必要ならば、それで自分の身を守ることもできるからです。あるいは学術季刊誌の数ページを。それはたいした防御の手立てにはならないかもしれませんが、わたしが遍歴の騎士であることを歴然と示してくれるでしょう（これはあなたの言葉の知識を当てにしたジョークです。わたしはあなたにジョークを乱発してきたので、ついうっかり繰り返してしまいそうです）。もう一つ、わたしはあなたの塔を守る竜をどう攻めたらいいのか確信がありません。竜は眠るのでしょうか？　買収することができるのでしょうか？　薬物を飲ませることは？　誘いだすことは？　あるいは、やはり竜と戦わなければならないのでしょうか？　なお悪いことですが、竜はほんとうにいるのでしょうか？　あなたは魔法の力だけで閉じこめられたわけではないでしょう？　わたしはあえて魔法使いと戦うつもりはないのですが。

　あなたの母上は、たしかオフショルダーといっていたと思いますが黒いイブニングドレスを送った旨をこの書状に書き添えるよう求めておられます。それはずっと自分がほしかったものだと母上は悲しそうにいっておられます。これはまったく心優しく他人思いの行為だとわたしは心底から思っています。母上が心をこめてオフショルダーの黒いイブニングドレスを送ったのは、ふだん以上に考え抜いて、これこそ母が娘に送れる最上の贈り物だと判断したからだとも信じています。

　わたしもいずれ魔法を逃れる道を知るでしょうが、おそらくあなたはそれよりも容易な道を見つけたのでしょう。姫たちはそうされることを選んだというだけの理由で塔に幽閉されているのであって、あなたも知ってのとおり、姫たちをそこに留（とど）めておくのに必要な竜というのはそうしていたいという姫たち自身の欲求だったというのがわたしのかねてからの見かたでした。それだけでなく、もしあなたが塔を建てるなら、姫たちはその中に幽閉されるのを求めて群がってくるだろうとわたしは信じています。ということですから、あなたは近いうちにともに週末を過ごして母上とわたしを喜ばせてはくれませんか？　いや、弟も喜ぶと思います。あなたが竜の絶え間のない監視から逃れようと決めたときに教えてくだされば、それがわたしに送り得る最高の贈り物という母上の説を実証すべく鉄道運賃をお送りしましょう。

忠誠な父より

親愛なる騎士殿

そうすると、この三晩、わたしの部屋の窓の下で楽しげに歌っていたのはあなたではなかったのですね？　あなたの使者でもなかったのですね？　わたしは自分の塔を包む魔法があなたにはあまりに強力すぎて、わたしの救出が一千年は果たされないのではと恐れています――そのときにはわたしは今よりも年老いて白髪も増えているでしょう。とにかく、わたしを見張っているのは竜でなくても、それによく似た何か、〝未婚婦人（メイデン・レディー）〟と呼ばれる何かで（そして、彼女の名前がニコラスさんなので、当然ながら〝オールド・ニック〟とも呼ばれていますが）、それが火を吐きながら、自分につけられた鎖の先端で足を踏み鳴らし、お転婆（てんば）な姫たちがさまよい出ることのないように威嚇しているのです。

つまり、わたしはまだしばらくは家に帰れないということです。もし魔法使いがいるとしたら、それはアーサー・ラングドンです。彼はわたしが次の水曜日までにミルトンについて一千語のレポートを書きあげるという無理な期待をしているのです。ミルトンについて何かいうべきことはあるでしょうか？　彼をリア王と比較しようかとも考えたのですが、むずかしすぎるような気がします。

ここにはあなたの関心を引きそうな風変わりな人がいます。いつでもどこでも独りでぽつんといる人で、彼女のことを誰かに聞くと、相手は笑ってこういうのです。「ああ、あれはトニー・何とかっていう子よ」わたしはあちこちで彼女を見かけるうちに会って話してみたいという気になってきました。

母上にはきれいなドレスを受け取りましたとお伝えください。ただ、それを着ていくところがないということはいわないでください。わたしは金曜の晩の工科大のダンスパーティーには招待されなかったのですが、周辺の知り合いの子たちもほとんどがそうです。こちらの人々のことは現地入りする前から知っておく必要があるようですね。そうすれば新たな友だちづくりから始めなくてもすむでしょうから。とにかく、わたしはダンスのことでは失望のようなものを感じていますが、やはり招待されなかったほかの子たちを見たり、彼女たちが話しているのを聞いたりすると、少しはましな気分になります。わたしは言い訳などするつもりもなかったからです。みんなが同じようなことをいっています。とにかくいきたくなかったのだとか、もちろん呼ばれたのだけれど相手の男の子があまりにダンスがひどすぎるので断ったとか……。わたしには呼ばれなかったということ以外に言い訳はありません。いずれにしても、母上にはドレスをどうもありがとうございましたとお伝えください。試着してみましたが、とてもすてきでした。みんながよく似合っているといってくれました。

魔法といえば、トニーという子に会いたいとさっきもいったと思いますが、近いうちにきっと会うことになるでしょう。そのためには、こういう手紙の中でそれが起きると具体的にいえばいい。そういうことに気がつくだけでいいのだとわかりました。ただ、実際に彼女に会ってみたら、案外がっかりさせられるのではないかとも思っています。

わたしは魔法の効かない一千語をできるだけ早く書きあげて、一日か二日、家に帰るつもりでいます。魔法使いは簡単な呪いにはかからない娘にそれ以上の呪いをかける手立ても持っています。それに、わたしは正直なところミルトンが好きではないのです――あなたはいかが？　彼の何がいいのか手紙で教えてください。

あなたと母上に大いなる愛を込めて

ナタリー

ナタリーが目覚めたのは真夜中と思われるころで、とくに理由はなかったが、また朝までの眠りにつくことはないだろう、何かおもしろいことがあればこのまま起きていてもかまわない、という考えが脳裏をかすめた。それで現実に向かって目を見開き、耳につく何か急くような低い声を聞きとろうとした。「起きて」その声はいった。「お願い、起きて」そのささやきはとくに誰の声ということはなかったが、何度も何度も繰り返しいった。「お願い、お願い、起きて」背筋が寒くなるようだった。

「何なの？」ナタリーはいった。部屋の中に響く自分の声が聞こえた。

「起きて、お願い、静かにして——急いで」

「もう起きてるわ」ナタリーはいった。周囲はいつになく暗く、ベッドの傍らの人影は誰とも見分けがつかなかった。すると今がそのときなのだ、とナタリーは思った。そのときがやってきたのだ。わたしは生きてその折を迎えたのだ。災難と危険と恐怖がわたしたちみんなにやってきたのだ。わたしたちは不安の中で目覚め、安全を求めて逃げだす。雪崩を打って逃走する中でわたしのことを気にかけてくれるほど冷静な人とは誰なのだろうか？　火事？　ナタリーは以前と同様にいぶかった。戦争？

「何なの？」ナタリーは小声でいった。

「急いで」

「急いでいるわよ」ナタリーはバスローブを取ろうと闇の中へ手を伸ばし、室内履きを足で探った。すると突然、闇を通してくすくす笑う低い声が聞こえ、その声に冷たい現実の恐怖を初めて感じた。何にしても戦争と火事の可能性は否めなかった。くすくす笑いはナタリーの部屋の中で聞こえていた。

「何なの？」ナタリーはもう一度いった。

「きて。急いで」また、くすくす笑い。「バスローブなんて要らないから、どんなふうでもいいからきて。

わたしは裸よ——とにかく、急いで」

「ねえ」ナタリーはそういいながら、電気のコードを手探りしたが、その手を別の手でつかまれて強く引っぱられた。ぼんやりした人影といつまでも続くかすかなくすくす笑いがナタリーをドアのほうへ導いた。ナタリーは室内履きも履かずバスローブもまとわず、母が選んでくれた黒と赤のスコティッシュテリアの模様がついたコットンのパジャマ姿で進んでいったが、ドアから廊下に出ると、夜間にはいつも階段やバスルームから漏れてくる光は見えず、代わりにさらなる闇が見えるだけだった。

「わたしが消したの、灯りをね」前方の声がいった。「でも、急いで」

「何のために？」ナタリーはあとについて暗い廊下を進みながら聞いた。

またひそやかなくすくす笑い。「あなた独りだなんて思わないで」その彼女はいった。「わたしにわかったことを教えてあげるから待って」二人は闇の中で幾つもの部屋を通り過ぎた。そこではほかの子たちが目を閉じ両手を枕にもたせかけて安らかに眠っているのをナタリーは知っていた。なぜ、とナタリーはヒステリーを起こしそうになりながら思った。なぜ、わたしは叫ばないの？　それはどうして叫ぶかを知らないから、と今度は諧謔交じりに考えた。叫びというのは本質的に少数によってなされる行為で、多数には馴染まない一種のコロラトゥーラ（訳注―技巧的で華やかな唱法）だった。叫びというのはナタリーには準備なしでできるようなものではなかった。わたしがほんとうに怯えていたら、とナタリーは先をいく裸の人影を裸足で追いながら思った。わめくか怒鳴るかするかもしれないが、何かを表出するような叫びをあげることは絶対にない。一方、わたしがほんとうに怯えてはいなかったら、とナタリーは思った。どんな音も立てるわけにはいかないから、何も見えないままにただついていくだけで、この真っ黒な空間をわたっていくのだけれど、もちろん、わたしは夢を見ているのであって、もちろん、もちろん。わたしは何と深くこれに惹きつけられているのだろう、とナタリーは思った。「それに」その声は先を進んでいた。「あなたはじっと横たわったまま動きもせず何もいわなくてもいいの。あなたは何でも聞こえるし、みんながあなたはそこにいると思っても、あなたが誰かはわからないし、みんなは先へいってしまうから。もし、みんながわたしの部屋にまっすぐ入ってきても、わたしはみんなを見て、こういうだけ。〃いっていたとおりにおやりなさい。わたしはほんとにかまわないから〃そうすれば、みんないってしまうわ。だって、わたしの部屋ではそんなこと絶対にできるわけないじゃない？　ただ、その子はね、わたしの部屋に入ってきて、こういったの。〃今夜、あなたといっしょに寝てもいい？〃わたしはいったわ。〃もちろんいいわよ。わたしは朝早く起きなければならないけど、起きるまで四時間あるから、あなたはすぐに寝なさい〃彼女はわたしのベッドに入ってきて、すぐに眠りに落ちたんだけど、かわいい動物たちを連れていたの。鳥みたいでもあるし、リスみたいでもあったけれど、尻尾はなかったわ。彼女がそれをベッドの裾のほうに一列に並べたので、六匹が一列になったの。彼女は、つまりそのお嬢ちゃんは壁にとてもきれいな絵を描いて、あなたがそれを見るのを待ってたのよ。あなたがそれを聞けば、わたしが何をいっているかがわかるはずよ」闇の中で一段一段、裸足で探りながら階段を下りていく間、先をいく声はなお話しつづけた。「もちろん、彼女の両親は窓に寄りかかって耳を澄ませているけれど、わたしたちはそっと話しているから何も聞こえないの。両親が一生懸命耳を澄ましても、わたしたちはささやくだけだし。ほら、その子は前にもきた子、いつもくる子で、わたしのベッドで眠るのよ」

二人が階段を下りて曲がると、前方のドアの隙間の狭い空間に光が見えていた。もうずいぶん遅い時刻だった。というのは、廊下沿いのほかの部屋からは光が漏れていなかったし、廊下とバスルームの灯りも上階と同じく消されていたからだ。ナタリーは否応（いやおう）なく、くすくす笑う彼女のことを考えさせられた。彼女は一つの灯りから別の灯りへと音もなく進みながら、どんな怪しい理由からにしろ、それを一つ一つ消していった末に、闇の中を迷うことなくナタリーのベッドにやってきたのだ。「さあ、ここよ」あいかわらず単調なくすくす笑いの低音を響かせながら、その声がいった。「わたしたち、いっしょに聞けるわ。壁にぴったりくっついたら、みんなが何をいってるか聞こえるから。ただ笑うときは両手で口を覆うように注意してね。お嬢ちゃん？　お嬢ちゃん？」それはいかにも優しい呼び声で、光の漏れる戸口の外で待っていたナタリーもいっしょに呼びたくなった。「お嬢ちゃん？」そのあと声がいった。「また眠ってしまったのね。みんな、いつもそんなふうなの。ちょっと放っておくと、すぐに寝てしまうのよ。お嬢ちゃん？　さあさあ、わたしたち急がなきゃならないから」

彼女は開いた戸口から灯りのついた部屋の中へナタリーを乱暴に引っぱりこむと、用心深くドアを閉めた。「お嬢ちゃん？」彼女は優しく呼びかけた。ベッドは皺くちゃになっていたが、そちらへ進む間もなお呼びつづけた。「お嬢ちゃん？」そしてくすくす笑いながら、毛布をめくり枕を持ち上げてその下をのぞいた。それからくすくす笑いながらベッドの下をのぞいた。「お嬢ちゃん？」彼女は問いかけた。「お嬢ちゃん？」そのあと、こういった。「さあさあ、急いでちょうだい。あれがもう二度と聞けなくなるから」彼女はすばやくクロゼットの中をのぞき、次に化粧箪笥の引き出しをのぞいて、アンゴラのセーター、本物のレースのスリップ、何カートンかの煙草、不ぞろいの靴、無造作に中に放りこまれた現金を引っぱりだした。「お嬢ちゃん？」彼女はナタリーのほうに向きなおり、どうしようもないというようにいった。「あの子はほんのちょっと前までここにいたんだけど、どこにいってしまったのか見当もつかないわ――わたしを待つようにいっておいたのに。ほら、上着は置いてあるでしょ」ナタリーは一、二週間前に盗まれたと伝えられたジャケットに見入ったままで口を利くこともできなかった。「お嬢ちゃん？　あの子はどこへいったと思う？　お嬢ちゃん」

ナタリーは口を開いたが、自分が何をいおうとしているのかはわからなかった。

「それじゃ、とにかく、取りかかりましょうか。あの子なしで始めるのも、やむを得ないわね。ただ、みんなが聞いてるのを忘れないように、音を立てないようにね。笑うときは両手で口を覆うこと、床を走りまわらないこと。みんながすぐ外にいて、何でも聞きつけるでしょうから。お嬢ちゃん？　こっちへいらっしゃい。壁のすぐそばの床のところへきて、わたしがするとおりにして――あなたが前にここにきたことがないというのは誰にでもわかるけど、今回はきてもいいことにするわ。でも、何が聞こえても音を立てないようにね。あなたがいるのをみんなが聞きつけるから。聞いて……あの子が歌ってる」

刺すような恐怖の中で、ナタリーはこっそりとドアのほうへ後ずさりした。背後のドアのパネルに触れると同時に、後ろ手でほとんど音を立てずにそれを開けた。後ろ向きのまま、さらに下がって廊下に出ると、目の前のドアを閉め、廊下に漏れる光をすべて遮断したが、闇の中でかえって安堵を感じた。自分は寮の一階にいるとナタリーは気づいた。階段を二つ上がれば――何と長たらしいこと！――自分の部屋と自分がつけた安全灯がある。

ナタリーは戸口からじりじり後退し、何かにつまずくこともなく反対側の壁に達してもたれかかり、そのままずり落ちそうになった。落ちつかなくては、と自分に言い聞かせた。要するに闇の中で自分の部屋を見つけるというだけのことじゃないの。廊下であれ階段であれバスルームであれ、どこにしても途中で灯りのスイッチが見つかればもっといいし、怖がらずに逃げれば階段から落ちたりはしないだろうし、階段から落ちなければ物音が彼女に聞こえることもあるまい。それにしても、なぜ誰かが目を覚まして駆けつけてきて、わたしを助けてくれないのだろう？

そのあと、案の定「お嬢ちゃん?・」という声がまた聞こえ、ドアが開いて光が廊下へ漏れてきた。ナタリーは向きを変えてやみくもに駆けだしたが、方向を間違えたと気がついたときにはすでに遅かった。闇の中でカサカサという足音に追われて、階段や自分の部屋ではなく玄関のほうに向かっていたのだ。闇の中で部屋から漏れる光はずっと後方に退き、低いくすくす笑いが聞こえたかと思うと、自分の顔に触ろうとする手が感じられ、ごく間近で低い声がした。「お嬢ちゃん?・」

そのとき、ありがたいことに玄関のドアの掛け金が見つかり、念じていたよりも簡単にドアが開いた。揺れるドアを見てナタリーは思った。これで盗難警報器が鳴りだすんじゃないかしら。外に出てドアをしっかり閉めたときには、思わず笑ってしまいそうだった。

信じられないできごとだった。もちろん、まだ自由に逃げまわる夢から覚めきらないまま、ナタリーは恥ずかしい黒と赤のスコッチテリアの模様のパジャマ姿で、まずは小道の砂利を、次に濡れた草を裸足で荒々しく踏みしめて、周囲が真っ暗な木々の下にたどり着いた。そして思った。日が昇ったら戻ろう。みんなが起きてきたら、このことを話して聞かせられる。そのとき、後ろの寮のほうから泣き叫ぶ声が聞こえたような気がした。「お嬢ちゃん?・」突然、恐ろしい衝撃を感じたのは、木々の下の草地を横切る途中、月光の中を自分のほうに向かってくる人影を見たときだった。

どうすることもできずに立ち尽くして思った。もう逃げられない、そのときがきたんだわ。ナタリーは声をかけた。「誰?・」

「何かあったの?・」トニーという子が問い返してきた。

水曜日

拝啓

貴女が以下の条件に従わなければ、小生は間違いなく貴女に厳しい報復を加えるであろう。

1　同封した二十五ドルの小切手を発見する（小生はこれを対処が困難すぎる条件とは思わない）。

2　その小切手を現金化する（裕福な知人ならそうしてくれるだろう）。

3　そうして入手した現金で、当地への往復切符を購入する（そのために長距離バス発着所をあたる）。

4　小型の旅行鞄に歯ブラシ、必要な本、鉛筆と紙、チョコレートバー二本を詰め、コートと帽子着用のうえ、バスが集結する場所へ直行する（これがもっともややこしいが、これらの事案を小生が述べた順序で次々に消化していけば、ほとんど、あるいはまったく苦労することはないであろう。ただし、これらを厳密な順序にのっとって行うことを推奨する。たとえば、最初にバス発着所に赴き、それから鞄に物を詰めるなどというのはもっとも正統を外れるやりかたであろう）。

5　貴女を当地に運送する最初のバスに乗る（もしとまどったら、運転手に尋ねること。さらにいいのは、コートの襟に札（ふだ）を留めておくこと。そうすれば運転手は貴女が運送されるのを見届けるだろう）。

これらのささやかな条件を満たし、小生の本に血で署名すれば、この世の財宝のすべてに通じる鍵を貴女に引き継ごう。その財宝の中には、おそらくジョン・ミルトン（一六〇八―七四）についての若干の情報と、今後のダンスパーティーのすべてにおいて小生自身が貴女に付き添うという心からの申し出が含まれるであろう。先ほどもいったとおり、条件を満たすことがかなわなかったら、自らの存在を知らしめることをためらったことのない人物の憤怒にさらされるであろう。ところで小生は小切手を同封するのを忘れてはいなかっただろうか？　うん。よろしい。

父より

拝復
　承知いたしました。土曜日の午後二時半着です。小切手ありがとうございます。
敬具
ナタリー

あすは金曜日で午前中に生物学の実習があったが、今はもう十一時を過ぎていた。八時間の睡眠をとって七時に起床しようと思うなら、少なくとも就寝の用意をしていなければならなかった。歯を磨き、髪をとかし、翌日着る服を出して。しかし、ナタリーは生き生きした引き締まった顔で身を乗りだしていた。アーサー・ラングドンが何をいうかには大いに興味があった。ナタリーは麻痺したような無意識の状態になれたらと思っていた。そして、たとえば酔っているとき、そんなぼんやりした世界からはっきりした世界へさっと滑りこんでいく貴重な一瞬を思っていた。表向きはアーサーがいうことに物分かりよくうなずきながら考えていた。心臓発作に襲われた人は、自分が死ぬと知る閃光のような一瞬のほかには何も気づくことなく死んでいく。人にはそれが精いっぱいなのだ。

「ぼくは自分が何をほんとに信じてるか、まったくわからないんだ」アーサーが話していた。「芸術それ自体が一つの過程であると考えると……」

「ねえ」ほとんど徹夜をしたような様子のエリザベスがいったが、愛情を見せつけ、深みのあるしゃがれた声で知性をひけらかすのに執拗なほどこだわっているように見えた。それは自分とアーサーがまだ新婚で狂おしいほど愛しあっているという印象を与えるためのようだった。「あなた、こういったら変かしら？　ほんと、関係を考えたら——いやね、わたし、馬鹿みたい——でも、とにかくね……」

わたしは今すぐ消えてもいい、とナタリーは思った。ここで死んでもいい。感嘆のあまり目を見開き口を開けたまま、呆然としてグラスを椅子の肘掛けに置くまでもいかないで。そう、この場で死んでもいい。でなければ、気分が悪くなってこっそり家を脱けだしてベッドへ向かうふりをしてもいい。でなければ、みんなが思わず耳を傾けるようなひどいことをいって、みんなにうなずきかけ、みんなも自分に向かってうなずくように仕向けてもいい。

「しかしだね、実のところ……」アーサーがいった。妻が固唾を呑んで身を乗りだしたが、アーサーは眉をひそめ、束の間、自分の言葉だけでなくグラスの重みも量っているようだった。ナタリーは自分が考えこんでいる間にほかで会話が進んでいることにとまどっていたが、一瞬目を閉じてから「いつかいつかいつか」と独り言をいった。

「ぼくは思考の回路をたどってみたことがなかったんだ……」

これから何かが起きるの？　ナタリーはいぶかった。アーサーは独走していたが、誰かがその彼をだしにするほどの才気を見せるのだろうか？　ほんとに、とナタリーは思った。目を閉じたりしていないで、ちゃんと見たり聞いたりしていればよかった。何かがほかの何かを導きだしたのに、わたしは始まりを見逃してしまって、あいまいに笑っているしかないのだから。それにしても、これから何かが起きるのだろう？

何も起きそうもない人生というのは何ともむなしいものではないか、とナタリーは思った。誰かがアーサーをだしにするほどの才気を見せたとは思えなかったし、何かが起きるにしても、それはまだ途中の段階だった。あまり早すぎないよう遅すぎないよう、尻すぼみにならないよう引き金にならないよう、時機を見はからい、影響を及ぼしつつあるところだった。

何かがわたしの身に起きようとしているだけなの？　ナタリーは思った。もう一度、ためしに目を閉じてみた。アーサーが話している間、そして一見なごやかに座っているラングドン家の客たち、つまり学生と教授仲間が礼儀正しく耳を傾けている間、わたしは眠りに落ちていたのだろうか？　いったんポーチに出なければ、とナタリーは思った。二度、目を閉じた償いとして、椅子から立ち上がって、椅子の肘掛けに置いた灰皿を片づけるように促されているような気がした。慎み深く、しかし部屋中のみんなに感謝の目で見られながら進むように、と。わたしはそのままドアのほうに向かい、途中、誰かに「ナタリー？」と声をかけられ、振り向いてあいまいに微笑みながら、そっと戸口を通り抜けてポーチに出る。そのあと戻らなければならなくなるが、それは再び室内の目を引く動きになるだろう。アーサーが話の途中で息をつく間、みんながわたしに目をやり、見せしめにしようとでもいうように、ほんの一瞬、探るように見つめるのに気づくだろう。「さあ、ナタリーを連れてって。一度出ていったけど戻ってきたから。誰か……？」「ナタリーがあのとき部屋に入ってこなかったら、そうしたら果たして……？」「ナタリーはライトブルーの服を着てるのよね。もし、あれをわたしたちがライトブルーだと思っている色とするなら……」

さあ、とナタリーは思った。さあ、動かなければ。だが、動かなかった。そのときは誰にも見られていなかったが、室内のすべての目を自分のほうに引きつけるよう求めている力を考えると、束の間、気後れを感じたからだった。それでも半ば逆らう筋肉に起きるよう命じて、発作的に椅子から立ち上がったが、あまりに出し抜けだったので弾みで灰皿を床に落としてしまった。そのあとアーサーが話の途中で辛抱強く待っている間、煙草の吸いさしとマッチの燃えさしを拾い集めたが、そうしながら思わずにはいられなかった。ぶざま、へま、ぶきっちょ——灰は取り残した。エリザベスは無表情にナタリーを見まもっていた。わたしが何をしているのか、はっきりした説明を求めているんだわ、とナタリーは思った。その説明の評価をしたとうえでどう反応するか、彼女が今見せた新たな人格に照らして決めようというのね。それはまだ彼女の身についてはいない人格だけれども。おそらく彼女は誰かに怒りをぶつけたいと思っていて、わたしがその誰かかどうかを見きわめようとしているんだわ。わたしはエリザベスが嫌うのにもってこいの人間だろうし、今、この部屋にいる中では唯一そういう人間でもあるし、エリザベスはふだんから最大の動く標的に怒りを向けているから。アーサーは今、わたしのことに触れるわけにはいかない。彼は議論の方向を綿密に計画してきたが、次にくる一節にわたしのことは含まれていないから。とはいえ、わたしが戻ってきたとき、新たな一節を頭の中のほかの部分で組み立てていたのではないか。

ナタリーは灰皿を椅子の肘掛けに置いた。その椅子に戻ってきて座るとき、もう一度払い落とすのは確実と思われた。それから床に座った人々の間を巧みに、しかし無作法に縫うようにして、そして椅子に座った人々には当人が名士であるかのように丁寧に断りをいいながら通り抜けた。床に置かれた飲み物は避けてこぼすことはなかったが、灰皿の一つに足を突っこんでしまった。誰かがナタリーの動きに乗じて、自分の話の新しい一節を始めた。「一方で」その声が部屋の別のほうから上がった。「それはまったくの真実であるとはいえ、問題の完全な説明というわけにはいかないんじゃないかな。たとえばカフカだ――きみは彼を実例として引いたと思うが――」

みんながナタリーの動きを見て思わずうろたえたひそかな一瞬を除くと、その会話の間に完全な沈黙はなかった。その場の人々は――よほど大勢のように思われたが、実際には九人か十人だけだった――見たところ、それぞれが独自の主張を引っさげていた。その主張でもって、夜のベッドルームの闇から、バスルームの壁から、タイプライターの向こうの窓から意味なく嘲ってくる不可視の相手を常に打ち破っていた。みんなが独自の主張を持ったうえで、折があればしゃべり、ときには笑い、気がついてみれば互いに同調していたが、嘲笑う相手には再度、再々度と常に打ち勝たねばならず、鏡に映った顔や暖炉の薪に向かって絶え間なく執拗になじるのだった。

「ぼくはそこのところを説明しようとしていたんだ」アーサーがほかの発言を抑えこんでいった。「たとえばだ、ぼくたちがその質問全体を単なる一つの……」

ナタリーは狭い入り口の間に出て溜め息をついた。ドアを閉めるとアーサーの声は聞こえなくなった。目の前にはドアがあり、その先にはポーチがあって、冷ややかな夜気が待っていた。

ポーチといっても実際にはほんの申し訳程度に腰掛ける場所があるだけのものだった。階段一段分ほどの段差もあるかないかだったので、ラングドン家のポーチの踏み段に座るといっても、顎を膝の上にのせ、足をぎこちなく踏みしめ、背中をねじ曲げなければならなかった。外ではいつも同じ木々が家の中のことなどとは無縁に大地に息づき、ナタリーと同じように確実に死に向かって生長していた。そのうちの一本と見えたものが自らはそこに根づいているわけではないし、人間のことにも完全に無関心というわけではないと証明しようというように、ほかの木から離れてポーチの踏み段に近づいてきたときも、ナタリーはとくに驚きもせず――とにかくおかしな夜だったし、あさってからはしばらくの間、実家に帰ることになっていたし――不機嫌そうにこういっただけだった。「わたし、話したくないの」

「あ、そう」

その声は人懐っこいといってもいいほどだったので、ナタリーも思わず席を詰め、狭い踏み段に座れる場所をあけた。「外は冷たいのね」ナタリーはいった。

「だったら何なの、ほんとは話したいの？」トニーという子がいった。

「中ではみんなが話してるわ」ナタリーはいった。

トニーという子は中には招かれなかったのだ。と察したうえでナタリーは思った。彼女は自分を招いてくれなかった人の家の踏み段に座ろうが、木々とともに突っ立っていようが、わたしに話しかけようがかけまいが気にしてはいないんだわ。ナタリーは自分から話すべきではないとわかっていた。なぜなら話したくないと自分でいったから、この穏やかなトニーという子はそれを額面どおり穏やかに受け取っているだろうからだ。それでもやはりナタリーは聞いた。「あなたは呼ばれなかったの?」

「ええ」

「もし呼ばれてたら、いってた?」ナタリーは尋ねた。

「場合によるわね」トニーは用心深く答えた。「呼ばれてもどこにいくのかによるわ」

「ここはどうしようもないところよ」ナタリーはいった。「いつだって、結局、わたしがほしいものはないってわかるんだもの。中で椅子から立ち上がったら、弾みで灰皿を引っくり返して、みんなにじろじろ見られて、あそこならいいだろうと思って逃げだしてみても、ここにきてみれば、さっき入って通ってきたのと同じ場所だってわかるだけだもの」

「それであなたは同じドアから出てきたのね」トニーがいった。

トニーが立ち上がるのを見て、ナタリーはすぐに思った。彼女はわたしにうんざりしたんだわ。「もういっちゃうの?」

「またね」トニーはいった。「おやすみなさい」

トニーが去ったあと、独りでポーチに座っていてもつまらなかった。どんなに短い間にしても二人で話していた場所は、そのあと独りで座っていられる場所ではなかった。ナタリーはぎこちなく立ち上がり、向きを変えて中に入った。

簡素な入り口の間でエリザベスと鉢合わせした。そこはあまりに狭く、二人いっしょにいると体が触れあいそうになったので、ナタリーは無理に後ずさりしてドアにぴったり張りついた。

「あなたを捜しにきたのよ」エリザベスがいった。「大丈夫だって確かめたかったから」

彼女、堕ちた姉妹を救いたくてしかたがないんだわ、とナタリーは思った。「大丈夫です」ナタリーはいった。

「今、誰かといっしょにいたわね」エリザベスがいった。

ナタリーは一瞬、その口調にぎくっとした。わたしがエリザベスのパーティーの最中にトニーと会う約束をしたと思っているのかしら、といぶかった。わたしがトニーを中に招き入れるつもりだったと思っているのかしら、それとも、わたしたちが明るみで会うのを禁止されているために、外の闇の中で会っているとでも思っているのかしら。ナタリーは一瞬、エリザベスに問い詰めてみたくなった。エリザベスの脳が記録したものが目に表示されていたが、その目で何を見たと思ったのかを。しかし、その代わりにこういった。

「中に戻りましょう」

アーサーのグラスには飲み物がつぎ足されていたが、本人は息をつくために止まる様子もなく、しゃべりつづけていた。「そういう状況を想像するのは不可能ではないけれど……」

土曜日の朝

親愛なる父上さま

たいへん申し訳ないのですが家には帰れなくなりました。この手紙が届くのが遅くなったとしたら、それも申し訳ないことです。どうしても都合がつかないということがほんの少しでも前にわかっていたら電話していたのですが。ご存じのとおり、アーサー・ラングドンからレポートを書くように指示されていたのですが、それを月曜日までに提出しなければならなくなりました。そういう成り行きで家には帰れなくなったのです。何しろ、レポートがとても長く、しかも詳細にわたっているので、おそらく週末のすべてをその仕上げに費やすことになりそうなのです。たとえ家に帰ったとしても、当然、ずっとそれにかかりきりになるのは避けられないでしょう。以上、ほんとうに申し訳ない次第です。

ついでですが、トニーのことをおぼえていますか？　前にこの子のことを書きましたが。そう、わたしはようやく彼女と会って、とても好きになりました。彼女はキャンパスの反対側の寮に住んでいるのですが、きのうの午後、二人でキャンパスの向こうの野原を四マイルほど散歩しました。彼女はものすごく興味深い人だと思っています。さて、家に帰れないことは返す返すも申し訳ありません。小切手から、感謝祭に帰る汽車賃分をとっておくつもりです。そのときは都合をつけられると信じています。お母さんがあまりがっかりしなければいいのですが。どうぞよろしくお伝えください。

ナタリー

おそらく――そしてこれは彼女がもっともこだわる考え、彼女に取りつき、折々にいきなり彼女を悩ませたり慰めたりする考えだったが――もし、実は自分が女子大生でアーノルド・ウエイトの娘のナタリー・ウエイト、奥深くも美しい運命の子でなかったらどうだろう？　自分がほかの誰かだったらどうだろう？　たとえば、こういうことのすべてが、自分が最初の記憶（「お父さん」「お父さん」と呼びながら芝生を駆けまわった）を留めた日以来のことだったらどうだろう？　麻酔をかけられたときに見る夢と同じように、ほんの一瞬のことでしかなかったらどうだろう？　自分のさまよう魂が自分はナタリー・ウエイトという人間だと空想する一瞬のあと、目覚めるときがきて、初めは朦朧として、声もかすれ、周囲の状況も定かでないうちに、看護婦が自分の上に屈みこんできて、「どう？　そんなに悪くはないんじゃない？」という声がしたらどうだろう？　そして目覚めて、ほかの人間、ナタリーとして実在する人間ではないとわかったらどうだろう？　おそらくは余命一年かそこらの老女か、扁桃腺をとってもらった子どもか、慈善の恩恵を受けている十二人もの子持ちの女か、あるいは男とわかったら。そうだとしたら、目覚めて、真っ白な部屋を見まわし、いかにも清潔な看護婦を見つめながら、自分はいうだろう。「わたしは今までずっと、すごく変な夢を見てきたわ。自分がウエイタリー・ナットだという夢を見てたの」――その夢はすでに薄れて完全ではなかったが――すると看護婦が体温計を巧みに差しこみながら、にべもなくいうだろう。「麻酔にかかったら誰でも夢を見るものよ」

あるいは、こんなことがあり得るのだろうか？　閉じこめられ、錠をかけられるのに抗って、窓の鉄格子をドンドン叩き、付添人に手出しし、医者に噛みつき、自分はウエイタリー・ネイトという名前の人間だと叫んで廊下を走ったりしたら……食堂で食事をしたり、いやいやながら授業に出たり、部屋で読書をしたりしていると思っている最中だとしたら……そういうことが現実ではなかったとしたら？　突然の正気（たぶん新しい治療法で？　避けがたい現実回帰で？）の恐ろしい瞬間が、食堂も教授たちもそこには存在せず、自分の頭の中のどこか彼方に存在するだけで、自分の狂気によってのみ現前するという事実を残酷に示すなどということがあるだろうか？「きょうはまだ準備ができていないんです」自分は音楽の教授にそういうだろう。すると医者が自分のまぶたを引っくり返して角膜を調べながらつぶやくだろう。「いったい、いつからこんなことになってしまったんだ？」

しかし一方で、自分は夢を見ているのでもなければ狂ってもおらず、何の変わりもないのかもしれない

――売り子やウエートレスや売春婦、あるいはネイタリー・ワットという女子大生の生活をロマンチックと思っている冴えない女の頭の中で、人生のほんの一瞬を生きているだけなのかもしれない。人殺しの女がどこかですやすや眠っているうちに、若いころに戻って意味ある人生を生きているという束の間の夢を見ているとしたらどうだろう？　そのうちいつか、それがいつにしても、自分が向きを変え、頭を動かし、妙なことをしゃべるうちに、自分がまったく現実の存在ではないと気づくとしたらどうだろう？

自分があらゆるものに狂ったように自分の名前を書きつけたのはそのせいだった。自分の本や服や書き物がナタリー・ウエイトに属するということに気づいたり、また忘れたりするのは、より大きな夢の一部でしかなかったのだ。おそらくは会話するうちに、夢のこの特別な部分が凝縮されるのかもしれない、走り書きされた言葉の断片があとで会話全体として記憶されるのかもしれないという特異な感覚を抱いたのはそのせいだったのだ。もし自分の部屋や言葉を夢に見ているなら、自分の世界を夢に見てもおかしくないという認識を突然にもたらされたのもそのせいだったのだ。だから目覚めたときには、看護婦や隣の部屋の子や警察官に向かっておもしろそうにこういうかもしれなかった。「わたしがどんな夢を見たか聞いて。戦争が出てきたの。テレビジョンって呼ばれるものが出てきたの。そして見たのよ――よく聞いて――夢の中に原子爆弾って呼ばれるものが出てきたのよ。原子爆弾――わたしには何なのかわからないけど。ほんとにその夢を見たのよ」

しかし、一瞬で過ぎ去ってしまうこういう感覚以上に悪いのは、おそらく現実には自分は女子大生でアーノルドの娘のナタリー・ウエイトにほかならず、この世界の堅固さを無視するわけにもいかないまま、厳然と存在する陰鬱なそれへの対処を迫られるという恐ろしい確信だった。しかしその一方で――それがほんとうならば、なぜ突然に白い壁と看護婦の交感的な像が迫ってきたりするのだろう？　なぜ鉄のベッドの台がある部屋がくっきりよみがえり、毒をカップにこっそり注ぐ瞬間がはっきり認識され、苦痛がぶり返したりするのだろう？　とりわけ、自分の名前を声に出していうとき、いつも不気味な響きがあるのはなぜなのだろう？

〝そこ〟というのがナタリーの不在で暗く眠ったようになった大学のことで、〝ここ〟というのが両親と弟が暮らす家のことだとしよう。振り返ってみれば、時間の経過がないに等しいあっという間に、ナタリーが〝ここ〟に帰ってきた結果、〝そこ〟から〝ここ〟への移動は、ある場所と重なって別の場所が浮かび上がってくるだけのようにも思われたし、空間上というよりは時間上の二点間の旅のようにも思われた。

水曜日の夜遅く、父がバスの停留所に迎えにきているのを見て、ナタリーは父や母や弟や自分の家と別れてからの七十五日、十週間半、二カ月と三分の一を思い、とまどいをおぼえた。父はあいかわらず数々の場所で撮ったさまざまな写真のとおりで何の変わりもないように見えたが、父に何かいわれるのに先んじてナタリーは早口でいった。「わたし、金曜日には帰らなくちゃやならないから――」それはすなわち、父がナタリーに期待しすぎるあまり、すべてを台なしにするのに先んじてでもあった。父はしばらくの間、驚いたような顔をしていたが、やがてうなずいてこういった。「また会えてうれしいよ」

車に乗りこんでからナタリーが尋ねた。「お母さんはどう?」

「元気だよ」父がいった。

「バドは?」

「元気だ」

「い、い、い、「お父さんも元気そうね」

「ありがとう、申し分なしだ」

ナタリーはそのとき思った。父は多少の気詰まりはあるものと予想しているようだが、腰を落ちつけているように話せるようになれば、それも払拭されると思っている。「全体にはどんな具合?」

「あまり変わりないよ」

「この前は帰れなくてごめんなさい」

それは父も答えようがないと感じるであろう特別な一言だった。長い間(たとえば七十五日)、父というのが手紙の署名や人に話しかけるときに使う名称でしかなく、ナタリー・ウエイトにとっては単に不在の父でしかなくなったあとでは、車の中でくっついて座るというのは、以前には何度もあったことにしても何か奇妙な感じだった。

「お父さんは調子よかったの?」ナタリーは父を慰めようとして聞いた。

「上々だよ、ありがとう」父はいった。

父が迎えにくる停留所に着くまでの一時間半、バスの車中で、ナタリーは父にどう応対するのがいいのかを念入りに検討してきた。大げさに「お父さん!」と叫んで父の腕の中に飛びこむというのは望ましくなさそうだった。母がにこやかにたたずんで、娘が父の首に勢いよく抱きつくのを見まもるという場面など期待するわけにはいかなかったからだ。そっけなく握手し、意味ありげな目つきをして、息を詰め、「お父さん」と小声で呼びかけるのも、やはり真剣に考える価値はなかった。それとなく会って、さっきの続きとでもいうように会話を始めるというのが好ましいと思われたが、それも無理だった。なぜなら、いつ終わるかもしれない会話をどうやって始めるかを考えつかなかったからだ。とりわけ、多くのことを半端に放りだすくせに、いいたいことはすべていわずにはおれない父との会話についてはそうだった。そしてもう一つ、バスから降りるまでに、はっきり心を決められなかったということがあった。なぜかといえば、これまではそこまでじっくり考えたことがなかったからだ。それは何かといえば、父は——停留所まで車を走らせる間、頭の中でふつうとは違う出迎えの言葉を思い浮かべていたのだろうが——自分の行動プランを完全には決められず、出迎えの問題などというのはすべて役にも立たない礼儀作法であって、あとで後悔させられるだけのこととして無視しようと考えた末に、もっと適当な時機に娘をきちんと迎えいれようと心を決めたのではないかということだった。ナタリーはバスから降りて父の姿を認めると、その子であるにもかかわらず狼狽して突っ立ち、やはり突っ立った父と向きあって口を開いたが、自分がしゃべる声を聞くまでおよそ現実感を持てなかった。「わたし、金曜日には帰らなくちゃならないの」

「申し訳ないけど、金曜日には帰らなくちゃならないの」ナタリーは車に乗りこんでから、もう一度いった。

「お母さんはがっかりするだろうな」父は冷淡にいった。

「お母さん、具合どう?」

「上々だ、ありがとう」

家の建物に通じる私道にナタリーはそれなりの驚きを感じた。古くからの目じるしが以前とは違って見える感覚に満足をおぼえ、ずっと家にあった草木や花をながめても新しい場所にきたようで得意に思い、かつての自分の世界の狭さを軽蔑気味に見やるという具合で、束の間の心地よさに浸った。

「うちに帰るのはいいわね」ナタリーはいったが、それは必ずしも適切ではなかった。〝うちに帰るなんて信じられない〟あるいは〝うちに帰ると頭がぼける〟というほうがよりふさわしかっただろう。

母に応対するのには何の問題もなかった。ナタリーがあらわれた瞬間は、そのいかにも元気そうな様子、何ともひどい格好に呑まれたように、誰もあえて何かいおうとはしなかったし、三分もたつと、母は新たなナタリーに馴染んでいつものように慎ましやかな沈黙の中に退いていったからだ。ナタリーと弟は見た目だけは親しげに挨拶を交わしたが、必要がなくなればもう口をきかずにすませようと努めた。

それが夜の十時のことだった。このあとはおもしろくもない夜を過ごすことになると家族四人が同時に悟った。四人ともともと宵っ張りだったが、今夜は一種のお祭りの夜になるはずだった。ナタリーが帰宅するからほかに予定は入れないようにとみんながいわれていたし、ナタリー自身も帰宅に備えてほかの約束を避けてきた。しかし、いったんナタリーが帰ってきて、七十五日前のナタリーよりもほとんどおもしろくも新しくもなっていないとわかると、どこかよそよそしい客となったナタリーに合わせてどこかよそよそしい会話を進める以外に何もすることがなくなった。七十五日前には、その気がなくてもナタリーに話しかけなければなどとは誰も思わなかっただろうが、今では、家ではいつでも歓迎されるという事実をナタリーに確認させるというのがほとんど義務のようになっていた——家ではいつでもお客さんという明らかな含みを持ったうえでの歓迎だったが。

その結果、母は自らを奮い立たせて、こういった。「あしたのために二十ポンドの七面鳥を用意したのよ、ナタリー」そういう発言はすべて、最後に名前を付けたすことによって、ナタリーへのあてつけのようにもなり、ほとんど非難のようにもなった。「手に入る限りいちばん大きな七面鳥」

「すごいわね」これまで七面鳥に対して見せたことのない熱意を込めてナタリーはいった。「わたし、もう長いこと、まともな食事をしてないから」

「大学のお食事ってどうなの?」母が熱心に聞いた。

「ひどいものよ」ナタリーは大学の食事を思いだしながらいった。

「大学は気に入った?」弟が精いっぱいの努力をして質問をひねりだした。

「楽しいわよ」ナタリーはまじめに答えた。「楽しいと思うわ。あなたの学校はどう?」

「うん、楽しい」弟はいった。「楽しいよ」

「そう」母が優しくいってから溜め息をつき、家族の輪を見まわした。「やっと一家再会、勢ぞろいね」

「しっかり勉強してる？」ナタリーがあわてたように弟に聞いた。

「必要以上にガリ勉はしてないよ」弟がいうと、みんなが笑った。

「で、アーサー・ラングドンは？」父が尋ねたが、やはりその場の急な感情の流れに影響されたようだった。「彼はどうだね？」

　アーサー・ラングドンについて父に語るべきことは山ほどあったが、ナタリーはこういった。「うーん、最近はあまり顔を合わせてないから」

「かなりよく勉強していたということかな」父がいった。父とのやりとりから遠ざかっていたので気づくのが遅れたが、ナタリーはその口調に皮肉を感じた。しかし、用心はしながらも、とっさに答えていた。「そうね、文句なしというほど一生懸命にではないけれど」

「みんなでコーヒーとケーキをいただかない？」母が明るい顔でみんなを見まわして尋ねた。

「ありがとう」ナタリーは礼儀正しく答えた。

　みんなが列になってキッチンに向かった。それは誰かが立ってケーキをリビングルームに持ってくるほどには家族の連携が強くないということだったが、ドアを通り抜けるにあたってはめいめいが折り目正しく先を譲りあった。

「うちのお嬢さんが帰ってきてくれてほんとによかったわ」母がナタリーにおやすみをいうついでにささやいた。

感謝祭当日の大学では、七面鳥のクランベリーソースかけとマッシュポテト、エンドウ豆、ミンスパイ、それに紙の籠に入れた小さなキャンディーが供された。感謝祭当日のウエイト家では、七面鳥のクランベリーソースかけとマッシュポテト、エンドウ豆、ミンスパイ、それにウエイト夫人とっておきのキャンディー用の銀の皿に入れた小さなキャンディーが供された。もし大学にいたらまったく食べてはいなかっただろうという一点を除けば、家にいても大差はないとナタリーは思った。ウエイト夫人が独りいそいそと用意した感謝祭のディナーは、繊細に気を配り案を練ったご馳走だったが、家族は不機嫌と退屈のうちにそれを食べた。実際、ふだんの食事風景と変わりないように見えた。ディナーは木曜日の午後三時に始まったが、ふつうは誰もそれほど空腹ではなく、まずはカクテルからという時間だった。その儀式に際してナタリーと弟は顔を見合わせるばかりだった。一家水入らずの場で相手が飲酒するという不道徳な光景には、どちらもまだ馴染みがなかったからだ。

「年とったら酒浸りになるんじゃないの、ナット?」バドがナタリーにいうと、ナタリーは子どもっぽくやり返した。「あなたはどうなのよ? 枕の下にお酒の瓶を置いておくんじゃないの?」

ウエイト氏は視線を逸らし、ウエイト夫人は二人に微笑みかけた。二人の子どもがやりあっているのを好ましく思ったのは、それが姉弟らしからぬ自由さと映ったからのようだった。二人の子どもははっとそれに気づいて、すぐに口をつぐんだが、ウエイト夫人は明るい口調でいった。「そう、またみんないっしょね。わたしたち小さな家族のために乾杯しなくちゃ」

ウエイト氏は束の間、妻を無表情に見やっていたが、それからグラスをあげて厳かにいった。「われわれ小さな家族のために」

ウエイト夫人は背の高い娘、たくましい息子、そして夫、さらには豊かなディナーのテーブルを見まわして感傷的にいった。「来年はみんな、どこにいるのかしらね?」

「たぶん死んでるんじゃないか?」ウエイト氏が有益な示唆をした。

「そんなことというもんじゃないわ」ウエイト夫人が夫にいった。「そんなこと話す気にもならない」

「では、せいぜいうぬぼれるとしようか」ウエイト氏がグラスに向かっていった。「わたしが生き残りになるかもしれないとね」


金曜日の朝、ナタリーは例によって父のもとに赴いた。父が書斎で待っているとは最後の最後まで知らなかったが、母のぞっとするようなしかめっ面としぐさで、ようやく気がついたのだ。その結果、ドアをノックし、父がうれしそうに「お入り」というのを聞いたとき、自分は父に対してあまり意味はないにしても一種の強みを持っていると感じた。それは、父があとになって娘に忘れられていたことを思いだしたら自尊心を傷つけられるだろうということだった。ナタリーはドアを閉めながら、父に笑いかけた。「これを楽しみにしてたの」

「やあ、ナタリー」父は机越しに微笑み返してきた。それは心からの歓迎だった。バス停での出会いも感謝祭のディナーの前の乾杯も、父からナタリーへ気持ちが伝わったとはいえなかった。父がナタリーをようやく認めたのは、机越しにナタリーをながめ、その背後のドアが閉まるのを見たときだった。

「さて」ナタリーはそういって腰を下ろした。

「さてと、ナタリー」父がいった。

二人はしばらく無言で座っていた。父は机に置いた両手を見下ろし、ナタリーは書斎や蔵書、そして父の感触を懐かしく思いだし、脳裏でかすかにこだまする声を聞いて口もとをほころばせた(「もし、わたしがお父さんも見られているのよといったらどう?」)。ややあってからナタリーはいった。「アーサー・ラングドンのこと、手紙で書いたっけ?」

「いや」父はいった。ナタリーが何かを明かすのを妨げないようにという低い声だった。「彼がどうした?」

「わたし、彼に会いに研究室にいったときのことをずっと考えてたんだけど、それでお父さんと話しにここにくることを思いだしたの。それと彼が馬鹿な真似をしたこともね」

「それにわたしもか?」

ナタリーは笑った。「わたし、帰ってきてほんとによかったわ。でも、あのことを話すのはむずかしいかな」

「万事うまくいってるんじゃないのかね?」

「それがね」ナタリーは考えながらいった。「ちっともうまくないみたい。わたし、ずいぶんひどいことをしてるの」

「どんな?」

「いろんなことで」

「何かわたしにしてほしいということがあるのかね?」

「いいえ、今のところは。この先はあるかもしれないけど」

「あのことというのを話してくれないか」

まずいことになってきた、とナタリーは思った。父はどの程度まで知りたいのだろう? わたしは何を話したらいいのだろう? お父さん、わたしは落ちこぼれで、大学も嫌いだし、みんなのことも嫌いなのかしら? それとも、それも父の予想の範囲内なのだろうか? 父はその答えまで持っているのだろうか?

「話せるときがきたら話すわ」ナタリーはいった。

「わかった」父はいった。「それで、どうだ、やってるかね?」

　変なの、とナタリーは思った。ほかの誰かが「やってる?」と聞けば、それは何かをやっているかという意味だ——授業に出てる? 試験に通ってる? 生物学のノートをとってる? 就職した? 配管工事の仕事は稼げる? ブロードウェーの新作で出番はある? 少しはおカネを稼いでる? 父とアーサー・ラングドンが「やってる?」と聞くのは、相手の内部で自分の興味を引くような何かが起きているかという意味だ。ちょうどパン生地の中でイースト菌が発酵するように。「もちろんよ」ナタリーは答えた。

　短い沈黙のあと、父が優しくいった。「わたし自身は偉大な愚物というわけではないがね、ナタリー。だが、他人の愚かさは認識できる人間だ。わたしがおまえの年ごろにお涙頂戴のメロドラマにほとんど抗(あらが)いがたい衝動をおぼえたのを今でもおぼえている。そのわたしがだ、こんなことをいっては何だが、おまえはまだありきたりの衝動に免疫があるとは思えない。だが、いずれはありきたりでない衝動にも順応するようになるだろうと思っている。ただ、今はお母さんに対する冷笑的な衝動を押し殺しているのではないかと感じている。おそらくは大学の友だちに対してもだ。わたしを実験台にしているわけではないようだが。わたしはだ——どうかわかってほしいのだが——自分の青春の二日酔いがあまりに強く残っているせいで、おまえの青春を深く感じとることができない。ただ、おまえの気持ちが価値ある建設的な精神状態に転じるには、軽微な、しかし基本的な視点の変化が必要になると思う。視点の変化を取り入れるのが早ければ早いほど、社会の有益な一員になるのも早いだろう。そこには——どうか信じてほしいのだが——人格のきわめて重大な変化は含まれていない。実際のところ、どんな苦痛もないのだ。おそらく北東へ九十度方向転換するだけで問題は解消するだろう。おそらくおまえの現在の状況と行動をはっきり見きわめる以上のことは必要とされないだろう。いいかね、正しいことをして人の立場に十分思いを致しても、理解するうえでのたった一つのかすかな影が見逃されているために、まったく間違っているように見えるというのは大いにあり得ることだ。おそらくおまえは最近やることなすことすべてうまくいかないと感じているだろう。それはだね、実のところ、自分が非常にうまくやっているとは思えず、自分の価値がどれほどのものかを正確に知る理解力を欠いているだけのことなのだ。おそらくは、ナタリー、おまえがどれほど価値ある人間かを思い起こさせてやれたら、おまえに必要な九十度の方向転換もできるだろう」

「そんなの何も助けにもならないわ」ナタリーはいった。父のメロドラマ発言のあとでも、そういわずにはいられなかったが、いうときに父を正視してはいなかった。

「そうだな」ややあってから父がいった。「こういうことをそんなに早いうちにいうつもりはなかったんだが。まさか、おまえが初めて帰ってきたときになるとはな。人生で、ある種の芯(しん)のようなものを確立することが必要なのはいうまでもない。そのあとで視点を変えて人生をよりはっきり見るようになるにしてもだ。たぶん、また会うまでに——おまえは何度もいっていたとおり、きょう帰らなければならないのだろうが——おまえはわたしの話にもっと耳を傾けようという気持ちになっているだろう。わたしはおまえから自殺的な気分の甘美さを早々と奪うべきではないと思ってはいるのだ。おまえからそんなふうに感じる能力を奪うのは、おまえが自らに科するどんな肉体的拷問よりも残酷だろうと思えるからだ。だからこそ、わたしは〝自殺的〟という言葉を何らかの行動を示唆しているとはまったく思わないまま、単なる叙述的な形容詞として使えたというわけだ」

「お父さん、わたしに自殺したいといわせたいみたいね」ナタリーはいった。

「そんな無意味なことはいうべきではないな」父が厳しくたしなめた。「自分の発言は純粋な事実の説明だけに限っておくほうがはるかに好ましい。あれはおまえの虚栄心がいわせたと思うほうがまだましだよ、ナタリー、十七年間のうちの二カ月でおまえが壊れてしまったと思うよりも」

ナタリーは自分のすべてを打ち明けたい、父が理解しているとは思えない自分のもろもろを何とか正当化したいというほとんど抗いがたい誘惑に駆られた。しかし、それは自分には痛切でも、父に人格一般についての所説を強調させるだけのことのように思われた。ナタリーは父の前の机をドンドン叩いて「お父さんに何がわかるの?」と怒鳴り、部屋を荒々しく歩きまわりながら、自分について語るべき言葉をその場の空気から引きだしたいと思った。怒鳴り、足を踏み鳴らし、叫びたかったが、その一つをする間もなく、気がついてみると自分の前方で父が静かな声でこういっているのが聞こえた。「そのとおりだよ、ナタリー、そのとおり、わたしは……」その代わりにナタリーがいった。「誰もわたしを好いてくれないの」

「わたしは誰も責める気はないね」父が短くいった。

父が笑っているのを見て、ナタリーも笑った。もういく時間だ、実際もういうことはない、とナタリーに示すべく父が立ち上がったが、一言付けくわえた。「わたしたちはお互いに理解していると思うんだがね、ナタリー、おまえとわたしは」


彼女は水曜日の夜、ある一つの伝奇の感覚を抱いて家に帰った。幽霊の出る国の胸の張り裂けそうな物語をつくりだそうとする人物、ありそうもないものや信じられないものを見聞きし、触れて知った人物のように(「そして、その国でわたしは一つの像を見た。汚(けが)れのない真珠でつくられ、目はダイヤモンド、髪は金箔で、大理石の台に据えられ、面と向かって崇める者はいないかもしれないが……」)。そしてトランクの底から見つけだした奇妙な小物体を持ち帰って、両手で大事に抱えながらじっとながめ……(「わたしがこれを井戸の底で見つけると、それは触れた者に死をもたらすといわれた……そして、これにまつわる一つの物語があるが——わたしは道に迷い、密林をさまよい、三日間、何も食べず、六週間、人と会わず、目が覚めたときには熱に浮かされ、自分の上に屈みこむ人影を見て……それから、これをながめ、複雑な彫刻、柄に引っ掻くように刻まれた暗号を観察し——それを買ったのは古い……」）……自国ではめぐりあうことのない多くの事物を見聞きし、触れて知った人物。人間のように歩く獣や星のように輝く宝石を見た人物。百万マイルも彼方の景色を思い浮かべて微笑み、昔から知っている光景をとまどいながら見つめ、両親や弟の顔が真珠の彫刻の顔ほどにも馴染みがないと気づいた人物。

ナタリーは家に二十四時間いるかいないで、自分の訪問は完結し、目的を達したと感じた。義理堅く今もナタリーのものとされているベッドで二度寝し、父母にキスし、弟が実在することに少し驚き、かつて馴染んでいたものをあれこれ試してみて、よくおぼえていることを確かめたかと思ううちに、再び去るときがきた。寮から大学のバス停に向かって出発したときから雨が絶え間なく降りつづいていて、その湿った悪天候が家の部屋部屋を灰色の寒気でふさいでいた。ナタリーは大学からレインコートを着て帰り、それ以来、外出していなかった。濡れたレインコートはくしゃくしゃのまま裏玄関の椅子に放置され、その下の床は一晩中垂れつづけた水滴でぬかるみのようになっていた。

二日前、ナタリーはリビングルームの暖炉で体をすっかり乾かした。やっとのことで通り抜けてきた雨の記憶、暗く立ちはだかる壁のような雨の記憶も、大学に戻るのを前にした当人をなだめたり、逸(はや)る心をしぼませたりすることはなさそうだった。「それじゃ、今夜のディナーまではいないのね?」金曜日の午後、母がそっと尋ねた。それは、暖炉の前に陣取り、落ち着きのない目をして、体の脇の敷物の上で両手を揺らしているナタリーに向けられた一言だった。また、水曜日の晩、不条理な恐れを感じつつ意味もなくナタリーを歓迎した延長でもあった。もし母が「それじゃ、今夜のディナーまではいるのね?」といっていたら、ナタリーはさっと振り向いて、以前、家にいた間に身についた臆病な予断もなしに、ずばりと答えていただろう。この一、二日を家族とともに過ごしている間に取りつかれた恐ろしいほどの性急さで、必要とされる返事をしていただろう。もし母があれこれ質問して、ナタリーにしゃべらせるように仕向けていたら、それでその日の淡々とした進行が妨げられ、そこで費やされる余計な時間のせいでナタリーが大学に帰り着くのが遅れたかもしれなかった。そんなふうに母が何とか引きとめていれば、答えは得られたかもしれなかったが、結果はかえってよくなかったかもしれなかった。

ナタリーは暖炉の前でせわしなく体を動かしながら、さっきの母と同じようにそっといった。「わたし、そろそろ帰らなくちゃ」自分の背後で母が針を布にそっと置き、椅子の肘掛けに両手を預けて、自分の頭越しに暖炉を見つめているのがわかった。母が話そうとして息を吸い、そのあとやめてしまうのを音で聞くというよりも感じで察した。話しても意味がなかったし、そもそもいうべきこともなかった。母が息を吸いこんでから、ナタリーが無意識な動きで発言を阻むまでの一瞬のうちに、すべてが果てしなく論じられた。母はこういいかけていた。「ナタリー、あなた幸せなの?」ナタリーはこういいかけていた。「いいえ」母はこういいかけていた。「なぜかすべてが悪いほうへ悪いほうへと向かうみたい」ナタリーはこういいかけていた。「わかってはいるけど、わたしにはどうしようもないの」母はこういいかけていた。「わたしに手伝わせて」ナタリーはこういいかけていた。「お母さんに何ができるの?」母はナタリーが神経質に頭を揺らしているのに気づき、また何かいう前に沈黙した。

ややあってから、再び針仕事に戻った母が、午後中ずっと、もっと軽い話をしてきたかのようにこういった。

「あなた、本気で勉強しようとしているの?」

「もちろんよ」ナタリーはいった。この種の口先だけの会話なら、思考や真実が含まれていなくても楽に続けることができた。

「これは前にもいったけれど」母がいった。母の陰の声が〃何度も何度も〃と付けくわえた。「前にもいったけれど、ナタリー、わたしがくどくどいうのは嫌いなことも知っているだろうけれど――でも、心得ておいてもらいたいの。あなたを大学にやっているおカネは、お父さんがふつうに出せる以上のものなの。わたしたち、いろんなことを切り詰めているのよ」

　母には感謝の念をもって接してほしいと思われている、とナタリーも理解した。それは前からたびたび求められてきたことでもあったので、とりあえず二人で多くの偽りの約束を交わし、非現実的な明るい未来の略図を描き、満たされない感情をもってお互いに慰めあうという結果になっていたのかもしれなかった。いずれにしても、ナタリーは今までの行路の中でどのようにして母に感謝をもって接するかを学んでこなかったので、ただ振り向いてこういっただけだった。「わかってる。肝に銘じてるわ。わたし、トラブルには近づかないようにするから」

「トラブルなんて」母はそれがまるで殺人や強盗、放火と同じであるかのようにいった。自分の頭にある魔の手の中でもすぐに思いつく何かのように。「トラブルなんて論外よ、ナタリー、勉強もだけれど、ほかの子や先生ともうまくやるようにね」

　変ね、とナタリーは思った。お父さんはどう頭を働かせても、わたしがみんなとうまくいっていないということを手紙から読みとることはできなかったのに。でも、お母さんはそれを何よりも恐れているからなのかもしれない。お母さんは自分の悲しみのすべてがわたしに降りかかっているのではと恐れているのでは。なぜなら、お母さんは自分で悲しみを癒やすよりもわたしを通じて癒やすほうが楽だと思っているようだから。お父さんは自分の欠陥をわたしの中でなおそうとしていたが、お母さんは今になってみれば間違いだったと思われることをわたしを通じて繰り返すのだけは避けようとしているのだろう。

「ほんとにすべて順調よ」ナタリーは母にいった。「わたし、ほんとにうまくやってるから。みんなもそういっているもの」最後の一言は勇み足の気味があると判断して、あわてて頭をぐいとそらし、再び暖炉にじっと見入った。

「そんなこと、お父さんには話してないけどね」母が意外なことをいった。

「話してないの?」それはいかにも力なく、およそ不適当で、いう必要もない台詞だったが、その一瞬、ナタリーは適当な応答を思いつかなかったのだ。母がしばらく黙っていたのは、ナタリーに何か気のきいたことをいう機会を与えるためのようだった。母はそのあと、カサカサという音をさせながら縫い物を折りたたんだ。母の息づかいのかすかな音が、当人は破る気のなさそうな静寂の中を漂い、暖炉の前のナタリーを眠りに誘った。しかし、ナタリーは父と弟がまもなく帰宅すると気づいて、くつろいだ気分に水をさされた。二人が帰ってくる前にコートを用意し、気持ちを切り換え、ドアのそばに立って、別れに備えなければならなかった。父がバス停まで送ろうという気にならなければいいのにと思ったのも束の間で、タクシーも、それよりさらに望ましい徒歩も父が許すはずはないという事実を受けいれざるを得なかった。

「ナタリー?」母がナタリーの後ろ髪を見ながら力なくいった。それで警告を受けたとでもいうように、ナタリーはすっと立ち上がり、自分の長い体を速やかに動かせるところを見せつけた。「あなた、ずいぶん大きくなったのね」母がつぶやいた。「うちのおチビさんとはすぐには思えないわ」

「出かける準備をしたほうがいいみたい」ナタリーは急いでいうと、ドアのほうに進んだ。母のそばを通り抜けるとき、手を握るのを避けようとするかのように無意識に体をよじった。「バスは四時に出るから」

母がまた口を開きかけるのを見て、ナタリーは大急ぎで行動した。母が何かいおうとしたときには、うまい具合に聞いていないふりをすることができた。湿ったレインコートのにおいにはぞくぞくさせられた。それは大学の共通のにおい、ナタリーがそれまで身につけたことのなかったコロンのかすかな名残を伝えてきた。ポケットの近くには誰かにつけられた煙草の焼け焦げ。そのレインコート自体がいったりきたりすることの、望んだり恐れたりすることのシンボルだった。あるいは、暖かく明るい家からぞっとする寒気の中へ出ていくことのシンボルだった。

ナタリーはスカーフで頭を覆ってその両端を結びながら、これで母の最後のお説教も聞かずにすむだろうと思った。暖炉のほうに戻ってみると、母は腰を上げて、ナタリーが横になっていた場所に立っていた。その母と並んで父が暖炉のそばに立っていた。お父さんが入ってくる足音は聞こえなかったのに、とナタリーは思い、また思いなおした。わたしはもう、お父さんの出入りにも鈍感になったみたい。父と弟はナタリーが知りもしない誰かを訪ねていた。いっしょにいこうと誘われたが、たいして気をつかいもせずに断ることができた。ナタリーの新たな知り合いはすべて大学の人間で、家で新たな知り合いを得ても結局は時間を無駄にするだけと思われた。

微妙な事態が起きた。父が話していたのに、ナタリーは一瞬、母が話しているのかと思った。「それじゃ、おまえ」父がいった。ナタリーがレインコートを取りにいっている間に始まった父と母とのやりとりが急にはっきりと耳に入ってきた。父は母がナタリーを発(た)たせようとしているとは思ってもおらず、これからナタリーを引きとめるのはたいへんな骨折りだという成り行きに驚いたようだった。よくよく考えてみた末に、ナタリーに残ってほしいと頼んでも無駄だとあきらめ、そもそも母がナタリーを居残らせようと思っていたのかどうかにも疑いを生じたようだった。

「どう、楽しかった?」ナタリーは形式的に聞いてみた。

父は皮肉っぽく一礼した。「期待以上ということはなかったね」父はいった。「家でいっしょにいたほうがよかったと思う」

「わたしたちはすっかりくつろいでいたけど」ナタリーはそういうと、母のそばに寄って、その体に腕を巻きつけた。その愛情の発露は暇乞いの場に似合わなくはなかったし、ナタリーを出発以外の何らかの行動に向かわせるものでもなかった。その瞬間までナタリーが出発するというのはわがままな衝動でしかなかったが、母への挨拶は当然のことながら、それを確定的なものにし、さらに父を動かして、ポケットの車のキーを探らせるに至った。

「四時のバスか?」父が尋ねた。

「もう出かけたほうがいいわ」ナタリーはそういうと、母からすっと離れ、後ずさりして弟にうなずきかけた。弟もうなずき返して、こういった。「またね」

ナタリーと父母は、それぞれがほかに対していうことを秘めたまま（「このままずっと変わることはないのかしら?」「次に会うときには誰か変わっているのでは?」「今までずっとこんなふうだった?」）、部屋の真ん中におぼつかない様子で立っていたが、そのうち、三人とも何かのダンスのようにもじもじしはじめた。見送りというきわめて単純な行為が突然、ひどくぎこちないものになってしまって、お互いに何とか都合のいい立ち位置を探っているようだった。結局、最初に動いたのはナタリーだった。気がついてみると、自分が出発するのを確認するように、こういいながらドアのほうに向かっていた。「それじゃ、さよなら」あとをついてきた父はまだポケットの中のキーをガサガサいわせていた。「さよなら」ナタリーはようやくそういうと、戸口で再び足を止めて、コートを着た父のがっしりした姿の向こう、何かを待っている母の姿の先、暖炉のそばの自分の居場所を見やった。今は誰もおらず、ナタリー以外の誰にも興味のなさそうなその場所は、あいかわらず楽観的にナタリーが次に帰宅するまで主のないままがんばろうとしていた。「さよなら」ナタリーは母に向かってもう一度いうと、外の雨の中に足を踏みだした。

ナタリーは父とともに車に乗りこみ、その車が雨の中に出ると、角の街灯を興味深く見やった。郊外によくある飾りたてたその街灯は、明らかに父母が住む家に付属しているものだった。ナタリーはその灯りを斜めによぎる雨を満足そうにながめた。きょうの午後は雨ですでに暗くなっていたが、その街灯が父の領土の最後の前哨地点を示していた。そこを越えれば、ナタリーが見かけるであろう人々は馴染みがなくなり、父の独占的所有物は数を減らし、ナタリー自身の将来輝くかもしれない世界がひろがっていきそうだった。

「結局、ちゃんとこんにちはをいう機会もなかったみたいね」ナタリーは父に気をつかってそういったが、その声は出発の興奮で熱を帯びていた。

「また帰ってくるんだろう」父がいった。「いずれにしても、おまえがこんにちはというのは前に聞いたことがあるよ」

「お母さん、ほんとに元気なの?」ナタリーは尋ねた。

「元気も元気だ、ありがとう。いや、ほんとに元気だよ」

バスに乗りこんで、奥行きのあるどっしりした座席に腰を落ち着けると、分厚い窓ガラス越しに父が手を振っているのが見えた。自分の体の下で大きな車輪が動きだし、家族は後ろに、大学は前になったところで、ナタリーは座席の背もたれにゆったりと体を預けた。今はもう、情愛深い父母や弟に対して、あまりにおざなりに接したことに自責の念を感じる暇もなくなっていた――この瞬間に大事なのは、今は折り曲げているが伸ばそうと思えば伸ばせる脚の筋肉をすばやく上下に動かすこと、むきだしで雨に濡れたままの指をしっかりこすりあわせること、そして目や額から背中、さらにまた脚と意識をつなぎあわせて統合することだった。そのすべてを束ねあわせて一つの挑発的な統一体、ナタリー・ウエイトという個人の皮膚と感覚の内に辛うじて包含される統一体にすることだった。

彼女は歌を歌いたくなった。バスの曇った窓に口を押しつけて声を出さずに歌い、歌いながら考えていた。そう、わたしがナタリー・ウエイト、すなわち当代のもっとも驚くべき個性の持ち主、信じがたいほどの潑剌（はつらつ）とした才能に恵まれて躍動する女子を初めて見たとき――ともかくも初めてナタリーを見たとき、ナタリーはバスの座席に、乗客の一人として座っていたが、わたしはすぐにはナタリーの豊かさに気がつかなかった……そのあと、ナタリーが振り向いて、わたしに微笑みかけた。今、ナタリーが何者であるか、すなわち当代あるいはいつの時代を通じてもいちばんの潑剌とした才能に恵まれた女優（殺人者？　高級売春婦？　ダンサー？）であると知り、わたしにはナタリーの内部の魅力的な矛盾の数々がよりはっきり見えてきた――ユーモア、簡単に破裂するが鉄の意志でたちまち抑えこまれる癇癪（かんしゃく）。厭世的な皮肉（結局、ひどい不運の針と矢で他の誰よりも苦しめられたということなのだろう）、若々しい活気。まっすぐな真実を語れない一方で、自分自身には残酷なほど正直。比類のない豊かで気高い精神、奥深くのポケットにいっぱいの情報。そこは探られることはないが、中にはけっして見られることのない宝石のように輝く思考が……

彼女はナタリー・ウエイトのために、この先で待ち受けている世界についても考え、自身の秘密の方式でそれを評価しようとした。たとえば、百――百年、百ドル――というのは、五十九や七十四にとっては到達も通過もできない高みにある頂点だ。それでも七十四というのは一や二をはるかに超え、もちろん三をも超えている。五月という月（考えを進めるうち、ナタリーは自分の人生で五月という月を乗り切ったことがないのに思い当たった。それはつくり話であり、実在しない月であり、春の花と緑の芝生の月であり、週と日がそろったふつうの月ではなく、おそらくはほかの月のように火曜日と日曜日はある月）は、一月と三月とヴァレンタインデーとリンカーンの誕生日が何とか過ぎた後しばらくして生じるかもしれないし生じないかもしれないもののようだった。それから彼女の前に百年が横たわり、その一年一年が何の躊躇もなく七十四や二月を嬉々として通り過ぎるとしたら、おそらくは五月も百回あって、その一回一回が歓迎され、華やかに飾りたてられるのだろう。彼女は声のないぼんやりした憧れで満たされた。これらの日々を集め、堅くて強いはっきりした形に押し固め、さらにはこの時間の愚かさをハンマーで打って、それで……それで……彼女はそこで眠りに落ち、バスが大学のバス停の前で停まるまで眠っていた。そこで、神秘的な時間の感覚と誤ることのない正確さで自分を褒めながら、目を開けて自分がどこにいるかを確認した。

入居している大学の寮の三階には、整然と、いやになるほどまっすぐに窓が連なっていたが、ナタリーは一つだけ暗い自分の部屋の窓を見つけると、ちょっとどきどきする感じに駆られながら、玄関へ続く平坦な小道に向かった。その暗い窓の内側は自分の確かな居場所だったが、今までそこを離れていたのだった。ナタリーは小道をことさらゆっくり進み、中に入るまでに二、三分、余計な時間をかけた。

ドアを開けて玄関の間に入ると、そこには十八世紀のタウンハウスを真似た優雅な線が際立つ郵便受けの列があった。そして二日の間忘れていた独特の空気が押し寄せてきて、しばらくは息もつけないほどだった。まず強烈に襲ってきたのは、家具に用いられている暗色の安い木材のにおい、それから調理場からのお昼のスープのにおい――家具の艶出しとスープは同じ基礎的物質からつくられているというのが学生のジョークだった――その艶出しを強く思いださせ、スープをどことなく思いださせるのは、一階に部屋を持つ〝オールド・ニック〟が自分自身や部屋、衣類に振りかけている香水だった。その香りは〝オールド・ニック〟の部屋から食堂に通じる廊下の途中までひろがり、階段を伝って三階の廊下を通り抜けていた。そして

〝オールド・ニック〟が耳をそばだてたドアを示し、手で触れたノブにしみついて、本人のどんな助言をもしのぐ強くて広い影響力を発揮していた。

十八世紀風の玄関の間のナタリーが立った位置からは、右手に〝オールド・ニック〟の部屋の半開きのドアの前を通って食堂に至る廊下——ついでながら、その部屋の戸口は、調理場の火に近いこと、そこに〝オールド・ニック〟が住んでいるということ、おまけにそこがいちばん下の階であるということから、学生の一連のジョークのネタにされていた。〝オールド・ニック〟は間違いなくそれを聞き、おそらくはそれを気に留めてもいただろう——それから十八世紀風の壁紙に沿って狭い戸口の長い列が続いているように見えたが、もちろんそれはどこにも通じていなかった。ナタリーの左手は階段で、曲がりながら上がって頭の上を越え、二階、さらに三階の部屋へと続いていた——三階にはナタリーの部屋があったが、階段を上らない限り、そこにはいけなかった。階段の向こう、左手の廊下の先にはリビングルームがあった。大学での最初の晩、自己紹介するよう求められた部屋で、それ以後、二度ほどしか入ったことがなかったが、そこをいつも我が物顔で使っている寮生たちがいた。

今、目に見える範囲には誰もいなかったが、〝オールド・ニック〟の部屋のドアの向こうから人声が聞こえてきた。昔馴染みの二人がお互いに褒めあいながら、食前のシェリー酒を飲んでいるというふうだった。十八世紀風の玄関の間の白黒タイルを模したリノリウムの床を踏んでも、ナタリーのモカシンは音を立てなかった。その足で郵便受けにいってみたが、何も入っていなかった。ナタリーがほかをのぞいてみることもせず、急に方向転換して階段に向かおうとしたそのとき、それにはとまどうしかなかったが、突然に夕食のベルの音と雪崩を打って階段を下りてくる寮生たちの足音が聞こえてきた。ナタリーは頃合いを見計らうのを忘れた自分にいらだちながら、階段の途中で巻きこまれるよりはと、すばやく後ずさりした。そのまま廊下を進もうとしたが、さっきよりも大きく開いた〝オールド・ニック〟のドアと、友人を食堂へいざなう彼女の大声にさえぎられた。ナタリーは玄関のほうに移り、階段の下の物陰にたたずんで、頭上を下ってくるドンドンという足音を聞く羽目になった。寮生たちの声は興奮で甲高くなっていた。そんなに急ぐほど夕食がありがたいのか、とナタリーはうんざりした。しかし、その足音もすぐに弱まり、食堂からワーンという音が湧きあがった。食器がカタカタ鳴り、急くような質問が絶え間なく飛び交った。三百人の女子がお互いに「献立は何?」と問いかけているようだった。

階段から最後の足音が消えると、ナタリーは物陰から出て足早に無人の廊下を通り過ぎ、階段に向かった。誰にも気づかれなかったようだった。最後に食堂にいったときには、気後れを感じて独りで入り、入り口に近いテーブルについた。すでにそのテーブルで待っていた三人にじろじろ見られながら、腰を下ろしてナプキンを膝に置いた。すると、その三人がいっせいに立ち上がって、何の挨拶もなくほかのテーブルへ移っていった。ナタリーは夕食そのものには何の魅力も感じなかった――再び食堂にいこうという気にさせられるような食べ物もなかった。

ナタリーは急いで上階へ向かったが、湿った足まわりでリノリウムの段を踏んでも音はしなかった。ためらうことなく、まっすぐ三階へ上がり、廊下を走って自分の部屋に着いた。鍵は〝オールド・ニック〟が部屋に立ち入りたいというときに備えて郵便受けに入れておくよう指示されていたが、そうはしないでいつも身につけていた。その指示というのは、〝オールド・ニック〟が合い鍵をなくし、メイドも見つからず、どういうわけか大学本部からマスターキーを借りてくることもできず、ほかの寮生――17号室、37号室、あるいは7号室の住人の鍵で開けられるのだが――の居場所もわからない場合に備えてのことだった。部屋の中は暑く、むっとしていた。ナタリーは灯りもつけず、レインコートを床に落とすと、窓にぴったり押しつけられたベッドに向かった。ベッドに腰掛け、窓を開け、窓の下枠に頭を置くと、目を閉じて静かに休息した。

元気を回復して頭をもたげるところまでいかないうちに、廊下で再び物音がした。寮生たちが夕食から帰ってきたのだ。部屋には夜気が満ちていた。ほの暗い中で机とタイプライターが見えた。部屋をめぐる幅木（訳注―壁の最下部に張る横板）に接した本の列、机の隣のまっすぐな椅子。ある晩、ナタリーは自分の部屋で自由に向きを変えることもできないのに腹を立て、化粧箪笥から衣類を取りだして、それをクロゼットのスーツケースに押しこむと、その箪笥に加えて、大学が用意した楓材の肘掛け椅子と本箱を押したり引いたりして廊下に出した。大学の雑用係は廊下に出された家具にいらだったが、結局、それは片づけられた。今は窓の下のベッドと隅に押しこまれた机と椅子、いつも閉めきったドアと――それからこれは一月前に思いついたことで、もうその便利さにも驚かなくなったが――ベッドの頭にくくりつけた紐で窓のすぐ外に吊るした屑籠といった工夫のせいで、狭い方形の部屋を乱すこともなく動きまわることができた。もちろん、ドアの上の明かり取り窓は閉めっぱなしにして、自分が室内にいるときは鍵をしっかり鍵穴に差しこんでおくことは必要だったが。

ナタリーはここでは孤独だった。実際、今夜はあまりの寂しさに打ちひしがれて、廊下の物音が静まってからまもなく、レインコートのポケットに煙草が一本あるのを見つけると、それを手にして用心深くドアの錠をあけ、廊下に出ていった。廊下の先の灯りがついた部屋部屋からは声が聞こえてきた。幾つかのドアは開いていて、一つの部屋から別の部屋へ出たり入ったりしている子たちがいるという感触があったので、そっと階段に向かって一階へ下り、廊下を進んで、あるドアの前に出た。そこでできる限り陰に隠れるように立つと、自分のノックはほかとは違うはずというようにノックして待った。ドアに体を押しつけるようにして、パネルに見入っているうちに、「どうぞ」という声が聞こえたような気がした。ナタリーはドアを開けて中に滑りこむと、すばやくドアを閉めた。

「こんばんは」ナタリーはいった。

「あら、何よ?」ロザリンドがいった。映画雑誌を手にしてベッドに横たわっていたが、軽い驚きを見せて顔を上げた。ナタリーはロザリンドが着ている鮮やかなオレンジ色のパジャマに見入りながら、ロザリンドが今では高く買われていて、ほかの子たちに会いたいと思われる子の一人になり、グループの中心ではしゃいでいることを考えた。ちょっとした変化、ちょっとした転換ね、とナタリーは思った。将来、ロザリンドを思いだすとしたら、自分の左右に友だちを引き連れてキャンパスの小道を闊歩する輝かしい姿になりそうだった。「何なのよ?」ロザリンドがいった。

「マッチ貸してもらえる?」ナタリーは聞いた。ほんの些細な頼みというように屈託ない口調でいった。

「いいよ」ロザリンドはいった。ベッドの隣のテーブルに置いてあったブックマッチ（訳注―剝ぎ取り式の紙マッチ）を放ってよこすと、こう付けたした。「取っといて。わたし、たくさん持ってるから」もう一度ナタリーを見やることもなく、待ちかねたというように雑誌を持ち上げた。

「もうちょっといて話していってもかまわない?」ナタリーはやはり些細な頼みというように聞いてみた。

「忙しい?　お邪魔はしたくないから」

「うーん、本読んでたんだ」ロザリンドはそういうと、雑誌に目を落とした。

「そうよね」ナタリーは考えた。わかってる、わかってる。でも、わかってるのはわたしだけで、彼女のほうはわたしのことなど何とも思っていない。何だったらいってやってもいいんだけれど、彼女は誰がそんなことを聞くものかと思ってる。でも、わたしにはわかっているんだから。ナタリーはよろめきながら急いで部屋を出た。

ドアを閉めると、冷静になって考えた。階段を二つ上れば自分の部屋に戻れるし、外に出るにしても、たいした距離ではない。ただその前に何をすべきかはわかっていた——二分前にしたらよかったと思われる軽蔑のしぐさを交えて——ロザリンドのブックマッチを二つに引き裂き、ロザリンドの部屋の外の床に投げ捨てた。三階の自分の部屋は鍵がかかっていた。たとえ廊下へ十歩出るだけでも鍵をかけていたからだ。レインコートは部屋に置いたままだったが、煙草は持っていたし、自分のマッチも持っていた。ナタリーはそのまま音も立てずに軽やかに階段を駆け下り、キャンパスに出ると、清々した気分で芝生を踏みしめた。

雨は止んでいたが、一息入れたあとでまた降りだすという兆しが至るところに見えていた。木々から滑り落ちた水滴が髪に当たり、レインコートを持ってきたらよかったと思わせられたが、灯りのついた寮に取りに戻るという考えを採るわけにはいかなかった。十一月末ともなると、この時刻のずいぶん前から暗くなっていた。ナタリーは今ではほとんど見えもしないキャンパスの小道をどのように進むかをのみこんでいた。背後には明るく照らされた自分の部屋があるのにと考えると悔しかったが、このあたりでなら大股で思うように進むことができた。前方にラングドン家の灯りが見え、通り過ぎる家々からは判然としない声が聞こえ、どこかでラジオが鳴っていた。流れてくるのが何の曲かはわからなかったが、ほかの子たちが廊下で口笛を吹いたり部屋で合唱したりしているのを聞いたことがある数曲のうちのどれかと思われた。

ナタリーは今、この土地の所有者の気分だった。主な校舎群の裏手に続く細道を進もうと向きを変え、もう一度キャンパスの家々を振り向いて、こう思った。わたしは自分の土地を歩きまわっている。その境界を見分け、縁(へり)を示し、それを囲いこんでいる。輪郭をすべてはっきりさせることのすばらしさが頭に浮かんできた——たとえば柵を増強すれば深い満足が得られるのではないか。広大な土地を取り囲む頑丈な柵の内側をまわったり、それに寄りかかって所有地の限界ぎりぎりまで押してみたりするのだ。あるいはまた、机の上に一枚だけ置かれた完璧な長方形の白紙の輪郭がくっきりしているのも見て心地よいのではないか？　地平線で空と大地がぴったり合わさっているのは？　本の背をなぞってみるのは？　ナタリーは身震いしながらも自分の目や口を水平に切る鋭い刃を連想せずにはいられなかった。そのあと建物の角をまわって、再びキャンパスとその灯りを目にし、その物音を耳にすると、しばらく立ち止まって、興味深くじっくりと自分の土地を見わたした。今、自分はとてつもない巨人で、小さな建物群――おそらく一フィートが十分の一インチという比率で、実寸を縮尺しているけれども――を自分の手で建て、家具を入れ、自分でつくった動く小人形を住まわせていた。その人形の手足の数や頭の位置などは、完璧というわけにはいかないが注意深く計画してあった。

たぶんあしたは、とナタリーは思った。明るくなったら、木々をすべて移植して、キャンパスの端に本物の森をつくろう。二列になってお互いに向かいあっている寮はばらばらに配置したほうがいいのではないか。そうすれば寮の戸口から出てきた小人はほかの寮の戸口を見つけることができなくなる。たぶん、わたしはラングドン夫妻の人形を食堂の建物の尖塔に移して、一週間そこに置いておくだろう。二人が泣いて解放を乞い、それをわたしが見下ろしている間、二人には大きすぎるわたしが見えず、わたしは二人を嘲笑うだろう。

たぶんあしたは、どれか一つの寮を選んで、それを片手でそっと押さえ、もう一方の手で慎重に壊し、細心の注意をはらって断片を次々に取り除いていくだろう。最初はドア、それから気をつけて釘を少々取り除き、寮の右前の隅の板を一枚一枚、さらには中の家具を全部出して、寮の右側の壁をそろそろと剝がすけれども、二階には手を触れずにおく。一階が跡形もなくなったあとでも、二階はそっくり残さなくてはならない。そのあとは階段を一段一段外す。その間ずっと、中の小人たちは家のあちこちから、上の見えにくい部屋へ悲鳴を上げながら駆け上がり、ぶつかりあい、つまずいたり、狂ったように引っぱりあったりしたあげく、ドアをぴしゃりと閉めきるだろう。その一方で、わたしの強い指が蝶番（ちょうつがい）からドアをそっと取り外し、壁を引き離し、窓を無傷のまま持ち上げ、小さなベッドや椅子を用心深く取りだす。最後には、狭い一室にザクロの種のように密集した小人たちはほとんど息もできず、気を失う者も泣き叫ぶ者も出るが、みんなが押しあいへしあいしながら、わたしがやってくる方向をじっと見つめている。そしてわたしの指が注意深く確実にドアを外すと、みんな、中で一塊（ひとかたまり）になって壁際へと後ずさりする。わたしはその部屋を一口で呑みこみ、情け容赦なく板切れやおいしい小骨を噛み砕くだろう。

それから、わたしは別の寮に取りかかり（不運な小人たちは見上げるばかりで、次はどの寮か、あえて知ろうともせず、宙に浮かぶ手が一つの寮の上でためらってから別の寮を選んだり、あるいは彼らが隠れている寮に何の迷いもなく下りてくるのを目にすることになる）、寮生全員を蹂躙（じゅうりん）して楽しむだろう。たぶん――これが何よりも滑稽なことになるだろうが――アーサー・ラングドンを真ん中にした裸の小人五十人を一室に押しこんで、小突きまわしたり、鮨詰めにされた彼らが泣きながら身動きしようとするのを嘲笑ったりするだろう。あるいは〝オールド・ニック〟の人形の片脚をつかんでキャンパスの小道を引きずりまわし、各棟のドアや外をのぞいている人形の頭にそっとぶつけてみるだろう。あるいは十二分に気をつけながら一体の人形の服を脱がせ――人形はどれもあまりに小さすぎて、その服を破らずに、ときには細い腕を折らずに脱がせることは不可能に近いが――それに長い布切れを巻きつけ、背中にピンを打ってその布を留め、一つの寮の屋上の小さな椅子にそれを座らせてから、わたしは天から鳴り響く声で叫ぶだろう。これは女王にあらせられるぞ。皆の者、屋上に上がって女王の爪先に接吻するのじゃ。

あるいはすべての寮を取ってきて、人形を中に閉じこめたまま一棟の上にまた一棟と乱暴に積み重ね、そのぐらぐらする堆積のてっぺんにアーサー・ラングドンの人形を逆立ちさせ、笑いながら思いきり息を……

「おや？　ナタリー・ウエイトじゃないか？」

ナタリーは立ち止まり、今、ひょっとして自分が声に出してしゃべっていたとしたら、彼は自分の声と聞き分けていたのではないかとぞっとさせられた。しかし、彼はこういった。「この暗闇の中でも、きみを見分けられたようだな。それにしても、こんな晩にうろうろして何をしてるんだ？」

「中は息が詰まるものですから」

「ぼくもそう思ってね。ぶらぶら図書館にでもいってみようかと。きみもそっちへ？」

「いいえ」ナタリーはそういったが、それまで図書館に通じる小道をたどってきていた。「わたしは別のほうへ」

彼は寮の列をちらりと見やったが、ナタリーがどこにいきたいのかわかっているというようだった。「休みは楽しかった？」彼は尋ねた。

「ええ」

「お父さんはどう？」

「元気です。せっせと仕事をしています」

「そのうち、お目にかかりたいな」

「近々、わたしに会いにこちらにくるっていってます」

「お目にかかりたいものだね。それじゃ」彼はあいまいに付けたすと、図書館に向かう小道を一歩踏みだした。それから急に思いだしたというふうに引き返して、こういった。「ぼくたちのニュース、聞いたと思うけど」

「いいえ」ナタリーはいった。

彼は苦笑いした。「ぼくたち、赤ん坊ができたんだ」そういうあまりにあからさまな告知は、ある種の情緒性が欠けているという印象がしたからか、自信のなさそうな口調で弱々しく先を続けた。「ぼくたち、とても幸せだよ」

「おめでとうございます」ナタリーはそういいながら思った。あのエ、リ、ザ、ベ、ス、が？「それはすてきですね」それ以上付けくわえることはほとんどなさそうだった。実際に赤ん坊が産まれたときなら、かわいいとか、アーサーに似ているとか、小さな手を見て、信じられないくらい小さいとか、ありのままをいうこともできただろう。しかし今は繰り返してこういうのが精いっぱいだった。「お二人にとって何てすてきなことでしょう」

「ぼくたち、とても幸せだよ」彼はいった。「それじゃ、おやすみ」

「おやすみなさい」ナタリーはいった。彼がいってしまうのを待つ気はなく——おそらくは驚くような別の知らせを持って引き返してくるのではという恐れのせいで——小道を足早に進みはじめた。アーサー・ラングドンが察していたそこに向かって、そして自分が目指していると初めからわかっていたそこに向かって。

いったんその寮に向かって歩きだすと——そこは現在地からはキャンパスを斜めによぎったところにあり、キャンパスの縁に沿ってまわっていくよりはまっすぐにいくほうが楽だった——だんだん足早になり、最後には小道をほとんど走っていた。ナタリーの寮は古典風だったが、その寮はロココ調で、色彩豊かな玄関の間には金の透かし細工も施されていた。どういけばいいかはよく知っていたので、黙って中に入ると、一段一段を軽やかに踏みしめ、指先で手すりをかすめるようにしながら階段を上っていった。何よりも優先したのは、音を立てず、できることなら気づかれずに進むということだった。階段では誰にも会わなかったが、二階に着くとためらうようにたたずんで、自分の寮とそっくりな廊下、開いて明かりの漏れる戸口が並ぶ廊下を見やった。その戸口をすべて通り過ぎなければならなかったが、もったいぶって歩いていくか、一目散に駆け抜けるかが問題だった。廊下の端のドアの上の明かり取り窓を通じて照明がついているのが見えると、思わずぴんと肩を張ったが、そんな自分に苦笑した。それから静かで確かな足取りで廊下を歩きはじめた。ドアが開いた最初の部屋では、まったく注意を引かなかった。誰も目を上げようとさえしなかったが、二番目の部屋はベッドや床で横になっている子たちであふれかえり、その中の誰かがナタリーに気づいて大声を上げた。「あら、彼女がきたわよ」ナタリーは振り向きもしなかったが、みんなが戸口に群がってくるのに気づき、ざわざわした声が何をいっているのか、廊下を進む自分を追う目がどう見ているのかを察した。さらにその物音で廊下の戸口という戸口に寮生たちが出てきた。ナタリーは自分の前方のドアまでもが開いていくのを見た。そのまま笑いを押し殺すようなふりをしながら、左手の最後のドアに顔を向けることもなく歩きつづけた。そのドアの前で立ち止まって少しの間ためらうと、廊下全体に馬鹿にしたような沈黙がひろがり、続いて笑いと嘲りが爆発して響きわたり、ノックする音をほとんど掻き消した。ナタリーはみんなに見られているのを感じて気力がくじけたが、そのドアはほとんど鍵がかかっていることがないと見てとって、招き入れられるのを待たずにそれを押し開け、中に滑りこんだ。その場に立ってドアをしっかり閉めると、大きく一息ついて笑いだした。外ではくすくす笑う声とドアの近くまでそっとやってきては引き返していく足音がしていた——大勢がドア越しに聞かせようと、おもしろおかしいことを口々にいいあっている声も。

ナタリーはいった。「ごめんなさい、ほんとに。わたしがほんとに悪かったたっていうことをいいにきたの。わたし、いくべきじゃなかったのに、ごめんなさいね」

「どっちみち、あなたのこと怒ったりしてないから」トニーがいった。

「怖かったわ」ナタリーがいった。

「それはそうでしょ」

「みんながいたわ。弟まで」

「いるっていったでしょ。みんな、あなたを捕まえて放さなかった？」

「食事はさせてくれたけど」ナタリーはいった。「それ以外は何もしなかったと思う。ねえ、お邪魔していい？」

「あなたは何を恐れているの？」トニーが尋ねた。「わたし？」トニーはベッドに脚を組んで腰掛けていた。ナタリーがドアを開けたときにも動かず、今も頭を上げて微笑んでいるだけだった。トニーはタロットという昔からの占いのカードを使ってソリテール（訳注―一人遊び）をしていた。そのカードは古く、大きく、美しく、色は濃い金と赤だった。ナタリーはカードをちらりと見たが、その柔らかさには覚えがあるような気がした。長い間使いこんで今ではボール紙とは思えないほど柔らかく、むしろ羊皮紙に似ていると思われた。トニーとナタリーは今やタロットカードなどを好むのは世界で自分たち二人だけと思いながら、それを自分たちのゲーム――古をしのばせる思いもよらないゲーム――に用いていた。すなわち、工夫を凝らしたカードゲーム、歩きながらするゲーム、それに思いのこもった一種の占いにも。その占いはタロットの本に記されているカードの意味に常に忠実ではあったが、なぜかトニーとナタリーが想像し得る限りもっとも立派で幸運な人間であるということを意味するような結果になった。すべての組札の中でトニーがもっとも好んだのはソードで、ソードのペイジというのが本人にとっては常に特別なカードだった。ナタリーは魔術師というカードが好きで、カードに描かれた顔が自分に似ていると思った。トニーのソリテールの大きなカードはベッドの半分を占領していた。ナタリーは魔術師が空きを埋めるために動かされ、ソードのペイジがカップのクイーンの上に重ねられているのを見てとった。「こっちへいらっしゃい」トニーがいった。「とにかく、あなたはもう戻ってきたんだから」

ナタリーはドアから離れると部屋の真ん中で止まって靴を脱いだ。「濡れてるの」ナタリーはいった。

「あなたは惨めな気持ちで、どうすることもできず、ずぶ濡れで、たぶんおなかもすかせて、わたしのところへきたのね」トニーがどこか楽しそうにいった。

「でも、十五ドル持ってるわ」ナタリーはそれまで役に立つとは思えなかったものを不意に思いだした。

「父がくれたの」

「それはすごいわね」トニーはベッドの上のカードを見つめながら、上の空でいった。「わたしもうちへおカネをせびる手紙を書くために切手を買わなくちゃ」トニーは手足を伸ばした。「ペンタクルの八の上に七」トニーはいった。「このいまいましいカードの問題はね、ソリテールでは意味が解けるかどうかがわからないところなの」

ナタリーは部屋を横切ろうとしていたが、急に立ち止まって耳を傾けた。「外はますますひどくなってるみたいよ」

トニーも頭をもたげて、少しの間、耳を傾けていた。「いやな連中」トニーはいった。「あの連中、食事はしたのかしら?」

「ちょっと前にね。わたし、階段で踏み殺されるところだったわ」

「あなたは」トニーがいぶかりながらいった。「あなたはあの連中があちらで誰か捕まえたと思う?」

「そうみたいね、かわいそうに。そのカードじゃ意味のある答えが出てくるはずないわ——それでソリテールをやっても無駄じゃないの」

「そうね」トニーはカードを集めてシャッフルしはじめた。「でも、わたし、このカードの感触が好きなの。トランプのカードは馬鹿みたいでおもしろくないもの」トニーはカードを手にしたまま、すっと立ち上がり、何か目的があってとも見えないまま、さりげなくドアに近づいて、それを開けた。「帰りなさい」優しく、そういった。

　外にいた子たちがキャッキャといいながら散っていくと、トニーはドアを閉めて戻り、再びベッドに腰掛けた。「いつか、あの子たちにお仕置きをしてやってもいいわね」トニーはいった。「一人ずつ捕まえて、リンゴみたいに皮を剝いてやろうかな」トニーはぼんやりと自分の前にカードをひろげはじめた。「もしよかったら、あした、新しいトランプのカードを一組手に入れましょうよ。ジャックとスペードとダイヤがそろったのを。わたしはそれでソリテールができるから、タロットのカードはあなたにあげるわ。予測のつかない未来を読むためにね。わたしのソリテールはまだ解が出ないでしょうけど」

「もしカードが一枚だけというのがあるなら……」ナタリーがいった。

「いつかは出るかもね」トニーはあいまいにいった。

「ねえ、ラングドン夫妻に赤ちゃんができたんですって」

「ソードのペイジ」トニーはいった。「エリザベスとアーサーをかけあわせるのを想像してみて。アメリカン・ケネルクラブ（訳注—愛犬家団体）は当然、産まれた仔をみんな殺さなくちゃならなくなるでしょうね」

　ナタリーは自分がひどく眠くなっているのに気づいた。それは暖かく安らかで安全な感覚で、何も考えもせずにこういった。「あなたはわたしがここにすぐに戻ってくるといったわね」

「わたしが?」トニーは笑った。「どうしようもないペンタクルのクイーン」トニーは再び頭を上げ、かなり長い間ナタリーを見つめていた。「あなた、寝たほうがいいんじゃない」

ナタリーは眠気と戦いながら立ち上がり、ベッドのほうにいった。「ちょっと詰めて」そういうと、返事も待たずにベッドのトニーと壁との間に割りこんだ。

「カードを並べたばかりなのに」トニーはそういうと、カードを集めてベッドから床へ滑り降りた。「ベッドを使いなさいよ」トニーはいった。「学生委員会からあなたに手紙がきてたわ。きのう、あなたの寮で見つけたんだけど。あなた、二週間も授業に出てないっていわれてるわよ」

「わたしが？」

「あなた、あすの朝十時に委員会にいくことになってるわよ」トニーがいった。「手紙はどこかにやっちゃったけど」

「それはまずいな」ナタリーはいった。ほとんどうとうとしながら毛布を頭の上まで引っぱり上げた。「ドア」ナタリーはいった。

トニーはもう一度、ほとんど音も立てずにドアに近づいて、さっと開け、威嚇するような大きなしぐさで外にいた子たちを追いはらった。室内に戻ってくると、ベッドのそばの床に静かに座り、カードを押しやった。

「あなたに本を読んであげる」トニーはいった。まもなく静かな声で読みはじめた。「『……アリスが靴とストッキングと大きなマチネーハットだけで部屋から出てくると、この上なく刺激的であだっぽい淫らなその姿に、メイドのファニーは心底驚いて悲鳴を上げた。女主人を見て赤くなったかわいそうなファニーは、当のアリスが踊りながら近づいてくる間、目のやり場に困っていた。アリスの目はわたしがメイドを立たせておいた位置を明らかに是認しているようだった。

〝すてきですよ、マドモワゼル(メ・コンプリマン)！〟近づいてくるアリスに、わたしは深々とお辞儀をして、そういった。

アリスは頬を赤く染めて微笑んだが、ファニーにすっかり気をとられていたので、わたしに冗談をいう余裕はなかった。〝すばらしいわ、ジャック！〟今は震えているメイドをなめるように見たあと、彼女は大声を上げた。〝でも、たしかにこの子はもっと羽目を外してもいいわね！〟

〝いや、それは〟わたしは笑いながらいった。〝だが、きみが望むなら彼女の足首を縛ってもいいが！〟

〝いや、いやです！〟ファニーは恐れおののいた。〝そうね、ジャック、やって！〟アリスが目を輝かせながら叫んだ。ファニーに対して何か新しい責め苦を考えていたようだった。そして、わたしがメイドの懇願を無視してそのほっそりした足首を結びあわせるのを、目を凝らして見まもった！』

ナタリーは何の苦もなく、暖かく幸せに眠りに落ちていた。手、足、顔がゆっくりと緩んでいくのが心地よく、また口の脇の皺が伸び、顔が骨の覆いでしかなくなるのを感じた。今、自分は死んだように見えるに違いないとぼんやり思った。そのときトニーが立ち上がって、もう一度ドアのほうへいく音を聞いた。「わたしたちを放っておいてくれない？」トニーが静かにいった。

外ではまごついたようなざわめきが起きたが、トニーが重ねていった。「わたしがあなたたちに何を期待してると思ってるの？　さあさあ寝なさいよ――ここではもう何の音もしないから」

ずっとずっと後になって、ナタリーは熟睡していたが、トニーがベッドにもぐりこんでくるのに気づいた。二人は二匹の大きな猫のように並んで眠った。

朝になってナタリーが目を開けると、外がようやく明るくなりかけているのが最初に見え、それから向きなおると、トニーの目がこちらに注がれているのが見えた。

「――朝？」ナタリーがいった。

「さあ起きて」トニーがいった。

二人はいっしょにベッドから出て、ほかの誰もが眠っている朝のしじまを楽しみ、何の恐れもなくいっしょにいる感覚を楽しんだ。多くを語りあうこともなく、言葉は不要というように行動した。まずトニーがベッドから転がり出て、床の上ででんぐり返しを打ち、声を立てずに笑いながら立ち上がった。ナタリーは手足を伸ばし、窓のほうに向きなおって朝日を見やってから、膝を曲げずに上体を屈めて爪先に手で触れた。お互いに笑わないよう注意しあいながら、両側の部屋から漏れてくる眠りの音が満ちた廊下を進み、シャワー室に入って、いっしょに水を浴び、背中を流しあい、音を立てないように水をはねかした。それから体を拭き、冷たいシャワーの震えが止まらないまま、トニーの部屋に戻って着替えにかかった。

「わたし、自分の部屋からおカネを取ってこなくちゃ」ナタリーは自分の服を見て思いだし、小声でいった。

「わたしが取ってきてあげる」トニーがいった。「あなたは着替えをすませなさい」

ナタリーが声を立てずに力なく笑ううちに、トニーは着古した青いバスローブ姿でするりとドアから出ていった。部屋の窓からはキャンパスやトニーがたどるはずの小道は見えなかったが、ナタリーは窓の下枠に肘をついて朝日をじっとながめながら、青いバスローブ姿のトニーが自分の部屋に向かって、まだ眠っているキャンパスを進んでいる姿を、自分たちがほかの誰よりも先に目覚めた優越を心楽しく思い浮かべた。

「おカネあった？　誰かに見られなかった？」トニーが部屋に戻ってくると、ナタリーは心配げに聞いた。

トニーはナタリーのレインコートをベッドの上に放り投げ、首を振った。

「小道を跳ねまわることだってできたわ」トニーはいった。

二人は手早く着替えた。ほかの誰よりも先に目覚め、時間は二人をよそに進んでいたが、ほかの早起きの人間に見られるかもしれないので、お互いの髪をとかしあい、コートを羽織り、そっとドアを開けて廊下に出ていった。ナタリーはトニーのあとを追って廊下を進みながら、この寮やほかの寮で騒ぎを引き起こすのは造作ないと思った。猥褻な、でなければ脅迫的なメッセージを書いて、それを各部屋のドアの下に置いておくだけでよかったが、自分がそんなことをしたわけでもなく、今からするつもりもないのを満足に思って胸を張った。

この時点で好奇心の強い誰かを起こして、どこにいくのかと問われるのはわずらわしかったので、二人は爪先立ちで階段を下りていったが、どうやら無事に玄関に着いた。トニーがドアを開けて外に踏みだすと、二人とも静かに行動しようという努力をいっぺんに放棄した。トニーはドアがバタンと閉まるのに任せたが、それが聞こえる範囲で眠っている子たちを起こすのは承知のうえという様子だった。そして、ナタリーをあとに従え、小道を駆けていった——恐れから駆けだしたのではなく、今は早朝で、二人いっしょにいて、十五ドルと目の前にひろがる世界があって、自分たちがどこにいるかは誰も知らないからだった。

恐ろしいほどの想像力の欠如というべきか、大学はその名もスクール・ストリートにあり、大学の名称の由来になっている町の中心からはほぼ一マイル隔たっていた。大学はスクール・ストリート沿いの土地の大半と、スクール・ストリートの後方の土地のすべてを所有していた。その敷地の果てには野原と木立があるだけだった。敷地の一方の側ではスクール・ストリートが終わり、エヴァグリーン・ストリートが始まっていたが、そこにはやや朽ちかけた閑静な居住区域があり、おもに独身の教授と既婚の学生が住んでいた。敷地のもう一方の側ではスクール・ストリートが終わり、ブリッジ・ストリートが始まっていたが、そこには——町の創始者は妙に事実に忠実な性癖が際立つ人物だった——川が流れていて橋が架かっていた。ブリッジ・ストリートは川を越えて通りとしての機能を終えた地点でメイン・ストリートに曲がりこんでいた。メイン・ストリートは当然のように町の中心に通じていた。メイン・ストリートのブリッジ・ストリート寄りの店はどれも飾り気がなく、きわめて真っ当な見かけをしていた。以前はいかがわしい商品を売る小さな汚い店ばかりだった地区に、そういう店が〝改良〟と〝我が町の成長に寄与〟という旗じるしのもとに建設され、自己主張しながら大胆に割りこんでいったのだ。しかし、気がついてみれば、今も旗じるしはなお勇ましく、清潔さは曇りなかったものの、繁盛はせず贔屓（ひいき）にもされずじまいだった。より清潔な町を望んだはずの買い物客が、町の中心部の馴染みの薄汚い店へ通いつづけたからだ。ここの角にはクロム製のカウンターと大きなガラス窓を備えた新しい食料雑貨店があり、赤と黒と白の看板が呼びかけていた。〝厚切り子牛肉、特価〟とか〝町いちばんのコーヒー豆〟とか〝休日バーゲン〟などと——休日といっても、クリスマスやイースター、あるいは最後の審判の日の前の、とくにこれといった看板のないただの休日のことだったが。ピカピカの食料雑貨店の隣に具合よくおさまっているのは、〝コーヒーショップ〟を名乗る汚れたくぼみのような小さな店だった。正面の雑なつくりのカウンターにはキャンディーバーやガムが陳列され、店内のカウンターにはスツールが三つ添えられていたが、疲れた買い物客がそこに腰掛けて、隣の店の〝町いちばんのコーヒー豆〟でいれたと思われるコーヒーを飲んでいるようだった。通りの向かいの骨董屋は見せびらかしているのではないかと思われるほど埃だらけだったが、店に立ち寄って談笑しながら、おばあちゃんの飾り箪笥の真鍮（しんちゅう）の器具を検分するご婦人がたの白い手袋を汚してもよしとする骨董屋の不文律の権利に基づいてそうしているようだった。その隣のショールームは、ひところはピアノが展示され、またひところは高級毛織の輸入業者が入っていたが、今は年一回、ガールスカウトが不用品持ち寄りセールで、キャンプファイアガールズ（訳注—少女の健全な育成を目的とする団体）が手芸展示会で、ＰＴＡが自家製食品販売会で借りているほか、障害児協会やアメリカ革命の娘（訳注—独立の精神の継承を目指す女性団体）、お互いの中古品を仕入れては売るさまざまな団体が借りていた。今の時点では――休日が間近ということで――この慈善センターに物乞いの姿はなかった。その先には小さな洋服屋が入っていたが、修理を必要とする冬物のコートの修理を引き受けるのがやっとの広さで、何かのにおいがたちこめていた。洋服屋の隣は、輸入チーズから発する独特のにおいがする店で、〝食道楽の店〟と名乗り、丁寧に包装された外国の食品を手広く商っていた。ここは地区で唯一、貿易と呼べるものに携わっている店だった。ノルウェーのニシンのサワークリーム漬けや本物のトルコ菓子やエスプレッソやイギリスの缶入りビスケットを、町のほかの店で見つけるのはまず無理だった。ブロックのさらに先には町の映画館一つがあったが、外国映画が専門で、年に七回『詩人の血』（訳注―ジャン・コクトー監督の前衛的作品）を上映して純朴な町民をまどわせていた。大学の学生たちは町の中心のもっと大きな映画館に出かけていた。『詩人の血』や『カリガリ博士』や『M』を見に薄汚れた小劇場を訪れるのは、団体でやってくる女性司書や、町の古い住宅区域の新たに改造したアパートからやってくる野心的な室内装飾家というような人々ばかりだった。

通りは道幅を増し沿道の住人も増やしながら先へ先へと延びて、（途中の大きな交差点では四軒のデパートがむっつりと向かいあい、それぞれが自店のバーゲンは他店のバーゲンよりもお買い得と頑固に主張し、それぞれが独自の装飾と配色の〝ガーデン・レストラン〟とか〝スパニッシュ・ティールーム〟とか〝ブラックウォッチ・グリル〟とか〝バイユー・テラス〟とかいう店を呼び物にしていた）町の中心へ曲がりこみ、人や車がにぎやかに行き交う、なくてはならないメイン・ストリートになっていた。ここでなら高級婦人服店も見つかりそうだった。キャンディーストアや書店――目先の変わった小物や記念品も売っていた――もあり、男性客向けのグリルやビジネスマン向けのランチの店を含むレストランが何軒も、さらには宝飾店、午後のお茶の店を備えた大きなホテルがあった。各方面からバスが集まり、ラジオ局が奇妙なアンテナを空に向けていた。秘書たち（大学へいく経済的余裕がなかった地元の娘たち）がせっせとタイプを打っているオフィスが幾つも並び、ラジオ店、玩具店、銀行が一つずつあった。

もし積み木をしている子どもが町をつくろうとしたら、こんなことをいうだろう。「これがその町でね、ここではみんながお買い物にいって、ここではお父さんが住んでいて、ここではお母さんが男の子を歯医者さんに連れていくの。ここが学校でね、公園にいきたくなったら、ここがそうなの。ここは汽車が出るところで、駅と駅員さんはこれで、それから……」――雨降りの午後に積み木をしている子が町をつくろうとしたら、こんな町を計画したかもしれない。犯罪的、反抗的、あるいは外国風な要素を排して、きちんと注意深く設計された町、大学を擁し、その中で小さくてもまともな地域組織活動、地域劇場、保健所、恐れ知らずで特定方向に偏った新聞をも育む町、誠実な住人が腰を落ちつけ、ゆとりを持ち、といって現状に満足しないでいるのに必要なその他のあらゆる要素を備えた町を。

通りに沿って――スクール・ストリートからブリッジ・ストリートへ、そこからメイン・ストリートへ、ナタリーとトニーは踊るように進んだ。時刻は八時二十分前だった。

「ワンド（訳注―タロットカードの一種。棒、杖の意）の三」ナタリーが骨董屋の前で立ち止まり、三本の枝がついた燭台を指していった。

たまたま見つけたタロットカードのシンボルの意味を明らかにするというゲームで答えを求められたトニーは少し考えた末に、こういった。「正位置の意味は確立された力。商業、貿易、発見。大海原を渡る船。逆位置はトラブルの終わり」

「三隻の船が進んでいるのが見えたわ」ナタリーが意味もなくいって、二人とも笑いだした。

「じゃ、ペンタクルの三」トニーが質屋の看板を指していった。それは角を曲がったすぐ先に、恥ずかしいからというよりは好きで隠れているというように、目立ちはしないが断固として立っていた。

「高潔、貴族」ナタリーがいった。「逆位置は卑劣」

「ほかのみんなはどうやって時間を過ごすのかしらね」トニーがどこか上の空でいった。「いつものように授業に出ると思う？　それとも大学全体が消えてしまったか、木っ端微塵に吹っ飛んだか、がらがら崩れたか——」

「——それともぼろぼろ砕けたか、光のようにぱっと消えたか——」

——わたしたちが消えたみたいに、とトニーは思った。「わたしたち、絨毯に乗っているのよ」まじめな顔で、そういった。「その絨毯はわたしたちの前のほうではひろがるけれど、後ろのほうでは巻き戻っていくの。絨毯の下には何もないのよ」

「わたしたちが歩いているその場所は、その場所としてしか存在しないのね」ナタリーがいった。

「カップのエース」トニーが消火栓を指していった。

「真心の居場所」ナタリーがいった。「喜び、肥沃」

「逆位置は革命」トニーがいった。

「もっといいのは」ナタリーがいった。「わたしたちが出かけたときに、みんながその場で凍りついたとしたらどう？『アラビアン・ナイト』みたいに。すべてが千年の間、そのままじっとしているの」

「みんな、黒と赤と金の魚になってしまうのよ」トニーがいった。「わたしたち、戻って、真鍮の杖で地面を三度叩かなくちゃ」

「ワンドのエース」ナタリーがすぐにいった。

「すべての起源。逆位置は破滅」

おカネは交換の手段という二人の考えが正しいとするなら、十五ドルというのは二人がいっぺんにつかってしまうには多すぎる額だった。おそらく、実際には――二人は一ドルと二ドルの違いもはっきりわかってはいなかった――カウンターの向こうの人間に緑色の紙幣や銀貨を差しだしても疑いの目で見られたり馬鹿笑いされるかもしれないし、草の葉や少しばかりの牛乳、二人のほかの誰もが見たり触ったりできる何か正体不明の物質での支払いを求められるかもしれなかった。ともかくも未知の国では人はきわめて慎重にならなければならない。「まずはちょっとコーヒーにしましょうか?」トニーがいった。

二人ははるばる町の中心にまで入りこんでいたので、すぐにドラッグストアが見つかった。二人はカウンターに向かって並んで腰掛け、お互いに見つめあったり、向かいの鏡に映った自分を見つめたりした。右側のナタリー(右側の子がナタリー?)は黒いセーターを着て、ひどくほっそりとかよわく見えた。トニー(左側?)は青を着て、暗くふさいでいるように見えた。どちらも鏡の上のソフトドリンクの広告の中で気持ちよさそうにくつろいでいる水着の女の子たちとは似ても似つかなかった。トニーの顔はドラッグストアのいかにも衛生的な蛍光灯の光に照らされて真っ青に見えていた。二人の顔の向こうでは、店の商品がぎゅうぎゅう詰めにされ、さまざまな山に積み重ねられていた。日焼け止めの軟膏、人形――あるいは手品用?あるいは悪霊に対するお守り?　迷信深い先住民のものなのか?――キャンディーの箱や砂糖抜きのキャンディーの箱、光のコントロールに用いられる多数の品々。光を通す装置、光をさえぎる装置、光を利用する装置、光の当たるところにだけ作用したり、光の当たらないところにだけ作用する装置、光の源について問いかける本や光の速度について考える本、光の存在を否定したり、食料としての利用を奨励する本。また空気をコントロールする多数の品々、水をコントロールする品々、火や風や雨をコントロールする品々、きわめて効果的に土をコントロールする品々。店の一部――その隅だけが鏡に映っていた――は人体をコントロールするための特効薬にあてられていたが、その売り場はほかと違って狭いけれども高級感があり、売買は声をひそめて行なわれていた。鏡の中のトニーとナタリーは身長がまったく同じで、肩と肩が触れあい、二人の頭の向こうではクロムがピカピカ光っていた。

そのうちトニーが穏やかにいいだした。「駅へいきましょうか」

ナタリーはうなずいた。おカネはトニーが着ている青いレインコートのポケットに入っていたので、トニーがカウンターの向こうの男に代金を差しだしたが、男は何もいわずにそれを受け取った。

二人がドラッグストアを出るころには、町は仕事に向かう人々で込みあいはじめていた。人々が歩道を行き交うのを見て、トニーが無頓着にいった。「わたしたちが先を譲らなかったら、みんな仕事に遅れるわね」

「けさはボスのために報告を五本書きあげなくちゃならないんだわ」ナタリーが唐突にいった。「それで午後には郵便で出さなくちゃ。当局のえらい人宛てで、毎日毎日同じことばかりしてるのを見られた人たちについての報告。最大限の処罰を勧告するものなんだけどね」

「わたしたち、きのう、ラングドンのおばさんに洗面所で煙草吸ってるの見つかっちゃった」トニーは先を続けた。「ボスに報告するっていってたわ」

「あえて、しやしないわよ」ナタリーがいった。「いずれにしろ、もうやめましょう。けさは研究室にはいかないようにしよう。代わりにシャムにいきましょうよ」

「ラングドンはお払い箱にするべきね」トニーがいった。「ねえ、ペルーにいきましょうよ」

二人は町でいちばん大きいホテルの前を通り過ぎた。足場に乗った作業員たちが高圧ホースで壁を洗浄していたが、二人は足を止めて厚かましくその様子をながめた。ホースから飛び散る細かいしぶきが霧雨を通して二人に降りかかり、細かい水滴となって髪についた。

「こんな町、ほかに知らないわ」トニーがいった。「もう雨が降っているのに、それ以上の水をかけられるところなんて」

二人はしばらくしてからまた歩きだし、おもしろそうなところに立ち寄りはしたが、一貫して鉄道駅の方角に向かった。二人がまた足を止めて見入ったのは、タクシーの運転手がフロントガラスについた鳥の糞を取り除いているところだった。糞は側溝の水の中にポチャンと落ちた。

二人は手に手を取ってようやく駅に入ったが、大きな玄関口ではその姿はいかにも小さく、頭上のステンドグラスとの対照で小人のように見えた。二人はどっかり居座った大きな階段のてっぺんでしばらく立ち止まり、それぞれの目的地へ迷うことなく向かっていく下方の人々を見下ろした。そして時計の下のデスクの前に立つ駅員の案内に耳を傾けた。駅員は列車の意志と遠くから伝わってくるその声に従い、案内に耳を傾ける人々のために音響を言葉に変換していた。

二人は大きな階段を下り、広い通路を進み、何列も並んだ座席の一列に滑りこむと、耳を澄まして目を見張った。途切れがちなタクシーの列が町へ向かう人々を駅の中に留め、せかせかといったりきたりする、あるいは否応なしにいかされたり帰らされたりする人々の流れが透明な壁をつくりだし、列車での旅行を選んだ意識の高い人々の調和した規律が巨大で機能的な秩序をコントロールしていることに二人は気がついた。そこでは漏れなく頭数が数えられ、切符が点検されていた。遠くから父親のように急きたてる列車の汽笛が聞こえてきた。

奇妙なことに、エリザベス・ラングドンとその連れが何人か、ほんの所用で、着いたらすぐにでも立ち去ろうという風情でそこにきていた。さらに誰とも関りたくないというような人が二人、いつでもさっさと立ち去れるように気をつけながら長時間そこに座っていたが、彼らの名前を知っている人間も、名前を思い出そうとする人間も見かけていないようだった。トニーとナタリーはしばらくしてから静かに立ち上がり、再び通路を進んで駅のレストランに入っていった。小刻みに動くタクシーや水溜まりを縫うように置かれたスーツケースが見わたせるテーブルについて、ハムエッグとオレンジジュースとトーストとパンケーキとドーナツとコーヒーとスイートロールを注文した。二人は食べ物の一部をやりとりしたり、カウンターの後ろのコーヒーポットのドーム型のガラスの蓋、イングリッシュマフィンの山にかけられたガラスの覆い、円形の赤いスツールを満足げにながめたりしながら、食べ過ぎるほど食べた。トニーが自分で三杯目のコーヒーを注いだとき、ナタリーがいった。「急がないで。十時まで時間があるから」

「わたしたちの汽車が遅れなければいいんだけど」トニーがいった。「今のままでもかなり遅れて乗ることになりそうだから」

「わたしたち、デンヴァーから電報打てるわね」ナタリーがいった。

「でなければボストンから電話ね」トニーがいった。「どっちみち電話があると思われてるでしょうから。たぶんニューオーリンズからね。汽車の乗り継ぎの時間が二時間あるでしょ。どこか本屋で時間つぶしをしようかと思ってたんだけど。おカネはたくさんあるんだから、何といっても」

「来週のきょうは船に乗ってるわね」

「再来週のきょうは」トニーがいった。「ヴェニスにいるわ」

「ロンドンよ」ナタリーがいった。

「モスクワよ」トニーがいった。「リスボン、ローマ」

「ストックホルム」

「わたしは汽車が遅れないのを望むだけ」トニーがいった。

「ファンは出迎えにくると思う?」ナタリーが聞いた。「ハンスは? フレイヴィアは?」

「グレイシアとステイシアとマーシャは?」トニーがいった。「ピーターとクリストファーとマイケルは?」

「それにラングドン」ナタリーがいった。「あのかわいそうなラングドン。彼女、わたしたちに会ったら大喜びするでしょうね。みんなと跳ねまわって吠えるわよ」

「みんなも発情させないようにブレーキをかけるの忘れないでいてくれたらいいんだけど」トニーがいかにも心配そうにいった。「彼女、ひどく苦しむから」

「卵巣除去から完全に回復はしなかったのね」ナタリーがいった。二人がくすくす笑いだすと、長いカウンターの後ろにいたウェイトレスが二人に目をやり、それから機械的に壁の時計に目をやった。

遠くから案内の駅員の声が聞こえてきた。「オールバニー」駅員はいった。「ニューヨーク」

「ニューヨーク」トニーが小声でいった。二人はテーブルの上で手を取りあい、駅員の声が駅じゅうに単調に響くのに耳を澄ませた。「ニューヨーク」駅員が急きたてるように大声でいった。

「わたしたち、一部屋あればそれでいいわね」ナタリーがいった。「みんな、わたしたちを見つけられないわ」

「わたし、仕事を見つけられるかもしれない」トニーが身を乗りだした。「フランス語が話せるから、何といっても」

「わたしはウェイトレスをやれそう」

「わたしたち、小さな本屋を開けるかもね。好きな本ばかりで」

「わたしたち、十五ドルあるものね」

二人はテーブルの上の煙草の箱からそれぞれ一本ずつ抜きだし、トニーが火をつけた。「コーヒー、もっともらう?」トニーが尋ねた。

ナタリーはちらりと時計を見た。「そうね、ありがとう。まだ時間はたっぷりあるわ」

「わたしたちの汽車が出るのは十一時近くだから」トニーがいった。

駅の中なら心地よく暮らすことができそうだった。風雨を防ぐアーチ型の大きな屋根があり、レストランには食べ物があった。トイレがあり、本や雑誌が見つかる魅力的な店もあった。そこにはパリ、リスボン、ローマの子どもたちを楽しませるきれいな色のちょっとしたおもちゃもあった。駅で暮らすのは中世スペインの屋根裏部屋で暮らすほどよくないかもしれないが、デパートで暮らすよりはよさそうだった。

二人が駅を出たのは十二時近くだったが、霧雨が降る表の界隈を前にして階段をなかなか去れずにいた。

「なかなかすてきな町だと思うわ」じめじめした外に出ていきがけにトニーがいった。頭上のステンドグラスの窓が、通りの向かいのレストランのネオンサインの光を反射して一瞬輝いた。

「とっても田舎」ナタリーがいった。「笑っちゃうぐらいね」

「でも、美しい古い家並みがあるわ」

「それにモダンな大学も」

「それに映画館も」トニーがいった。「店も」

「わたしたち、こっちにいる間にラングドンを訪ねてみなくちゃ」ナタリーがいった。

どうしたわけか、駅の近くのその世界には無数の鳥が飛びまわっていた。今までに世界中で発生した移動という移動が、ほんの一、二分の間、一カ所に集中したようで、トニーが勢いよく飛び交う鳥に囲まれてじっと立ち尽くしているのは驚異の光景だった。ナタリーが笑って逃げだすと、鳥はそのあとを追ったが、すぐさまトニーのほうに戻ってきた。

「あなたのポケットに魚が入ってると思ってるんじゃないの」ナタリーが大声でトニーにいうと、トニーがいい返した。「ハヤブサのラングドンがいてくれたらいいのに」

「それでもアリスは幽霊のようにわたしにつきまとい、目覚めた目にはけっして見られることなく大空のもとを動きまわる」トニーが駆け寄ってくるのを見ながらナタリーがいった。

「わたしたち、飛んでみる?」トニーが手を振って鳥を追いはらいながらいった。「それともあなたは歩きたい?」

「あなたは鳥の中にいる」ナタリーがいった。「ソードのペイジ。警戒、秘密」

「見て」トニーがそういってナタリーの腕を押さえ、映画館のポスターの前で立ち止まらせた。今、中で上映されている映画は古臭く、いってみれば救いようがない代物という感じで、経営者はしかたなくポスターを館外に貼りだしているものの、今、フィルム自体は呆れかえった常連客の手の届かない館内のどこかに隠しているのではないかと思われた。ポスターの一枚は、ドアを背に後ずさりしたカウボーイハットとピストルの男が、同じように武装した浅黒い悪漢と対峙している緊迫の場面を示していた。背後には両手を握りしめた娘がいて、三人とも自分がのめりこんでいる激情を正当化できるのはカメラだけというように、不安げにカメラのほうを向いていた。ポスターの写真からは、もう一日の終わりに近い時刻だということが明らかだった。背景の窓の外では太陽が劇的に沈もうとしていた。ヒーローはまもなく銃と拍車を外し、買い換えられずにいる古い車で家に帰ろうとしているように見えた。ヒロインは恐怖と懸念をたたえた美しい表情の陰で、水疱瘡（みずぼうそう）の感染の心配がなくなるまで子どもを学校にいかせないほうがいいのか考えているように見えた。悪漢も——悪事についてジョークを飛ばされたり、潜在的な殺人者だと友だちにからかわれるのにうんざりして、こう独り言をいっていた。「もうこれっきりにして、そのあともう一度本来の自分に戻ろう」——うなり、溜め息をついては再びうなっていた。「きっとすてきな映画よ」ナタリーがいった。「入ってみない？」

「あの人たちをじろじろ見て恥ずかしい思いをさせたくないわ」トニーがいった。「ねえ、ここのこの人、吸血鬼よ」

　事実、それは角(つの)と血と黒いマントを備え、その内部は冷酷な悪行を生みだす機械さながらであるのに、贔屓にしてくれる人々との間には密な感覚を保っていた（「これはただの映画ですからね。見るのを怖がらないで」）。おそらく究極の裁きという意味では、たいていの映画ファンはいつか、すなわち彼らの子ども、その子どもの子ども、あるいは出会う可能性のある子孫が死んだあとにでも、その種の機械のようなものが世界を乗っ取るだろうとぼんやり想像しているのではないかと思われた。それはたしかに世界を乗っ取る一種の機械だった（もちろん、それが乗っ取る価値がある世界であり、機械にとっても征服を正当化するだけの価値がある世界だと仮定したらだが）――間違いなく世界を乗っ取る一種の機械、冷酷で極悪で想像力を欠いた機械だった。「吸血鬼？」ナタリーがいった。「狼人間じゃないの。尻尾を見てごらんなさい」

「というか、隠れた人格の一つみたいだと思うけど」トニーがいった。

「こっちを見て」ナタリーがいった。「そいつが女の子を捕まえてるわ。狼人間に捕まった女の子は必ず驚いた顔をするのに気がついた？」

「狼人間のことを少しでも知ってたら、それは驚くでしょうよ」トニーが訳知り顔でいった。「わたしにはただ途方に暮れてるように見えるけど」

「ラングドンが捕まった日のことを思いだすわ」ナタリーがいった。

「彼女、驚いたふうには見えなかったわね」トニーがいった。「といって途方に暮れたふうでもなかったけど。何年も彼を追いかけたあとで、ほっとしたようにも見えたわ」

「もしわたしたちが吸血鬼だったら」ナタリーはそういって、トニーと並び歩調をそろえて歩きだした。「ラングドンを選びはしないわね」

「わたしはVという人を愛してる自分が好き」トニーがいった。「だって彼は吸血鬼（vampire）だから。彼の名前はヴェスティスでヴェラコヴィアに住んでるの。彼は――」

「わたしはWという人を愛してる自分が好き」ナタリーがいった。「だって彼は狼人間（werewolf）だから。彼の名前はウィリアムでウィリアムズタウンに住んでるの」

「その彼はウェイバーダッシャーでもあるのよね」トニーがいった。「わたしの彼はヴィクスター修理人だけど」

「ヴェラコヴィアではあまり仕事がないわね」ナタリーが批判するようにいった。「わたしが向こうにいたとき、故障したヴィクスターを一つ見たのが信じられないくらいだもの」

「へえ」トニーがいった。「でも、あなたは雨期に向こうにいたんでしょ」

「だけど」ナタリーがいった。「ヴィクスターを修理するのに何があるの？　紐とか、ねじとか――何もないじゃない」

「強い男がいなくちゃ」トニーがいった。「あなたに修理ができる？」

「わたし、よく思ったんだけど」ナタリーがいった。「子どものころにね。わたしには〝イエス〟と〝ノー〟の限られた在庫しかなくて、それを使い切ってしまうと、それ以上は手に入らなくなって、馬鹿な人たちがしてくる質問のほとんどに答えられなくなるんじゃないかって」

「『きょう、学校で何を習ったの？』とか『こちらのすてきなかたにあなたの名前を教えてあげて』みたいな？」トニーが知りたがった。

「わたし、『そうは思わないわ』とか『そうね、たぶん』とかいうようなことで何とか在庫を補充できると思って自分を安心させてたの」

「それに『もしよかったら』とか『とてもありがたいです、ほんとに』とか『いうことに気をつけたほうがいいわよ、でなければ警察を呼びますからね』とか」

「それが理由よ」ナタリーは言葉を継いだ。「あなたの関連した質問に答えないのは……」

「吊るされた男（訳注―タロットカードの一種）」トニーが唐突にいった。「吊るされた男」

「そんなのは」ナタリーが憤然としていった。「不公平よ、おもちゃを持ちだすなんて」

「不公平なんてことはないわ」

ナタリーは立ち止まって、トニーのいう吊るされた男を見つめた。それは店のショーウインドーのおもちゃだった。いつまでもいらだたしいほどにぐるぐるまわったり揺れたりするぶらんこに吊られた小さな人形。「吊るされた男」トニーは言い張った。

「生贄(いけにえ)の木は本物の木じゃないわ」ナタリーが指摘した。

「それはわからないわよ」トニーがじっと見据えながらいった。「このごろは子どものために特別なものがつくられてるから。歩ける人形、卵を産める鳥、それに解体すると本物の血が流れる動物だってあるかもしれない。そのほかにも――」

「わかった」ナタリーが不承不承いった。「死の中の生。建設的な死の喜び」

「逆位置は？」

「逆位置はたぶん利口な子どもにはぴんとこないんじゃない」ナタリーはそういって歩きだした。

トニーが笑いながら追いついた。「何か食べるものを探しましょうよ」

「わたし、何も食べたくない」

「吊るされた男はやめておくわ」笑いがおさまらないままトニーがいった。「あれはたぶん本物の木なんかじゃなかったのね」

しばらく黙って歩いてからナタリーが静かにいった。「わたし、子どものころによく思ってたことがあるの。一生、自分が死ぬまで、それこそ何千年も呼吸して呼吸して呼吸しつづけなきゃならないのは恐ろしいことだって。それから、今は呼吸してるのを意識してるけど、ほかにしばらくは無意識でしたあとに気がつくっていうことがあるでしょ。呼吸って、それに似てるって思ったの。それに意識してやると、かえってぎこちなくむずかしくなってしまうって。それから、そう思うようになったときには、呼吸っていうことを考えてる間も呼吸してたんだって気がついてたの」

カフェテリアは黒っぽい服とオーバーシューズの人々で込みあっていたが、みんな、色とりどりの食べ物が並んだカウンターの前でどこか物悲しい迷いを見せていた。湿ったウールのオーバーを着た男はチェリーパイを手に取った。湿った毛皮の襟がついたコートの女はトマトと胡椒のサラダを食い入るように見つめながらためらっていた。イチゴのショートケーキ、薄切りハム、コーンマフィン、熱いマカロニの下の床は踏みつけられてどろどろになっていた。銀色のトレーは変色し、その上に置かれた食べ物の皿をぼんやり反射していた。ナタリーはシナモンパンと三種類のパイを選んだ。トニーは一種類のパイと一種類のケーキとアイスクリームとシナモンパンを取った。二人は壁際に座り、大理石模様の平らなテーブルの上にトレーをきちんと置き、塩と胡椒と芥子(からし)と砂糖のボウル、それに紙ナプキンのブリキ製の容器、汚れた灰皿を中間に配置した。いったん元のカウンターから引き離されると色も味もなくなってしまうような食べ物が皿の上でぼんやり二人を待っていたが、その皿はパイやケーキやシナモンパンまでもが食べ尽くされたあと、洗われて再び用いられるはずだった。

二人のテーブルは十分に長く八人が掛けられるほどだったが（彼らは追跡行のあと火照り渇いたまま、どっと押し入ってきて、領主をたたえるために杯をあげ、末席にまで届くような雄たけびをあげた）、今、二人だけで占めているのは、ずっと奥のほうにあって、二人がこない限り空いていると決められたように見えるそのテーブルを選んだからだった。トニーが静かにいった。「彼女、十二時きっかりにここへくるっていってたけど、もう二十分ほど過ぎてるわね」

「メッセージを送ってきてるかもしれないわよ」ナタリーがいった。「彼女は必ず約束を守る人よね。今、誰かメッセージを預かった人がわたしたちを探してるんじゃないかしら。そのうちメッセージが届くのは間違いないわ。遅れるなんてラングドンらしくないもの」

「でも、彼女は誰も信用してないでしょ」トニーがいった。「メッセージを預けた人間も、自分自身も。だけど、メッセージがどんなにおかしなものでも、わたしたち、それを受けいれなくちゃならないわね。それがどんなものであれ、わたしたちあてのメッセージなのは間違いないんだから」

「彼女、アクセサリーを盗ったと思う？」ナタリーが尋ねた。「それにレポートや銃は？」

「向こう側のあの目立つ女がわたしたちを探してるとは思わない？　メッセージって何なんでしょうね？『わたしは長生きしてきて、一つわかったことがある……』とか」

「わたしはあの黒いキャップの男の子だと思うな。何かをなくしたみたいじゃない。でなければチーズサンドイッチを食べてるあの老人」

「彼女が死者に死のワインを搾りしところを留めおけ」トニーがうれしそうにいった。「誰かに送るメッセージになるわね」

テーブルのナタリーの隣にトレーが一つ、ドンと置かれた。ナタリーはトニーに向かって「そしてサタン語りき……」で始まる一節を語りはじめようとしていたが、それで口をつぐんだ。ナタリーはトニーを見やって、その目に映った新参者の姿を見ようとした。しかし、トニーは一度だけさっと顔を上げたものの再びうつむいてしまったので、ナタリーは用心深く横目を使って見なければならなかった。見えたのは格子縞のジャケットと、それを着た男と思われる人物だった。その男はトレーに載せたものを一つ一つゆっくり持ち上げると、食べるのが好きだ、こんな食べ物でも好きだというようにテーブルの上に置いていった。信じられないことにジャケットと同じような格子縞の焼き目がついたミートローフとサヤエンドウ、グレービーソースをカップ状に囲んだマッシュポテト（これはカップのエース？　とナタリーは思った。いいえ、それならわたしたちがもう使ってるわ）、それにバニラアイスクリームとコーヒーを男はたいらげはじめた。結局、そんなにひどいランチを選んだわけじゃなかったんだわ、とナタリーは思った。たとえ、こんな独り言をいっていたとしても。「さてと、いちばんまずそうなのは何だろう？　食後にうまくなかったと思うのは何だろう？　今夜の食事は何を食べることになるのだろう？」男がトレーを床に置こうと屈みこんだとき、頭がナタリーの肩に触れ、ナタリーは思わずのけぞった。

「失礼」男がいったので、ナタリーはうなずいたが、相手が気づいたとわかったので、さらに体を引いた。

「ペンタクルの五」トニーが出し抜けにナタリーにいった。ナタリーはぎくっとしてトニーを見つめた。

「何？」ナタリーは聞き返しながら考えた。物質的な問題、無慈悲。逆位置はこの世の愛。ナタリーはトニーを見つめ、それから自分の皿のすぐ先でコーヒーカップを持っている汚れた肉厚な手を不安げに見やった。自分の皿ではシナモンパンが急速に古びてべとつきはじめていた。

「いいかな？」男がいった。ナタリーは男がナイフを差しだすのを見た。「何？」ナタリーはもう一度いった。「わたしがやります」トニーが唐突にいった。テーブル越しに手を伸ばし、驚いたことに男からナイフを受け取って、男のロールパンの皿を自分のほうに引き寄せた。トニーがロールパンにバターを塗ってから皿をテーブル越しに押し戻すと、ナタリーはようやくおおっぴらに向きなおって男をよく見た。男は片腕だった。

それはそうよね、とナタリーはくすくす笑いそうになるのをこらえながら思った。自分ではロールパンにバターを塗れないわよね。もちろん、それがミートローフを食べている理由だけど、あんなによく似た柄のジャケットを買うとは思わないわよね……

「いつも助けてもらわなくちゃならないんだ」男は明るくいった。バターを塗ったパンを口いっぱい頬ばりながらナタリーに微笑みかけた。「いつもすてきなお嬢さんに頼めればいいんだけどね」

「ソードのナイトの逆位置」トニーがコーヒーに向かっていったようだった。

愚者との口論、とナタリーは思った。「遅くなったわ」トニーに向かって意味もなくいった。自分たちは忙しい人間で誰かのロールパンにバターを塗るより大事な仕事があると隣の男に示唆しようとしたように見えた。

「塩を頼むよ」男がナタリーにいった。

自分が男の肉に塩を振らなければならないのか、冗談じゃないわ、とナタリーは思った。しかし、汚れた食塩の容器を渡してやった。彼がちょっとの間フォークを置けば片手ですむことなのに。「みんながどれほど面倒をみてくれるかは驚くほどでね」男がいった。

「あなたはとてもうまくやっていらっしゃるみたいですね」ナタリーはそういいながら、トニーの様子をうかがった。

男は椅子をまわしてナタリーに微笑みかけた。片腕がないということで任意の人間に助けを求めてもいいという自然発生的な権利を与えられ、そしてふつうは信頼と告白を通じて結ばれる打ち解けた関係を始められるというように。とはいっても、この稀な才能を喜ばれることはそうはないとでもいうように。

「もう長いことだからね」男はいった。「慣れるものだよ」

「もう長いことなら」トニーがいった。「自分のパンにバターを塗るのを学ばなかったのはどうしてですか？」

男はトニーを見やり、それからナタリーに視線を戻した。「ここでよく食べるの？」男は尋ねた。「前に見かけたことはないと思うけど」

「そんなにきてませんから」ナタリーはいらだったように答えた。

男は皿を押しやり、ジャケットのポケットから煙草の箱を取りだした。それをナタリーに差しだしたが、ナタリーはほかにどうしていいのかわからず（新しい箱だったので、誰かが最初の一本を取らなければ彼も取れないだろうと漠然と思った）、一本抜きだした。男がまたポケットに手を突っこんでマッチを取りだすのを、ナタリーは礼儀正しく待っていたが、男はマッチを渡すと前と同じようにいった。「いいかな？」

「はい」トニーがテーブルの向こうから間髪を入れずに応じた。トニーは火のついたマッチを、まずナタリーに、続いて男に差しだした。

「お友だちはどうかした？」男は上体を後ろに逸らしてトニーを見つめ、煙を吐きながらいった。「何もできないのかな？」

ナタリーもトニーを見つめていたが、すぐにコートを自分のほうに掻き寄せはじめた。それを男は片腕で上手（じょうず）に手伝い、ナタリーが立ち上がると、手を振って、こういった。「いつかまた戻っておいで。お友だちといっしょでないときに」

「さようなら」ナタリーは礼儀正しくいった。

男は笑って、こういった。「じゃまた、お嬢ちゃん」


二人がカフェテリアを出たとき、午後の早い時刻にしては珍しく暗くなっていた。光が嵐と対峙するのを恐れて、きょうという日から撤退してしまったようだった。数日前から敵の襲来を予想していた陽光と澄んだ空気が、陣地を引きはらって王国のほかの地へ移り、そこで地歩を固めるという長期の計画にのっとって、ここしばらくは雨の力に、そしてきょうの午後は嵐にゆだねることにしたというようにも思われた。いつもは小銭でも落ちていないかと歩道を見下ろして歩いている人々も、今は心配そうに空を見上げて歩いていた。ほぼ一週間の間、ぐずぐずと空に滞っていた雨が、今は援軍が間近にきたと知って、断固たる態度をとっているようだった。

トニーとナタリーはレインコートを着て歩道に出ていった。それまではただ楽しくぶらつくだけだったのに、今は初めてどこかへ、ある場所へ向かおうとしているようだった。二人は肩を寄せあって町の広い本通りを進んでいったが、ナタリーはトニーの腕の下に手を入れて、遅れずついてこられるようにしてやらなければならなかった。しばらくはどちらも口を閉ざしていた。ナタリーにはトニーが片腕の男をどう思ったのかわからなかったし、なぜ男に話しかけたのかもわからなかった。それにトニーがどこに向かっているのかもわからなかった。とにかくカフェテリアから離れたところであるのは間違いなかった。

「で、どうする?」最初の角に着くと、トニーがいった。

ナタリーは何というべきか決めかねた。先ほどまでの親密な状態に戻れそうな話のしかたは幾つかあったが、意識して言葉を選びながら話せば何となく違和感がありそうだったし、はっきりした意図を持って話せば前の平和な状態には戻れないどころか、白々（しらじら）しさがつのって新たな状態が生まれるかもしれなかった。では、新しい何かって？　これまで口にされなかったこと？　これまで考えられていなかったこと？　もう疲れたわ、とナタリーは悲しい独り言をいって、そのあと沈黙した。

「問題は」角に立つとトニーがゆっくりいった。「わたしたちは逃げおおせるのか、それとも最後には捕まってしまうのかよね」

「わたし、思うんだけど」ナタリーがためらいがちにいった。「わたしたち、急いだら……」

トニーは笑った。「あなた、わからないの？　わたしたちが走って、むこうも走ったら、急いでることにはならないじゃない」

「やっぱりわからない」

「どっちにしても、ゆっくりいくほうがいいわ」トニーはいった。「大学には戻らずに」

「そう、大学には戻らずに」

トニーは躊躇した。「あなた、ほんとに疲れてないの？」

「疲れてない」

「わたしといっしょにどこかへいく？　道は遠いけど」

「いくわ」ナタリーはいった。

「それがどこか知りもしないのに？」

「大丈夫」

「いい」トニーがいった。その声はほかに聞かれないようにあいかわらず低かったが、なぜか怒りを帯びて猛々しかった。「わたし、みんながあんなふうにわたしたちを捕まえようとするのが怖いい。とてもじっとしていられないし、みんながわたしをじろじろ見たり、話しかけたり、質問したりするのに黙ってはいられないの。いい?」トニーは自分の言葉をやわらげようとするように、もう一度そういってから説明した。「みんなはわたしたちを連れ戻して、もう一度初めからやりなおさせたいのよ。みんながしたいことをするように、みんなが望む行動のしかたで行動するように、毎日のあらゆる問題でみんなと同じようにしゃべったり考えたり望んだりするように。でも」トニーは声をさらに落として付けくわえた。「わたしたちがいくことができて、誰にも悩まされない場所をわたしは知ってるわ」

「だったら、わたしもそこへいきたい」

「怖くはないの?」

「怖くないわ」

トニーは街角に立ってあたりを見まわし、ナタリーにも目をやった。二人の前方は交差点で、通り沿いに店が並び、日が沈む前、あるいは嵐がくる前に用件をすまそうと急いだり、商品を集めて片づけている地元の人々の姿があった。二人の背後では、二ブロック先で大通りが突然に終わり、店の並びも否応なく突然に終わって、その先は鉄道と田舎の土地が始まっていた。二人の右手はホテル・ワシントンで、ロビーには独立宣言を導いたワシントン、インディアンと和平したワシントン、町で最初の銀行を創設したワシントン――地元の神――が壁画に描かれていた。左手の遠くには電力会社の鉄塔とラジオ局の標識があった。トニーは前にも見たことがあるそういったものすべてを見てから、再びナタリーに目をやった。

「準備はいい?」

「うん」

「じゃ、いらっしゃい」

二人は大通りを横切り、バスが入ってきてゼーゼーいいながら乗客を待つ停留所へ向かった。ふだんならすぐに何かに乗るということのない二人にしては珍しく、バスに乗ろうとする人の群れの中に割って入ると、狭いステップを上り、奥へ奥へと進んだ。と思ううちに、バスはさっと動きだして、あいかわらず急いだり、何かを命じるように手袋をした手をあげたり、これみよがしに硬貨を見せたり、なおも急いだりしている通りの人影を置き去りにした。

ナタリーはほかの乗客とともにバスの通路をなお押し進んだ末に、自分の意志で座ったというよりも座席に倒れこんだ。通路側に空いた座席があって、トニーを捕まえる前にその席に押しこまれる格好になり、その間にトニーはどこかへいってしまった。

ちょっとの間、ナタリーはじっと座り、身を縮めて周囲の乗客の圧力を避けようとした。隣の席の誰か、傍らの通路の誰か、前の誰か、後ろの誰かに囲まれたうえに、トニーを見失って、満足に呼吸もできないような息苦しさを感じた。隣の座席の客は大男で、ナタリーのほうにはみだしてきそうだったが、反対側の窓のほうにも体を押しつけていた。バスが通りの真ん中に出て、乗客が落ちつけば、圧迫感もやわらぐのではないかと思われたが、かえってぐらつく乗客にあちこちからのしかかられそうになる始末だった。バスから逃げだそうという考えも浮かんだが、立ち上がるのは無理、まして彼らを掻き分けてドアにたどり着くのは無理とわかり、それならばと戦いを挑み、爪で引っ掻き、叫びをあげたくなる衝動に駆られた。周囲の乗客は全体重をかけてナタリーを押さえ、まわりからいっせいに寄りかかってきて、その結果、ナタリーはその気になれば手を動かしたり首をまわしたりすることはできそうだったが、何よりもまず体が痺れてしまって、独りでじれるばかりだった。気がついてみると、ほとんど呼吸もできなくなっていた。隣の男を押しまくったら、その重量で窓が壊れはしないかという乱暴な考えも一瞬、頭をよぎった。
　しかし、そのうち、これは始まりから今に至るまでの自分の人生の当然の帰結だという事実がこの上なくはっきりしてきた。ナタリーはこのような束縛から自分を守るためにさまざまなことをしてきたが、数多くの進路の中から選べるのは一つしかなく、しかもどれを選んだところで同じ苦悩へ続いているようだった。自分を嫌悪する人々や、もう放すしかないという気になるまで自分を釘付けにしておくことで嫌悪を示す人々に囲まれて、ナタリーは無力だった。独り立ちしようという必死の努力、トニーの必死の努力がナタリーをこのバスに乗せたのだ。

　今すぐ、とナタリーは思った。わたしはトニーを見つけて、ここから出なければならない。脱出という考えから、要塞の虜（とりこ）のことを、そして最後に自由の身になるために必要な小さな努力を積み重ねる長い歳月のことを思った。このバスの床をくり抜くことだってできるかもしれない、とナタリーは思った。隣の男に見張られていると確信していなければ、独り微笑んでいたかもしれなかった。ナタリーにはバスの運転手もバスの進行方向も見えなかった。バスがときどき停まっても、周囲からの圧力が減るようには思えなかった。むしろバスが停まると、大勢が乗りこんできて不機嫌そうにぐちをこぼしながら押し進んでくるのが聞こえた。かわいそうな人たち、とナタリーは思った――みんな、エネルギーのすべてをわたしを取り囲むのに費やさなければならないのかしら？　こういうロボットのような連中は自分たちを包含しているパターンの断片しか知らないまま、ナタリーの破壊、ひいては世界の終わりという大団円を迎えるべく、教えこまれた小刻みなステップを無意識に踏みながら最後まで踊りぬくように創造されては廃棄されているのだと思うと、いかにも哀れだった。彼らは立派に務めを果たすことで自らの死を得てきたのだ、とナタリーは思った――

前の座席の女は顔を必要とはせず、おそらく自分の役のために後頭部と黒っぽいコートの襟だけを与えられたのだろう。隣の座席の男は、懐中時計の鎖や汚れたワイシャツの襟に至るまで全身の衣裳を与えられている役だった——この男が実際に駅でナタリーに近づいてきたわけではなかったにしても、ナタリーの顔を記憶していて、次に会ったときにはナタリーは気づかなくても自分はナタリーを見分けて、周囲にウインクしたり顎をしゃくったりして合図し、バスの運転手にはこうつぶやいていそうだった。「ほら、そこのその子だ」通路側の女のコートがナタリーの顔をやたらにかすめていた——それはカフェテリアでトマトのサラダを取って、帽子のつばの下からトニーとナタリーがくるのを見ていた女ではなかったか？　通りでさっとすれちがったときに、二人を確認するためにちらっと見やりはしていなかったか？　改札口で切符を手にして立ち、壁の時計を見てはいなかったか？　おそらく映画のポスターのヒロインの目を通してじっと見つめてきて、仲間にこうささやいていたのはこの女ではなかったのか？「ほら、いくわよ、そっちのほうへ——先に知らせておいて」そしてバスの運転手は列車の車掌の制服をするりと脱いで、カフェテリアのコックの白いエプロンをつけ、それからトニーとナタリーが停留所にやってくるのに間に合うようにバスを停めるため、頃合いを見計らって今着ている制服に着替えたに違いなかった。そういえば黒いキャップの男の子がバスに乗ってはいなかったか？　おそらくナタリーの後ろに座っているのは彼で、ナタリーに聞こえていた息づかいは彼のもので、ナタリーの座席の後ろに押し当てられていたのは彼の膝ではなかったか？　そして、包囲の輪が狭められるとともに罠をパチンと弾けさせるべく片腕の男が送りこまれたのだ。片腕の男はメッセージとともに送られてきた。彼が話しかけたことで二人は最終的に特定され、それが輪を絞りこむ合図になったのだ。

ナタリーは首をまわすこともできなくなり、バスの後部にいるはずのトニーを見やることもできなかった。トニーが自分を見まもっているのは感じられるような気がした。「ここはコーンフォード停留所?」ナタリーの隣に立っていた女が上体を屈めて聞いてきた。「ごめんなさい、わたし、知らないんです」ナタリーは答えたが、隣に座っている男がいった(警告するようにちらりと見ながら?)。「いや、次ですよ」「ありがとう」と女はいって、何とか移動しはじめたが、持っていた荷物がナタリーの頭のてっぺんをかすめた。「すみませんが」ナタリーは男にいった。「いちばんおしまいの停留所はどこですか?」「この線の終点だよ」男はそういうと、ナタリーに向かってわざとらしく微笑みかけた。

突然、ギアが入れ替わった。バスは大きく向きを変えて街角にぴたりと停まり、かなり長い間停まっていたが、その間に多くの乗客が降りた。「リンデン方面乗り換え」運転手が座ったまま半ば向きなおって大声で案内すると、隣の男が「失礼」といって、ナタリーの前を通って抜けだし、黒っぽいコートの女を追うように通路に出ていった。思いがけなくトニーがナタリーの隣の席に腰を下ろした。

「あの人たち、降りないんじゃないかと思ってた」トニーがいった。

「みんな、わたしを見張ってたわ」ナタリーはいった。バスが動きだしたとき、向きを変えて窓から後方を見ようとしたが、雨の中では何も見えなかった。雨はますます強くなり、日中なのに暗くなって、ほとんど夕方のようだったが、まだせいぜいが午後の半ばのはずだった。

「ねえ」ナタリーはいった。「あの人たち、それぞれがある範囲を見張るために配置されているとは思わない? だから、また次の相手を見張るために元へ戻らなくちゃならないんじゃない?」

「損な仕事ね。だって」トニーがいった。「考えてもごらんなさいよ、いつも自分たちが一つの世界をまわしてるようなふりをするなんて。もし、その世界があるべき世界じゃないとしても、その世界の一員ならこうだろうというふうに演じるなんて。〝正常な〟とか〝健全な〟なとか〝正直な〟とか〝まともな〟とか〝自尊心がある〟とか、そういった言葉そのままのふりをするなんて。そんな言葉が現実じゃなくてもね。考えてもごらんなさいよ。自分がそんな人間だったらって」

「わたしの隣の男は」ナタリーはいった。「正直で自尊心があるというふうだったわ。あまりうまくいってない零細な実業家ということになってるようだったけど。あまり有能でないから望みどおりにいかなくても満足しなければならないし、しかもそれがわかっているというみたいな。彼、ほんとにその役をとてもうまくやってたのよ。わたし、冗談をいわれるまではほとんど信じてたもの」

「彼らは正体をあらわさざるを得ないのよ」トニーがいった。「あなたが自分たちを知っていると確認しなきゃならないから。でなければ彼らには何の意味もないから」

「彼らがわたしたちを正しく評価しているとは思わないけど」ナタリーはいった。「わたしたちを実際よりも弱いと思ってるみたい。わたし、彼らが思ってもみないような抵抗の能力があると自分では感じてるんだけど」

「そうかもしれないけど」トニーが冷ややかにいった。「むこうにはあなたが出会ったことのないような敵がいるのよ」

ナタリーは笑った。「もし、わたしがこの世界をつくるとしたら」ナタリーはいった。「――そうなったら――自分の敵をもっと正確に評価するでしょうね。つまり、はっきりものが見えている人たちを倒したいと思い、鈍くさいふつうの人たち、ただのろのろ動きまわるだけの人たちと手を組むのを拒否するとしたらどうかしら。わたしなら相手を大勢の鈍くさい連中に立ち向かわせるなんてことはしないで、それぞれに一対一の相手をつくるわ。まさにことという点で強いと思われる相手をね。わたしが何をいってるかわかる？」

「問題はね」トニーがにやりとしていった。「あなたがこの世界をつくるということなの。わかる？　それにその世界の中に敵がいるとしたら、それは彼らがより賢いがゆえに敵であるということよ。だから、あなたは敵を倒せるだけの賢さがある人間をつくらなくちゃ。さらに新しい敵ができるほど賢い人間をね」

「何てこと」ナタリーはいった。「わたし、世界をつくるのをやめたほうがよさそうね。しばらくは何もしないでいるほうが」

「少なくとも、あなたがもっとよく理解できるようになるまではね」トニーがいった。

バスは走りつづけ、ときどき意味もなく停まっては乗客を降ろしたり乗せたりした。今は誰もがいかにもスパイという感じには見えなかった。運転手はバスのルートを知り尽くしているようだった。何か問題が起きたときには正しい行動をとれるように何度となくたどってみたに違いなかった。乗り降りする人たちも全員が距離の遠近を問わずそのルートをよく知っているようだった。

「想像してみて」トニーがいったん声を落としていった。「わたしたちがここに、そのブロックの途中に住んでると想像してみて。ほら、広いポーチのあるあの家、あれはわたしたちにはお馴染みよね。わたしたち、あそこに住んでるんだから。あなたがポーチを掃いて、わたしが入ってすぐのリビングルームの埃をはらってるし。わたしたち、ああいう家がどんな具合か知ってるから、あまりよく見なくても勘で入っていけるし、あれに似た家だと不思議に居心地がいいのよね。今、わたしたちのいつもの停留所を通り過ぎてるところ。ここまでのルートはわたしたちも乗り慣れてるから、いちいち見なくても、曲がり角や毎日乗り降りする人のほとんど、それに道路標識や店も全部わかってる――実際、今過ぎたあそこはわたしたちの行きつけの食料品店で、どちらかが毎日買い物をしてるし。でも、この角を過ぎると、あとは一面の荒野みたいなものよ」

「だから、いつも降りる停留所を乗り過ごすのはまずいわけね」ナタリーはいった。「帰り道だって見つからないかもしれないし――誰かほかの人の領土に入ってしまうわけだから。次の停留所で降りる人には馴染みの場所だけど。その人たちの食料品店もあって」

「でも、わたしたち、きょうはもっと遠くへいこうとしてるの」トニーがいった。

さらに多くの人がバスを降りていったが、ときどきトニーとナタリーに好奇と興味の目を向けていった。バスは町のビジネス街を、それから高級住宅地、それよりは落ちる住宅地を走り抜け、今は汚い小さな商店や黒ずんだ窓の低いビルが建ち並ぶ地区に入っていたが、暗い午後とあって、そこはいかにもよそよそしい印象だった。

「ここは町のいちばん端に違いないわね」ナタリーがいった。「これまできたことなかったわ」

「わたしはきたことある」トニーがいった。「ずっと前にね。あなたが誰かを知る前に」

「もうじき降りるの?」

「もうじきね」トニーがいった。

やがて貧しげな界隈（かいわい）に代わって鉄道の線路があらわれ、最後には開けた空間がひろがった。道路の両側の空いた土地には小さな家が点在し、縁石のそばに道路標識がぽつんと立っていた。ひところは楽観的な人々がここに家や通り、日当たりのいい広い庭をつくろうと計画し、先行して敷かれたセメントの縁石に立ち、あたりを見まわして、こう考えたのではないか。この角でバスに乗れば、一時間で町にいけるし、子どもたちが遊ぶ場所はいくらでもあるだろう、と。今、何軒かある家のうちの一、二軒は周囲に柵をめぐらし、一軒は洗濯物を吹き降りの雨にさらしていた。

「わたしたち、最後の客になってしまいそうね」ナタリーがいった。「わたしたちが降りたら、運転手さんは方向転換して、うちへ帰れるんじゃないかしら」

「ほかの誰がこんな遠くまでくる?」トニーがいった。「もうじきよ」

「先のほうのどこかに湖があったと思うけど」ナタリーが濡れた窓越しに目を凝らした。「雨がひどくてよく見えないんだけど、あれはたしかに湖みたい」

「湖よ」トニーがいった。「夏にはにぎわうのよ。気候が今よりもいいから」

「家が何軒か見えるけど」ナタリーがいった。「ホットドッグが売れなくなったら何で食べるのかしら?」

「魚じゃないの」トニーが上の空でいった。

「今はまったく季節外れね」ナタリーがいった。湖のすぐ近くにきて心が乱れた。そこはかつては暖かさと人の活動が続いていた場所だということが見てとれた。今は骨組みだけのジェットコースターがメリーゴーラウンドやスケートリンク、浴場の残骸を残忍に見下ろしていた。ナタリーは身震いした。

「わたしたちが向かってたのはここ?」

「あなたは帰りたいの?」

バスの窓のそばを、驚くほど間近を、一本の腕木が命令するように湖のほうを指している標識がかすめた。それは〝パラダイス・パーク〟と告げていた。

「あなたは帰りたいの?」トニーが重ねて尋ねた。

ナタリーは降りるはずの停留所でぐったりした様子で再びバスに乗りこんできた黒っぽいコートの女のことを思い出して、笑った。「もし――」ナタリーがいいかけた。

「あなたは帰りたいの?」トニーが三たび尋ねた。

「いいえ」ナタリーはいった。

前方では過ぎた夏の娯楽の遺物が黒々とひろがり、湖からの湿っぽい空気が濡れた水着や気の抜けた芥子、腐ったポップコーンの検知できるかできないほどかすかなにおいを運んできていた。夏の熱気や汗の跡や蒸された衣服の感覚をはっきり思い起こすことはできなかったが、メリーゴーラウンドのある光景はにぎやかに錯綜する音楽をほんのかすかによみがえらせた。ナタリーはバスの窓ガラスにぴったり顔を押しつけながら、バスのぼんやりした暖かさと脚にまとわりつくレインコートの湿りけを心地悪く感じていた。隣のトニーもいやに重苦しく切羽詰まったような様子だった。ほかの窓に映ったトニーの顔、凝縮した暗闇の中のジェットコースターの傾いた支柱を背景に浮かんだその顔の細い輪郭がいきなり目に入ってきたときには、ナタリーは身震いし、必要以上に声高にいった。「わたしたち、降りるんじゃないの?」

それが合図とでもいうように、運転手は円を描くようにバスをぐるりとまわし、ブレーキを引くと、振り返って二人を見た。「戻るのかい?」運転手はバスの車内に響いて余りあるほどの大声でいった。「ここで降りるのかい?」

トニーは立ち上がって通路を歩きだした。ナタリーはぎくしゃくとそのあとを追った。「ここで降ります」トニーがいった。

「お祭り気分かい?」運転手はそういうと、肩をすぼめて二人を嘲笑った。「浜辺の楽しい一夜かい? 景色をながめて、一泳ぎして、女の子をじろじろ見て、キューピー人形もらって、一か八かやってみるかい?」運転手がまた声をあげて笑い、さらにくすくす笑いつづけている間に、二人はバスの滑りやすいステップをそろそろと下りた。「おれにメリーゴーラウンドの順番取っておいてくれよ」運転手が二人に呼びかけた。そのあと、二人の背後でバスのドアが閉まった。

バスがぎこちなく向きを変えたとき、ナタリーはすばやく道端に寄った。運転手が自分たちをひこうとしているのではないかという疑念が頭に浮かんだからだった――こんな夜のことだから、わかったものではない。運転手は事故だということもできるだろう――バスの光が通り過ぎたあとのどうしようもない闇の中で、ナタリーは束の間、トニーの姿を見失った。「気が変わったかい?」運転手がバスの窓からナタリーのほうへ身を乗りだして怒鳴った。「最後のチャンスだろ?」ナタリーが答えずにいるうち、バスはスピードを上げて道路を進んでいった。ナタリーはその光を見ながら思った。彼は今、町の灯りのほうへ、音や光やみんなのほうへ戻っているんだわ。

ナタリーの前には闇がひろがっていた。ずっと先には不思議に鮮やかな水の輝きがあったが、湖沿いに人工の光はなかった。「くる?」トニーがいったが、おもしろがっているような響きがあった。「彼のいうとおりよね」そう付けくわえた。「たぶん、あれが終バスだったのよ」

町へ戻る道路では、今も〝パラダイス・パーク〟といいたいらしい標識がその腕木を意地悪げに二人に向けていた。前方ではジェットコースターが二人が何をいっているのか聞こうかというようにやや前のめりになっていた。かすかに明るい空のほかには、それが水面に反射しているのが唯一の明かりだった。唯一の物音は(たぶんメリーゴーラウンドの不安げな息づかいを掻き消しているのは?)湖岸に打ち寄せる波の音だった。ナタリーは気がついてみると湖に向かって歩きだしていた。世界の果てにいってたたずんでみたいという人間にありがちな衝動からでもあったが、トニーに腕を取られ、こういわれた。「こっちよ」

「わたしたち、いったいどこにいるの?」ナタリーは腹立たしかった。程よいと思うよりもずっと寒い中で、やはりあれが町へ戻る終バスだったのだろうと今さらながら思った。

「いい?」トニーがいった。じっと立ち尽くしたまま、振り向きもしなかった。「あなた、いきたくなければ、いかなくてもいいのよ。どっちにしても、わたしはいくけど」

「ほかにどこへいくっていうの？」ナタリーはいった。「そこは遠いの？」

「いいえ、そんなに遠くないわ」

「わたし、ここに長くいるつもりはないわ」ナタリーは力なくいった。「もっと暖かかったら別だけど」

トニーが笑った。「あなたは天国をどう思ってるの？」トニーはそう尋ねた。「天国でも暖かくなければばいるつもりはないの？」

「いい？」ナタリーは説明した。「わたしは寒いの。それに湿っぽいし。自分がどこにいるかも、これからどこにいくかもわからないし。もし、わたしが――」

「うちへ帰りたいの？」

「やめてくれない？」

「わたしたち、パリへ向かってる途中かもしれない」トニーがいった。「でなければシャムかも」トニーはまた笑った。「それに誰にも見つからないわ」そういって先を続けた。「いつか、わたしたちが他人同士になって、ロンドンで出会うとしたらどう？　あなたは通りでわたしにお辞儀をして、こう思うんじゃない？　前にこの人とよく似た子を知ってたけど。すると、わたしも手を振って、こう思うかもしれないわね。この人、昔、わたしが誰もいない道路にまで連れていったナタリーっていう子と似てない？　わたしたちが結局は他人同士になって、ロンドンで出会ったとしたらどう？」

「わたしは〝トニー、トニー〟って思うでしょうね」ナタリーがいった。

「そうだと思うわ」トニーがいった。

二人は今、人気（ひとけ）のない遊園地から離れていた。二人がたどっている道路は、ローラースケート場では邪魔が多すぎるという恋人たちのためにしつらえられたように見えた。二人の頭上では木々がお互いに身を乗りだし、二人がくるのに先立って、あるいはそれよりずっと遅れて、うなずいたりささやいたりしていた。足もとは湿っていたが、なぜか二人を元気づけてくれた——一歩一歩が前に進むよう促しているようだった。そういう真空状態でなら、人はどこまでも歩いていけそうだった。

トニーが急に立ち止まり、足を泥の中に突っこんで雨を見上げた。二人がなお木々の間にいるのを雨が見ていた。「もし、わたしが地面を踏み鳴らして呼んだら」トニーは低い声でいった。「空から何かがわたしたちのほうへ駆け下ってきて、世界を揺さぶって、声に出して語りかけ……」

「この泥じゃ」ナタリーがいった。「この泥じゃ、地面を踏み鳴らすことなんてできないわ」

「わたしに必要なのは」トニーがいった。「強烈な欲望なの。世界が、全世界が熱中し、我を忘れ、輪の中から飛びだして、狂ったみたいに激しく揺れるほどのね。わたしが望むことをやりさえすれば、ほとんどすべてがガラガラ崩れ落ちるはずだわ。そのときはわたしの足もとの地面もぽっかり開き、内部の火が足もとから這いだしてきて、空もどこかへいってしまうの。だから、わたしの頭上にも足もとにも何もなくなり、わたし自身とわたしが望むもの以外はずっとなくなってしまうの」

「トニー、やめて」

「彼はわたしたちがいきたいところどこへでも連れていってくれるでしょう」トニーは聞きとれるかとれないほどの声でいった。「わたしたちはささやくだけでいいの。『ここからずっと遠くへ』すると、彼はわたしたちを頭にのせてどこか暑いところへ運んでくれるわ。日光が降りそそぎ、揺れ動く青い水と足もとには熱い熱い砂があるところへ。でなければ、わたしたち、なだらかな緑の丘で頭を草に埋めて横たわるの。上のほうには雲しか見えないわ。でなければ象の背中に乗るの。その象はジャンジャン鳴る変わった鐘でわたしたちを呼ぶのよ。でなければ、町の通りで踊るの。その町はわたしたち以外に生きてる人はおらず、丸い家が月の光で赤や青や黄色に浮かびあがっていて、曲がった通りにはランタンが吊り下げられてるの。でなければ四方八方完全に平たい世界があって、わたしたち、顎をその端にのせてるの。わたしたちに体はないんだけどね。目を半分閉じていても、四方八方平たい世界を静かに見ることができるの。でなければ——」

「だったら、わたしたち、何でこんなところにいるのよ、よりによって？」

「そうすることになってるからよ」トニーがいった。「まずここにいなくちゃならないの」

「あなたは前にきたことあるの？」

「何回かね」

「だったら、何でまたここにいるの？」

「その気になったら、わたしたち、雲にも乗れるのよ。太陽の近くで揺れている熱くてふわふわしたものの中でぐっすり眠れるわ。でなければ山の頂上にいることだってできるのよ。空は真っ青、木々は鮮やかな緑で、あらゆるものがさわやかな松の香りを発散させ、大地は茶色に輝いて、空気までがきらきらしているから何百マイル先までも見通すことができるの。でなければ、わたしたち、青い大理石の宮殿でいつまでも暮らしていたいといってもいいのよ。その宮殿には紫色のワインが流れる噴水があって、開いた窓越しに伸びた花が咲いていて、薄緑色のサテンのカーテン、金色の天井、部屋ごとに用意された果物とワイン、シンバルとリラ（訳注—古代ギリシャの竪琴）の音楽、侍女たち……」

「あなた、ここへ入っていくの？　木立の中へ？」

「でなければ月よりも高いところにある黒い岩の上の王座を選んでもいいのよ。わたしたち、そこに座って世界を治められるわ。そこでは足もとを星が取り巻き、見下ろして手招きすれば太陽が昇り、はるか下のほうではわたしたちを笑わせようとするコンテストが開かれ、上のほうにはわたしたちの王冠のほかには何もないの。わたしたちはいつまでもそこに座って、見まもりつづけ、指を動かすだけで永遠というものを終わらせることもできて……」

木々が前方の暗闇の中でひっそりと待ち受けていた。足を地中に突っこみ、空を背景に背筋をぴんと張った木は、やはり人間とは違うものだった。それは下方でうごめく小さな人間のかよわさにいらだつものの、動く生き物の気まぐれには取りあわず、野ネズミやキジ以上にナタリーを気にかけるということもなく、ひそかなプライドを秘めて体を動かすが、案外簡単に倒れてしまうこともあった。木々の下は、灯りが消されたときの部屋、人工の灯りが消えるときに訪れる人工の闇ほど暗くはなかったが、自然の光に見捨てられた深い自然の闇だった。ナタリーは足音を立てずに小道――誰が、何のために、誰を通すためにつくったのか？――を進んでいった。自分の足もとから目を離さなかったので頭をあげることはできなかったが、木々が髪に触れようとしてか、身を屈めてくるのがはっきりとわかった。足に伝わる小道の感覚から、そこには苔か、あるいは音を立てない何か恐ろしく柔らかいものがあると知れた。

「すべてがとても簡単なの」前方からトニーの声が聞こえてきた。「その気になれば何でも思いだせるし、しなければならないことといったら、支えてくれる手にもたれて、重いまぶたを閉じて、こういうだけ。『わたしはここよ、自分のところにいるの、帰ってきたの』わたしたちがずっとしてきたように、それが自然で静かで、しかもわくわくするやりかただというように……わたしたちが思いだすとおり、さまよううちに思いだすとおり、わたしたちが思いだすとおり……」

片足をもう一方の先に出す。それが木々の間に分け入っていく唯一の方法のようだった。今までこの道をたどって、それから引き返していった人間もいなければ、自由に出たり入ったりした人間もいないようだった。「トニー？」ナタリーはいった。「トニー？」

前方からさっきよりもかぼそいトニーの声が聞こえてきた。「あのすばらしさをおぼえてる？　火の明かりの中でダンスしたり、ほかの人がダンスするのを見るのがとてもすてきだったのを？」トニーは少し移動し、小道から外れて一本の木を迂回しているようだった。誘惑するようにしゃべりつづけながら闇の中で一歩一歩遠ざかっていった末に、今ではあまりに遠く離れてしまって、その声が木々の許しのもとにようやく届いている、嘲りの中で中継されているというふうだった。

「トニー？」ナタリーはさっきよりも急きこんで、もう一度呼んでみた。あたりがまったくの闇に閉ざされたことに、前方のトニーと思っていた人影がただの木でしかないということに、はっと、そしてぎくりと気づいた。

「怖がらないで」トニーがいったが、その声は先細りになって、今はもう聞こえなくなった。そっちのほう？　小枝で口をふさがれたの？

「トニー」ナタリーは急にひどく恐ろしくなった。

返事はなかった。ナタリーは足を止め、木々の間でじっと立っていたが、木々が身を乗りだして自分を見張っているという恐怖感に襲われた。手で顔に触れると顔はそこにあった。レインコートに用心深く触れてみると、つるつるしているがしっかりした感触が手に伝わってきた。そして〝いい？〟と自分にいいながら目を閉じた。わたしたちは散歩に出て、バスに乗り、湖に着いて、遊園地を通り過ぎ、雨の中、暗い道を進んで、そしてトニーが何かいって――トニーは何をいったのだろう？――とにかく、わたしたちは冗談のつもりで、女学生の冗談のつもりで木々の間を縫うおかしな古い小道をたどりはじめたのだけれど、湖と遊園地に近いこんな小さな木立で、雨が降っているとはいえ、道に迷った人などいるのだろうか？　大勢の人が何度となくここにやってきたはずなのに、なぜここが怪しげだと思うのだろう？　これまで誰もこんな小さな木立で怯えたりはしなかっただろうに、出口を見つけられなかった人などいないだろうに。今のこの地点は道路から五十フィートと離れていないはずで、昼間だったら迷うなどというのはひどくおかしなことだろうし、小さな子どものお化けごっごのようにちょっと馬鹿げてさえもいる。だったら振り向いてみれば、とナタリーは自分にいった。怖がるようなものは何もないとわかるんじゃないの。

ナタリーは気が変わらないうちに思いきって振り向き、後ろを見てみた。小道はほとんどすぐに曲がって視界から消えていたが、もちろん小道には間違いなく、それは道路へと戻り、道路は——道路があるとすればば？　道路があったとすれば？——町へと戻っているはずだった。木々が小道にへばりつくように立っていたので、木の皮をかすめずにその間を通り抜けるのはまず無理だった。もちろん、それは木々でしかなかったが、暗闇と雨の中ではっきり見るのはむずかしいという事実が多少なりともそれを恐ろしげに見せていた。とはいえ、結局のところ、それは小さな木立でしかないので、小道を先に進めばそこから抜けだせるはずで、今、その小道の曲がり目のすぐ先にトニーが立っていて、笑いながら待っているのではないかと思われた。

笑いながら待っているわ、とナタリーはまた自分にいって身震いした。笑いながら待ち、待ちながら笑っているわ。いいかげんにしなさい、とナタリーは自分に向かって厳しくいった。そして考えた。みんなはほかの人たちを恐れているだけよ。笑いながら待っているわ、とまた思ってから、おずおずいった。「トニー？」

やはり返事はなく、ナタリーは突然、誰かほかの人間の原始的な恐怖を感じとった。その誰かとは、話しかけられても話そうとせず、人はそれぞれの狂気を抱くものだとする人間であり、笑いながら待っている間に、自分の同類を喜ばせてやろうとひそかに思いたって、くすくす笑うような人間でもあった。「トニー？・」ナタリーは動きだしたあとで、自分が歩いているのに気がついた。小道を急ぎ足で前へ進みはじめていた。ほとんど泣きながら（わたしにとって安らぎとか暖かさとか家庭を意味するものって何なのだろう？　アーサー・ラングドン？　エリザベス？　そんな名前には何の意味もない、と思いながら）、独りよろけるように歩くうちに、ようやく平坦なむきだしの場所に出た。そこでは夕闇か、あるいははるか後方の湖が頭上の雲に反射した光かが、黄色っぽく、薄気味悪いほどくっきりと落ちかかってきていた。

そのとき、こここそが自分を待っていてくれた場所だという考えがナタリーの頭をよぎった。木々の間のこの小さな空き地は、自分がもうこれ以上、木の下に留（とど）まっていられなくなり、落ちつく場所を見つけなければならなくなると見込んで設けられていたのだ。必要がない限り何も起こりはしないから、とナタリーは自分に言い聞かせ、小さな空き地を横切るように倒れている一本の木をうれしがってながめ、待ってくれていたのがわかったというようにその木に腰を下ろした。少し時間をとって落ちついたら、とナタリーは自分にいった。気を楽にして何でもないことにいらだたないようにしたら、全体的にものを見られるようになったら……

まるで許しが出たからとでもいうように、トニーがしっかりした足取りで、小道を伝うこともなく木々の間を軽々と歩いてきた。踏んでも音がしない苔さえ踏んでいないのかと思われるほどだった。初め、見慣れない黒っぽい影が近づいてくるのを見て、ナタリーは口もきけず、丸太に座ったまま、あわてて向きを変え、木々の間へ駆け戻ろうとしたが、その寸前に影がトニーだということに気がついた。距離を詰めてきたトニーは青いレインコートを着て、両手をポケットに突っこみ、微笑んでいた。「あなたを見失って」ナタリーは力なくいった。

トニーは周囲の木々を一度さっと見まわしてから、大胆に、どこか楽しげに視線を戻して、こういった。

「わたしならそこにいたわよ」

「ただ一人の相手……ただ一人の敵」ナタリーがいった。

「まったくそのとおりね」トニーがいった。

彼女はいわれたことをやったんだわ、とナタリーは思った。彼女は力ずくではなく友情でわたしをここに連れてきた。指示に忠実に従ったことで、たぶん褒められるのだろう。彼女はすまないと思うのだろうか？ たとえ一分でも後悔するのだろうか？ ことが始まったばかりのときに、二人いっしょという束の間のイメージが突然に浮かんできたのだろうか？ 彼女は使わなければならなかった手段、つまり軽い冗談や心ばかりの親密さといったものを忘れられるのだろうか？——あるいは、彼女は心からの裏切り者で、裏切りの目的を達成するためならどんな手段でも用いるのだろうか？ 恐ろしい個人のためなら、命令（「あの子をここに連れてこい」）の中では漠然としているが、ひそかで生々しいさまざまな感情のためならどんな工夫も惜しまないのだろうか？ レポートの中で自分が用いた手段を述べるよう求められたりしないのだろうか？

一度、一度だけやってみよう、とナタリーは思って、こういった。「トニー、わたし、この場所が怖いの。もう戻りましょうよ」これを互角の戦いに持ちこむには、裏切り者の中に何か衝くべき弱みがあるかもしれなかった。ちょっとした冗談を思いだして、それで鎖を解き、番人を買収し、偽装された壁板を押すことができるかもしれなかった。おそらく——互角の戦いに持ちこむためだけに、とナタリーは約束した——おそらく弱みがあるのでは——

「あとでね」トニーは穏やかにいった。頑固な裏切り者、裏切り者たちに対する裏切り者。

ナタリーは顔を膝に埋めて考えた。ああ、うちに帰れたら。それを声に出していったのだろう、木の幹に頭をもたせかけていたトニーが気楽な口調でいった。「やっぱりここにいるほうがいいんじゃないの。ただ一つ可能性がある場所だから」

「あなたは前にもここにきたことがあるの?」やや間をおいてからナタリーが聞いた。こうも聞きたかった。ほかの人もいたの? あなたは経験があるの? わたしが最初? みんな、何ていってた? いってるの? みんな、怖がってた? ここでそれが起きたの? どうしてそれが起きるの? 誰があなたにやらせてるの? わたし、うちに帰ってもいい? 自分のうちに帰ってもいい? お願い――ナタリーはお願いという以外、何とかしてほしいと頼む言葉を知らなかった。「もちろん、前にここにきたことはあるけど」トニーが驚いたようにいった。「どうしてわたしがここへのきかたを知ってると思ったの?」

みんな、怖がってた? ナタリーはそれを聞いてみたかったが、代わりにこういった。「いつもこんなに寒かった?」

「寒い? あなた、寒いの?」トニーが聞き返したが、そこにはこういっているような皮肉な調子が込められていた。寒いの、かわいそうに、寒いの? お母さんにいてほしいの? かわいそうに、かわいそうに。

「トニー」ナタリーは腰を浮かせたが、トニーがさりげなくナタリーの腕に手を置いて引きとめた。

「ちょっと待って」トニーがいった。「ほとんど準備ができたから」ナタリーを見上げて微笑んだが、それは様子をうかがうためのようだった。というのは、すぐにナタリーの足もとに視線を落としたからで、そのあとまた微笑んだ。「ほとんど準備ができたから」トニーは安心させるように繰り返していった。「そう長くはかからないわ。あなた、何を怖がってるの?」ナタリーが急に無力感に襲われて返事をしないでいると、トニーはその腕を軽く叩いた。「怖がらないで」そういうと、むずかる子どもを決まり文句でなだめようとする人間のように付けたした。「ペンタクルのペイジ」ナタリーが身動きもせず返事もしないでいると、こういった。「それじゃ、いい? 兵隊、子ども。逆位置は堕落や略奪」

「あれはゲームだと思ってたのに」ナタリーがいった。

「ずっとゲームだと思っていて」トニーはそういうと、慎重に煙草の火を消した。トニーの手で顔に、背中に触れられ、支えられて、ナタリーは身震いした。一つは一つでただ一つ、いつまでたっても変わらない。

「とんでもない」ナタリーはそういって、相手の手を振り切った。彼女はわたしを狙っている。ナタリーは疑念に駆られ、もう一度、大声でいった。「とんでもない」

「それはそうでしょうね」トニーはそういうと音も立てずに動いた。ナタリーはぎりぎりのところでそれを見てとり、再び後ずさりして、こういった。「あなたなんか怖くないわ」

短いが完全な沈黙があり、木々はにわかに警戒を強めて耳を澄ました。そのあと「そうでしょうとも」とトニーがいった。「あなたがうちへ逃げ帰りたいのなら、誰もここに引きとめようなんてしないわ」トニーは笑った。

わたしは不合格と判断されたのだ、とナタリーは思った。わたしは自分を受けいれられない人間、値打ちのない人間にしてしまった。ナタリーはためらい、動きかけて、そのまま手か枝に荒々しく引き倒されるのを待ったが、同時に自分にはそんな値打ちがないと思い知って、さりげないふうを装って聞いてみた。

「いっちゃうの？」トニーは一度ナタリーを見たあと、再び木々へと視線を逸らしただけで何もいわなかった。あらゆるものがわたしを待っている。とナタリーは思った。また動きかけて、それから静止した。でもまだ？　ナタリーは望みをつないで、そう思ったが、トニーは身じろぎもしなかった。ナタリーは小道に向かって一歩踏みだした。「トニー？」ナタリーはいった。「いっちゃうの？」

「いかないわ」

わたしがいなくなるのをあらゆるものが待っている、とナタリーは思った。そろそろ出かける時間だ、わたしは世間知らずだ、父にはしなければならない仕事がある、エリザベスは寝ようとしている、トニーはわたしがいなくなるのを望んでいる。わたしが立ち去って独りで何かするのをあらゆるものが待っている。他人を交えずに行動するのを待っている。今は忙しくて、わたしにかまけている暇はない。黒っぽい木々の下に黒っぽい影となって立っているトニーでさえもが。「トニー?」ナタリーは執拗に呼びかけた。「お願い、トニー」

やはり返事はなかった。ナタリーは小道が再び木立に入る地点にいた。トニーは答えるつもりがないとわかった。小道を伝えば、そう苦労せずに戻れるだろうとわかった。ナタリーが歩きだすと木々は身を引き、足が枯れ葉や土を踏んでカサカサ音を立てた。今は泣きながら、ナタリーは薄明かりの中から出て暗い木立に入っていった。そこを抜けるうちに町へ戻る道路の灯りが見えてきた。

「トニー?」ナタリーはもう一度呼んで見た。木に片手をつき、生命のない粗い樹皮を指に感じながら。「トニー、わたしといっしょに帰ってよ」けれども答えはなかった。

ナタリーの足が再び道路を踏んだ。ジェットコースター——まもなく夏の運行に備えて復活させられるのだろう——は前方にあった。ナタリーはいかにも大仰に考えた。もう二度とトニーに会うことはないだろう。トニーは去った。大仰であろうとなかろうと、それは間違いないということがわかった。わたしは自分の敵を打ち負かしたのだ、とナタリーは思った。二度と戦いを求められることはないだろう。ナタリーはうんざりしながら泥の中に足を踏みこみ、こう考えた。わたしは何か間違ったことをした?

道路に出ると、車のヘッドライトという信じられない光景に不意を打たれて、ナタリーは足を止めた。車が近づいてくると、自分を捜しにきた両親かもしれないと思ってぎくっとした。車はナタリーのそばで停まり、声が聞こえてきたが、それは前の窓のガラスが下ろされるにつれてだんだん大きくなった。「こんなところで独りで何をしてるの?」

お母さんが、とナタリーは思った。わたしを連れ帰りにきたんだわ。「迷ってしまったみたいなんです」

「じゃ、乗りなさい」女がそういって、座ったまま身を乗りだし、後ろのドアを開けたので、ナタリーはすなおに乗りこんだ。古い車で、後ろの座席では、溜めこまれたがらくたが押しあいへしあいしていた。そこには何本もの瓶があるのがカタカタという音からわかった。それに古新聞、気持ちの悪い動物の毛のような触感の毛布らしいものもあった。車が動きだすと、ナタリーは座席の背にもたれかかり、そのナタリーを女が半ば振り向いてしげしげと見た。ナタリーには首筋と帽子の後ろしか見えなかったが、運転している男はヘッドライトよりも自分の目のほうが遠くまで見えるというように前屈みになって道路に目を凝らしていた。「へえ」女は暗がりの中でなおナタリーを見つめながら、こういった。「あんた、どこからも離れたとんでもないところにいたんだ」

「迷ってしまったんです」ナタリーはいった。

「歩いて町へ戻るには遠すぎるよ」男がいった。

「ほんとにご親切に乗せていただいて」ナタリーはいった。

「わたしら、いつも人を乗せてるからね」女が慰めるようにいった。「わたしら、車を持ってからというもの、人が歩いてるのを見ると放っておけないんだよ。あんた、運がよかったね」

「ええ、そのとおりです」ナタリーはいった。

「で、どこからきたの?」

「大学からです」

女はヘッドライトの反射光を浴びながらうなずいた。「大学ね」いっこうに驚いた様子もなく、そう確認した。

「今回はほんとにありがとうございます」ナタリーはいった。

「ところで、あんた、幾つ？　十八？」

「十七です」

「うちの娘は十八だけど」女は大学にいくというナタリーの取り返しのつかない過ちを指摘した。「ビジネススクールにいってるよ」

「羽根を伸ばしっぱなしだ」男がいった。

「まあ、あんたにはわからないだろうけど」女が考えながら口を開いた。それから向きを変えて男を見つめ、またナタリーのほうに向きなおった。「世の中の父さん母さんって、子どもが何をしてるか知らないんじゃないの、ほんとに」

「そうでもないと思いますけど」ナタリーはいった。

「だけど、あんたが寂しい道路を独りで歩いてるの、あんたの母さんが見たら、そうとう怒るんじゃないの」

「それはそうですね」

「あんなとこで女の子が独りでいたら何が起きるかわかったもんじゃない」男が付けたした。

「人を襲う連中よ」女はそういってうなずいた。その上下する頭の向こうに、突然、最初の町の灯りが見えた。「恐ろしいことだよ」女は低い声でナタリーにいった。男の耳には聞かせたくない、女に関する事実を伝えようとでもするようだった。「人を襲うとかそういった連中」

「で、どこへいきたいんだって？」男が女に聞いた。

「大学へ帰るの?」女がナタリーに聞いた。

「二マイル遠まわりだ」男がいった。

「町中のどこかで結構です」ナタリーは急いでいった。「とにかく、長い距離を歩かずにすむようにしていただいたんですから」

「それよりも」女がもう一度うなずきながらいった。「あの寂しい道路だからね」

「じゃ、こういうのは?」男が妥協するようにいった。「橋のところまで乗せてくってのは? それでどうだ?」

「それならいうことありません」ナタリーはいった。「あそこからなら大学まで五分で帰れますから」

「灯りのついた通りばかりだしね」女が満足げにいった。三人が心地よい沈黙に身をゆだねて見まもるうちに、周囲では町が姿をあらわしはじめ、通りの両側は店やホテルや街灯で埋まっていった。大通りに入ると、クリスマスに備えて街頭柱が花輪で飾られ、頭上の灯りが花づな状に連ねられていたが、ナタリーはそれをさほど驚きもせずに見てとった。大通りから橋に向かう途中、ネオンサインの黄色と青と赤の光が狂ったように瞬きながら車に差しこんできた。

男が橋の真ん中で車をゆっくり、ぴたりと停めると、女が手を伸ばしてナタリーのためにドアを開けた。

「じゃ、これで」女がいった。

ナタリーは車を降りると、二人に向かっていった。「ありがとうございます、ほんとにどうも。お礼のいいようもありません」

「どうってことないよ」女がいうと、男もいった。「いいってことさ」

「いえいえ、ありがとうございます」ナタリーはそういってドアを閉めた。ナタリーが手を振るうちに、男は橋の真ん中で慎重に車をまわし、また手を振りながら、今きた道を戻っていった。そのあと、雨に濡れた寂しい道路から灯りに照らされた橋の真ん中へあっという間に移ったせいで何とはなしに当惑しながら、ナタリーは歩道を横切って橋の欄干に近づき、自分がどこにいるのか確かめようと下方に目をやった。だが、見えたのは流れる水と、そこに落ちていく雨粒だけだった。

いけないってことはないはずでは——？　ナタリーは抗いがたい考えにとらわれ、前へ前へと身を乗りだした。片方の靴を石に押し当て、より高い位置へ上ろうとしながら思った。今、靴を傷めても、お母さんは気にしないんじゃないかしら。靴は擦り切れる前になくなってしまうだろうけど。

「泳ごうっていうのかい？」

ナタリーはスカートがまくれていないか触って確かめながら、急いで欄干から下り、こんな大事なときに自分に話しかけてきたのは誰かと向きなおった。雨の中に消えようとしている人影しか見えなかったが、その相手は濡れた顔をほころばせながら肩越しに振り向いてきた。ナタリーは一瞬、レストランにいた片腕の男かもしれないと思った。

橋の上の自分のまわりにはほかにも人がいたが、ナタリーはとまどうこともなく欄干から離れて、大学のほうへ静かに歩きだした。自分がほんとうに欄干を乗り越えて川に飛びこまない限り、彼らの関心を引くことはまずあるまい、という考えが頭に浮かんできた。そばを通り過ぎるとき、ナタリーは彼らの顔をのぞきこんだが、みんな、笑ったり、しゃべったり、黙って歩くばかりで、やはり関心もなく黙って歩くナタリーをちらりと見やる以上のことをしたりはしなかった。

前方にどこか安心感のある大学の巨大な建物群があらわれると、ナタリーは好ましく思いながらそれを見上げて微笑んだ。これまでとは違って、今、独りではあったが、成長して力強くなり、少しも恐れてはいない自分を感じた。

一九四六年十二月一日、ヴァーモント州のベニントン大学（当時は女子大、一九六九年以降共学）二年生、十八歳のポーラ・ジーン・ウェルデンという女子学生が、キャンパスに近い森を抜ける自然歩道に独りでハイキングに出かけたまま、ふっつり消息を絶つという事件が起きた。官民あげての大がかりな捜索が行なわれたが、結局、生きたポーラも、そして死んだポーラも見つかることのないまま、長い時が過ぎ去った。

この事件に触発されて執筆されたのが、ヒラリー・ウォーの『失踪当時の服装は』（Last Seen Wearing…一九五二年）である。手がかりめいたものが何もない女子学生失踪事件を地元警察が地道な捜査の積み重ねで解き明かしていくというプロットで、警察小説、あるいは捜査小説の礎（いしずえ）を築いた作品という高い評価を得ている。

そして、もう一作がこの作品、シャーリイ・ジャクスン（一九一六―一九六五年）の『絞首人』（Hangsaman一九五一年）である。一九四六年当時、ジャクスンは夫の文芸評論家スタンリー・エドガー・ハイマンが教授を務めていたベニントン大学の地元、ノースベニントンに居住して、子育てをしながら新進作家として創作活動に勤しんでいた。一九四八年に初の長編『The Road Through the Wall』を発表したあと、二作目の長編として、十七歳の少女、ナタリー・ウエイトが進学先の大学を出奔、失踪しかかるまでを描いた『絞首人』を完成させている。ジャクスンがポーラ・ウェルデン事件で受けたインパクトは相当なものだったようで、一九五七年には『行方不明の少女』（The Missing Girl）という短編でも題材にとっている。

四十代で早世したジャクスンが遺した長編は六作に留まるが、後期の三作、『日時計』(The Sundial 一九五八年)、『丘の屋敷(旧題は山荘綺談、たたり)』(The Haunting of Hill House 一九五九年)、『ずっとお城で暮らしてる』(We Have Always Lived in the Castle 一九六二年)は、いずれも世間から隔絶した屋敷を舞台にしたゴシックホラーめいた雰囲気の漂う作品である。

『絞首人』はジャクスンがそういった異界へ越境する前のいわば俗界の作品である。舞台はつつましやかな中流家庭であり、こぢんまりした女子大であって、主人公のナタリーも内面はともかく、表向きはさして変わったところのない女子学生である。同じ十七、八の年ごろでも、『ずっとお城で暮らしてる』の語り手、メリキャットのような不思議少女の面影はさらさらない。ジャクスンは娘を自分たちの目の届くところに置いておきたいという両親の意向で、高校卒業後、当時住んでいたニューヨーク州ロチェスターの地元の大学に進学したものの、なかなかそこに馴染むことができなかった。ナタリーの進学事情はその実体験を踏まえたもののように思えるし、ナタリーのキャンパスライフもジャクスンがじかに接していたベニントン大学のそれを投影したものと想像される。そして、ナタリーが友人のトニーに導かれるように小さな森の中にさまよいこむ終盤は、もちろんポーラ・ウェルデン事件をなぞったものであろう。

ナタリーが架空の刑事の声を幻聴するような資質の持ち主であることを思えば、唯一心を開く相手のトニーは現実の存在ではなく、ナタリーのドッペルゲンガーのようなものとも考えられ、森の中の彷徨にしてもあるいは幻視行なのかもしれない。しかし、この作品は、先行する『The Road Through the Wall』がジャクスンの育ったサンフランシスコに近い郊外の中流コミュニティーをモデルにしているのと同様、なべて現実世界に沿ったものであり、後期の作品群のようなまったくの仮構の物語ではない。

とはいえ、ジャクスンの代表作といわれる短編『くじ』が、この作品より前（一九四八年）に発表されているのをみてもわかるように、ジャクスン一流の視線はすでに確かなものになっている。それは人間性悪説に立っているのかと思われるような残酷とさえいえるまなざしである。ジャクスンの作品の登場人物は、典型的な悪漢悪女というのではなく、おおむね常人であるが、ジャクスンは彼らの（ひいては、わたしたちの）欠陥や弱点を遠慮会釈なくえぐりだす。その結果、他者への悪意をむきだしにする者から、鈍感で何も気づかない者まで、強弱はあってもどこか他人の神経を逆なでするところのある人物ばかりが横行することになる。

この作品のナタリーを取り巻く人々もその例外ではない。文筆家の父は、うだつがあがらない理由を、愚直であるがゆえの世渡り下手に帰し、そうすることで自らの力量への疑問を封じている頑（かたく）なな人間、酷ないいかたをすれば愚物である。母はそんな父に振りまわされつづけ、結婚生活に疲れて情緒不安定になっている。大学の指導教授は美人の教え子と結婚したのに、今また別の教え子に色目を使っているような俗物である。妻はそれに気づいてアルコールに溺れ自暴自棄になっている。先輩の女子学生二人組はどちらも驕慢なお嬢さままで、ナタリーを含む周囲を嘲弄している。

ナタリー自身も、現実の生活にうまく対応していく怜悧さには欠けている。家庭では父が押しつけてくる文学修行からなかなか逃れられず、大学では過剰な自意識が災いして空気が読めないままに孤立していく。

この作品のタイトルの Hangsaman はおそらく hangman と同義で絞首刑執行人のことと思われるが、タイトルに付せられた民謡？の一節を考えあわせると、ナタリーをじりじりと締めつけて、自己崩壊に至らせようとする圧力、さらにはナタリー自身による自縄自縛を示唆しているように思われる。家庭での、そして大学でのできごとの一つ一つが悪いほうへ悪いほうへと回転して、ナタリーの首にかけられた輪縄が徐々に締められていく。その〝嫌な感じ〟は、ジャクスンの本領といっていい。
そうしてみると、最後の最後になって、その輪縄が緩められるのはやや意外な感がしないでもない。ちなみに『行方不明の少女』では、案の定というべきか、失踪した少女が一年後に遺体で発見されるというに留まらない恐ろしく冷ややかな結末になっている。対照的に、この作品で、あるいは一時のことかもしれないが安堵がもたらされ、温かみさえ感じさせるのはなぜなのか。考えられるのは、ナタリーはジャクスンの実体験の一部を投影した、おそらく自身にもっとも近い主人公であるがゆえに、注ぐ視線も和らいだというようなことであろうか。いずれにしろ、これをナタリーの成長と読んで、この作品をビルドゥングスロマンとする解釈もあることを付けくわえておく。

二〇一六年七月

佐々田雅子

訳者略歴

佐々田雅子

1947年生まれ。立教大学英米文学科卒。訳書にジェイムズ・エルロイ『ホワイト・ジャズ』、ジェフリー・ユージェニデス『ヘビトンボの季節に自殺した五人姉妹』、トルーマン・カポーティ『冷血』などがある。

絞首人

2016年9月1日初版第一刷発行

著者：シャーリイ・ジャクスン

訳者：佐々田雅子

発行者：山田健一

発行所：株式会社文遊社

東京都文京区本郷4-9-1-402　〒113-0033

TEL: 03-3815-7740　FAX: 03-3815-8716

郵便振替：00170-6-173020

装幀：黒洲零

印刷：中央精版印刷

乱丁本、落丁本は、お取り替えいたします。

定価は、カバーに表示してあります。

Hangsaman by Shirley Jackson

Originally published by Farrar, Straus and Young, 1951

　ISBN 978-4-89257-119-0